BÉRÉNICE 34-44

Isabelle Stibbe est née à Paris en 1974. Après avoir obtenu un doctorat en droit et son certificat d'aptitude à la profession d'avocat, elle décide rapidement de quitter la carrière juridique. Elle travaille alors dans la communication d'institutions culturelles telles que la Comédie-Française puis le Grand Palais tout en menant en parallèle une activité de critique d'opéra et d'enseignement à l'Institut d'études théâtrales de l'université Paris-III. Elle est actuellement secrétaire générale de l'Athénée Théâtre Louis-Jouvet. *Bérénice 34-44* est son premier roman. Il a été récompensé par de nombreux prix littéraires dont le prix Simone Veil, le Prix littéraire des grandes écoles et le Prix littéraire de l'ENS Cachan 2014.

[illegible]

[illegible] est né à Paris [illegible] obtenu [illegible] d'une [illegible] [illegible] [illegible] [illegible] [illegible] [illegible] la [illegible] d'[illegible] [illegible]

ISABELLE STIBBE

Bérénice 34-44

ROMAN

SERGE SAFRAN ÉDITEUR

ISBN : 978-2-253-17993-1 – 1re publication LGF

À mon père.

Quand reviendra la vie
que nous mettrons à nu ainsi qu'une promise
pour épouser son corps
de notre corps de chair où la cendre est infuse
et son sang de lumière
de la nuit de nos sangs ?

Quand reviendra le jour ?
les cloches sonneront ces noces solennelles
l'hostie alors sera blanche à nouveau
qui viendra visiter les longs champs de la mort
où nos plus jeunes frères dorment sous les narcisses
où la foudre passant au sommet de nos villes
nous la regarderons comme un oiseau de Dieu
enfoncer son bec d'or dans nos pavés stériles
au bruit soyeux de ses ailes invisibles
qui ne porteront plus la mort ?

Alain Borne, *Contre-Feu*

PREMIÈRE PARTIE

1

Elle ne racontera pas les regards entendus, les sourires de connivence. « Il n'y a pas de hasard », « C'était forcé », autant de formules attrapées au vol des centaines de fois, inaugurant la légende familiale selon laquelle l'appel du théâtre, qui fondit sur elle à six ans et qui dès lors ne la quitta plus, surgit de son prénom : Bérénice. Une seule personne osait se démarquer, par conviction, dérision ou plus sûrement par goût de jouer les esprits forts : « Heureusement que vous ne l'avez pas appelée Sapho, elle aurait été lesbienne », ironisait sa grand-mère Mathilde, qui avait des lettres et la plaisanterie facile, introduisant parfois une variante : « Vous croyez que si vous l'aviez appelée Isabelle, elle serait devenue catholique ? » L'allusion à Isabelle la catholique, reine maudite, chasseuse de Juifs en terre espagnole, était assurée de déchaîner les foudres de l'assemblée, catholique, dans la hiérarchie des valeurs de la famille Capel, étant presque plus répréhensible que lesbienne. Mais ce ne fut ni Sapho ni Isabelle, ce fut Bérénice, *Gott zu dank*, Dieu merci – enfin presque.

Elle ne racontera pas à ses petits-enfants ni même à ses enfants qu'elle vint au monde un 28 juin de l'an de grâce 1919, d'autant plus de grâce que c'était l'année, et mieux encore, le jour même du Traité de Versailles. En ce début de vingtième siècle, la France essayait de se convaincre que la Société des Nations tout juste créée allait apporter la paix dans le monde. « Ça avait été dur, mais cette fois c'était la der des ders, on en avait suffisamment bavé comme ça, terminé, l'Europe serait pacifique », ainsi disait son père et combien de milliers comme lui à l'unisson.

En ce samedi 28 juin 1919, cinq ans jour pour jour après l'assassinat de François-Ferdinand à Sarajevo, la France était suspendue aux nouvelles, vivant par le truchement des journaux ou des ondes radiophoniques l'arrivée des plénipotentiaires dans la galerie des Glaces, s'imprégnant gravement de la cérémonie historique de Versailles, attendant solennellement que la signature du Traité vienne laver la France de l'humiliation de 1871. Ça ne rendrait pas les morts, ça n'effacerait pas le froid, les vers, la souffrance, l'enfer, mais quand même, ils allaient payer.

Bien qu'il ait combattu dès 1914 – et avec orgueil encore, rendez-vous compte, servir la France, quoi de plus honorable pour un émigré juif –, qu'il en ait rapporté deux blessures, citation militaire et Croix de guerre, monsieur Capel avait en ce jour un autre souci en tête que le sort des Boches : sa femme accoucherait-elle d'un garçon ou d'une fille ? Si c'était un garçon, il se prénommerait Philippe, naturellement, comme le sauveur de Verdun. Si c'était une fille, le cas était tout aussi réglé, elle s'appellerait Bérénice. Parfaitement, comme l'héroïne de Racine, oui messieurs dames ! Il n'avait pas beaucoup lu, monsieur Capel, mais à la guerre, il s'était fait copain avec un instituteur. Un jeune gars épatant, qui avait lu des montagnes de livres et connaissait des poésies entières de mémoire. Hugo, Baudelaire, Verlaine, Verlaine surtout. Il y avait longtemps, au *héder* en Russie, où il avait appris à lire et à écrire, monsieur Capel avait rencontré un *haver* comme ça, capable de réciter la Torah par cœur. On lui disait le numéro d'un chapitre ou d'un verset et hop, il vous débitait le passage sans jamais se tromper. Même le rabbin, ça l'impressionnait. L'instit, lui, était goy et athée (peut-être même franc-maçon, comme quoi ça peut arriver à des gens très bien), alors il exerçait ses talents sur la littérature française – ce qui, si on y réfléchissait, était encore plus épatant que la Bible. Et avec ça, simple, pas prétentieux pour un sou, ne rechignant pas aux corvées, bon camarade, quoi. Louis, il s'appelait, un nom bien français, un nom de roi.

Dans l'abrutissement des tranchées, pour passer le temps, pour échapper à la fatigue, à la frousse, à la faim, ils se racontaient leurs vies. Ces deux-là s'entendaient bien, même si en apparence ils n'avaient pas grand-chose à voir ensemble, l'un Français de souche, l'autre Juif exilé de sa Russie natale pour ne pas servir le tsar dont l'armée se signalait par son antisémitisme virulent. Cela n'avait pas empêché Maurice Capel de s'engager dès le premier jour de la guerre dans l'armée française : « On me permet ici d'être Juif, on me permet de travailler et de nourrir ma femme, à mon tour d'apporter ma contribution à la France. »

En règle générale, Louis était un bon vivant, toujours prêt à plaisanter, faire des blagues ou raconter des histoires, mais parfois, quand il gelait ou qu'il n'y avait rien à faire, quand la routine de la vie militaire pesait, que l'étroitesse des boyaux, les piles de sacs de sable les étouffaient, alors il laissait échapper cette phrase si énigmatique aux oreilles de monsieur Capel : « Que le jour recommence et que le jour finisse »... juste ces mots, toujours escamotant la fin, toujours esquissant un petit sourire triste, teinté d'ironie, comme surpris lui-même des facéties de son inconscient. S'apercevant que monsieur Capel ne comprenait pas l'allusion au vers de Racine, lui racontant la tragédie de *Bérénice*, et la passion de Titus pour Bérénice, et la promesse de mariage de l'empereur de Rome à la reine de Palestine, et son renoncement pour ne pas désobéir aux lois de Rome, et les soupirs de Titus et les plaintes de Bérénice, et tout ce qui fait que Racine est Racine.

Lui racontant aussi le contexte de la pièce, comment l'ancien élève de Port-Royal transposa dans son texte l'amour de Louis XIV pour Marie Mancini, la nièce de Mazarin, et le renoncement du roi pour obéir à la raison d'État, renoncement dont se faisait également écho *le Vicomte de Bragelonne* d'Alexandre Dumas, de façon romancée bien sûr, en ajoutant à la véritable entrevue des amants la présence de d'Artagnan et le dédain du mousquetaire pour la lâcheté de son prince. Décidément, pensait monsieur Capel, la littérature française était fascinante... Croix de bois, croix de fer, comme disaient les copains, s'il réchappait de cette guerre, il lirait tous ces livres dont l'instituteur lui révélait l'existence. « Que le jour recommence et que le jour finisse... », ça avait quand même de la gueule, ça sonnait tellement français... « Sans que jamais Titus puisse voir Bérénice ». Cette concision de la langue française : en une phrase, tout était dit. Quel dommage qu'il n'y eût pas davantage de livres dans la bibliothèque des casernes. On n'y trouvait pas de théâtre alors monsieur Capel était contraint de demander à Louis de lui réciter *Bérénice* encore et encore, comme les enfants qui réclament une histoire avant de s'endormir, toujours la même, sans que les adultes aient le droit d'y changer une seule virgule.

À force, sans s'en rendre compte, « Bérénice » était devenu leur nom de code pour la paix, l'idéal d'un retour à la maison, le retour à la vie normale, la caresse du quotidien, leurs femmes qu'ils pourraient de nouveau serrer dans leurs bras, leurs métiers qu'ils pourraient de nouveau pratiquer, l'un retrouvant ses élèves, petits garnements mal fagotés dans leurs blouses grises, leurs bêtises et leurs taches d'encre, l'autre ses fourrures et ses clientes, les bourgeoises enrubannées de leurs colliers de perles, leur air hautain, leurs visons, leurs exigences.

Et puis... Bérénice, se félicitait monsieur Capel en lui-même, Bérénice, hé hé hé, c'était la reine de Palestine. Non pas que monsieur Capel eût jamais pensé aller vivre là-bas comme ces *meshuggene* qui voulaient y reconstituer une patrie et faire revivre une langue morte, *oïe abro'h* ! il n'était pas fou, lui, mais quand même, le pays du miel et du lait, « l'an prochain à Jérusalem », répété chaque année lors de la fête de Pessah, ça signifiait quelque chose, alors il aimait bien ce Racine d'avoir fait d'une Juive une héroïne de théâtre. Ça, il n'osait pas le dire à son copain Louis, il voulait montrer qu'il était intégré, qu'il était français avant d'être juif. C'était son petit secret à lui, qui le rendait bien content.

Oui, pas de doute, Bérénice était le plus beau nom de la terre pour sa petite fille. Ça aurait fait plaisir au copain instituteur, mort dans les tranchées en 1918, juste quelques jours avant la fin de la guerre. Pauvre vieux ! Il n'avait que vingt-cinq ans et laissait une veuve, une bien gentille demoiselle qu'il lui avait montrée en photo. Vingt-cinq ans, quelle pitié. Toujours les meilleurs qui partent en premier. Louis ne reverrait plus jamais les gamins de son école, les petits mômes si attachants que monsieur Capel avait l'impression de connaître tant l'instituteur lui en avait parlé. Camille, le petit rouquin qui inondait ses copies de fautes d'orthographe mais qui était si malin et surtout bon comme le pain ; Charles, le grand dadais qui avait poussé trop vite et dont les culottes toujours trop courtes finissaient par ressembler à des shorts ; Léon, qui crânait parce que son père était un rupin et possédait une torpédo ; Victor, dont un œil disait merde à l'autre... Louis ne saurait jamais ce que ses petits bonshommes seraient devenus une fois grands. Saleté de guerre.

C'était le jour du Traité de Versailles et ce fut donc une fille. La demoiselle était née en bonne santé, gros bébé de sept livres avec des yeux immenses qui lui mangeaient le visage, des cheveux aussi fournis que ceux d'un bébé d'une semaine et des ongles mignonnets, si longs et si lisses qu'ils semblaient sortis de chez la manucure. Et ce cri, ce cri... Pas de doute, elle serait une vraie Capel, une fille bien décidée qui ne se laisserait pas faire. Ah ! les messieurs auraient du fil à retordre avec elle, se réjouissait l'heureux papa. En découvrant le sexe de l'enfant, sa mère avait craint un instant la réaction de son mari. Dans la loi juive, la prière du matin ne fait-elle pas dire à l'homme : « Merci mon Dieu de ne pas m'avoir fait femme » ? Monsieur Capel le savait bien, il avait suffisamment entendu cette prière à la synagogue dans sa jeunesse, mais même s'il n'avait pas fait beaucoup d'études, il n'était pas assez arriéré pour croire à ces bêtises. Fille ou garçon, peu importait, il aimerait son enfant de la même façon. Après les pogromes, la mort de sa première femme en Russie, les difficultés pour trouver un travail en France, tout allait bien, enfin. Sa deuxième épouse était travailleuse et attentionnée, et désormais ils avaient une petite fille qui allait grandir dans la patrie des droits de l'homme et de Zola, dans ce pays où on écrivait des idées révolutionnaires et des vers mélodieux, où un Racine pouvait écrire sur une Juive et sa pièce devenir un chef-d'œuvre, où pouvait exister un type épatant comme Louis l'instituteur, où on pouvait se déplacer, rire, et chanter sans avoir les cosaques ou la police du tsar sur le dos. Alléluia, l'ère des pogromes était révolue, bientôt la SFIO remporterait sûrement les législatives. Que désirer de plus ? Il était un Juif heureux en France.

Ce fut en se rendant à la mairie pour déclarer et reconnaître la petite Bérénice qu'il arriva un bien étrange incident. Lorsqu'il s'était fait naturaliser, en 1892, Maurice avait obtenu de franciser son nom. Au lieu de se faire appeler Moïshe Kapelouchnik, difficilement prononçable pour qui n'était pas russe et fleurant un peu trop son émigré du *shtetl*, il était devenu Maurice Capel. Mais ce 28 juin 1919, par hâte, négligence ou mauvaise vue, l'officier d'état civil se trompa en recopiant le patronyme du bébé et le « l » se trouva soudainement transformé en « t ». Le nouveau père s'en aperçut aussitôt et eut un mouvement pour avertir le fonctionnaire de son erreur, mais réflexion faite, il garda le silence. Ou plutôt il parla de tout et de rien, du temps qu'il faisait, de la décoration du fonctionnaire – vous étiez dans quel bataillon, ah moi aussi j'étais dans l'infanterie, monsieur – du Traité de Versailles – ah oui ça au moins les Boches ne l'ont pas volé –, tout pour distraire l'employé de la mairie et l'empêcher de se rendre compte de son erreur, trop ravi à la perspective de doter sa fille, en sus de son prénom racinien, d'un nom de roi de France. Eh oui, il avait beau être un républicain convaincu, ce nom à consonance royale se parait pour lui d'une aura prestigieuse, ressuscitant dans son esprit les exploits des preux chevaliers du Moyen Âge, les jugements de Saint-Louis sous son chêne et la majesté du roi Soleil. Mais si, mais si, rien que ça.

Bérénice Capet. Voilà, on y était, c'était écrit noir sur blanc, signé, tamponné, estampillé, validé, enregistré. Ce jour-là, en sortant de la mairie, Moïshe Kapelouchnik, fils d'Abraham Kapelouchnik, tailleur russe, et de Myriam Rabinovitch, sans profession, se sentit l'âme d'un Gaulois.

Il rentra chez lui triomphal, brandissant à bout de bras le livret de famille. Encore plus ému qu'à la naissance du bébé, quelques heures auparavant, il embrassa sa fille, profitant d'avoir la tête enfouie dans le berceau pour cacher les larmes qu'il sentait monter aux yeux. Bérénice Capet. La première de la famille Kapelouchnik à naître sur le sol français. La première des Kapelouchnik à porter un nom typiquement français. Toujours frondeuse, sa belle-mère se moqua : « Vos parents doivent se retourner dans leur tombe de voir leur nom massacré. Votre fille, une *vraie Française* ?

Mais mon ami, vous oubliez que pour vos chers Français, nous serons toujours des Juifs. Regardez ce pauvre Dreyfus ! » *Oïe, gevalt !* que n'avait-elle dit là... C'était le début d'une âpre discussion qui durait des heures et de laquelle personne ne sortait gagnant. Sans qu'il l'avoue publiquement, l'affaire Dreyfus avait toujours embarrassé Maurice Capel. Malgré toute sa mauvaise foi, qui pouvait être extraordinairement développée, il avait du mal à trouver des justifications convaincantes à l'antisémitisme de certains Français. Mais on n'allait pas se disputer en ce jour glorieux. Au diable l'esprit de contradiction de sa belle-mère, au diable les antisémites de tous les pays, français, russes ou chinois : une petite fille était née, la première de la longue lignée des Kapelouchnik devenue Capet par la grâce d'un « l » mal calligraphié. *Mazel tov !*

2

On n'était pas les Rothschild chez les Capel, ça c'était sûr. Moïshe Kapelouchnik était né vers 1870 dans un petit *shtetl* de Russie. Son père, Abraham, avait tâté d'un peu tous les métiers, en fonction de la pratique que le ciel voulait bien lui envoyer. C'est ainsi qu'en moins de trente ans, il avait été tour à tour livreur, colporteur, marchand de harengs, tailleur, cordonnier, mécanicien-rectifieur dans une fabrique de parapluies et même bedeau, mais à l'époque où Moïshe vint au monde, il était fourreur et le resta probablement jusqu'à la fin de sa vie. Sa mère, Myriam, avait déjà accouché de huit enfants quand le petit *Moïshele* fit son apparition. Dès sa naissance, ce fut un bébé costaud, bagarreur et bien décidé à se faire une place dans cette famille nombreuse. Chez les Kapelouchnik, on n'avait pas assez d'argent pour faire des études alors Moïshe avait juste appris à lire et à écrire avec le rabbin, au *héder*.

Sur le coup, cela lui avait paru naturel parce qu'il n'avait pas d'autres références pour comparer. C'est plus tard qu'il comprit que le mariage de ses parents n'avait pas dû être heureux. Sa mère, vieillie prématurément par les varices et les fausses couches, s'était avec l'âge tournée de plus en plus vers la religion. Jeûne de Kippour, jeûne d'Esther, jeûne de Ticha Béav, jeûne des premiers-nés, elle n'en manquait plus un seul et respectait strictement les règles de la *cacherout* : la vaisselle pour la viande, la vaisselle pour le lait, l'abstinence pendant les règles et puis les jours avant et les jours après, et le bain rituel, et l'interdiction de porter des chaussures en cuir à Kippour, et puis l'interdiction de faire de la lumière pendant le shabbat... Quel casse-tête pour son mari ! Lui était raisonnablement pieux. « Dieu me pardonnera, s'excusait-il quand on le surprenait à manger un bout de fromage après un plat de viande. Avec tous ces méchants qui courent les rues, Dieu a mieux à faire que de s'occuper de ce que je mets dans mon assiette, non ? » Ses arrangements avec la religion n'étaient pas du goût de sa femme, trop superstitieuse pour en rire. « Espèce de mécréant, tu attires le mauvais œil sur nous », et la dispute repartait. Pour un oui, pour un non, ses parents se faisaient des scènes, s'envoyaient des noms d'oiseau à la figure, se claquaient la porte au nez. Le seul moment de répit commençait le vendredi soir car on n'avait pas le droit de se disputer pour shabbat. Sans doute pour cette raison, le moment préféré de Moïshe était ce jour magique qui faisait taire ses parents.

Très vite, le dernier-né se montra un petit gars espiègle et malin. Sa bonne bouille et sa langue bien pendue décidèrent rapidement son père à le prendre avec lui pour parler aux clients. Le gamin les faisait rire avec son bavardage, et comme il était fier que son père l'emmène avec lui. Ses frères et sœurs n'avaient pas droit à un tel privilège. En plus de ça, rencontrer les gens à l'atelier était bien plus amusant que d'apprendre l'hébreu à l'école sous le regard sévère du rabbin qui surveillait tout ce qu'il faisait. C'est comme ça que peu à peu il apprit le métier, par imitation, par intuitions, sur le tas. En quelques années il devint le meilleur fourreur du *shtetl*.

La vie allait bien pour lui, mais là aussi, c'est seulement plus tard, quand le malheur frappa, qu'il le mesura. Comme on disait dans son village : « C'est quand on perd un bras qu'on se rend compte de la chance d'en avoir deux. » Au début, tout allait bien. À dix-sept ans, il se maria avec la fille du rabbin, une jeune fille pieuse, jolie comme un cœur, et dont il était très amoureux. Il se promit de ne pas reproduire les disputes familiales et se pliait en quatre pour la rendre heureuse. Un petit compliment par-ci par-là, un bouquet de fleurs pour le shabbat, une nouvelle robe quand il avait gagné un peu plus d'argent que d'habitude. La cérémonie du mariage fut simple mais remplie d'allégresse. Quelques mois après, sa femme tomba enceinte. Moïshe était au comble du bonheur. Il en oubliait presque qu'il devrait faire un jour son service militaire. C'est à peu près à ce moment que le village entendit des bruits de pogromes. Ce n'était qu'une rumeur mais c'était quand même assez inquiétant toutes ces histoires horribles qui se racontaient sur ce qu'on faisait aux Juifs. Et puis un matin, alors que Moïshe revenait du marché... Bon, on n'en saura pas plus. Moïshe ne voulut jamais dire ce qu'il découvrit quand il rentra chez lui, ni la terreur qui le prit quand il trouva la maison dévastée, ni ce qui arriva à sa belle épouse, la perle de sa vie. On sait juste qu'elle portait ce jour-là sa nouvelle petite robe bleu marine qu'il lui avait achetée pour sa fête. On sait encore que depuis il fut veuf et que jamais on ne pourra dire s'il eût été père d'un garçon ou d'une fille.

Après cela, peut-être un ou deux mois après, il décida de quitter la Russie. Hors de question de servir le tsar, hors de question d'entrer dans l'armée avec tous ces cosaques ivrognes et antisémites. Il voulait rejoindre la France, là au moins on était bien traité. Sans moyen de locomotion, sans visa, il fit confiance à ses seuls alliés : ses pieds et sa volonté de fer pour gagner la patrie des droits de l'homme, ce pays qu'un monsieur de la ville qui passait de temps en temps commander des fourrures pour sa femme lui avait décrit comme un paradis sur terre. Il lui avait même montré une carte postale de Paris, et ça, ça l'avait vraiment impressionné, Moïshe Kapelouchnik. Quand il arriva en France, les deux plus beaux jours de sa vie furent celui où il vit pour de vrai Notre-Dame, exactement pareille que sur la carte postale, et le jour où il put enfin se faire naturaliser. Les deux plus beaux jours de sa vie. De sa vie d'après. À Paris.

« Ce n'est pas bon un homme seul, entendit-il souvent au *pletlz* où il aimait à se rendre pour retrouver l'atmosphère de son enfance, il faut prendre une femme, tu n'es pas vieux, c'est péché de ne pas se remarier, c'est contraire à la Torah. » Pendant longtemps il se boucha les oreilles. Épouser une autre femme que la perle de sa vie ? Refonder une famille après ce qui s'était passé ? *Genug*, arrêtez de parler de ça ! Sa vie lui allait bien comme elle était, son atelier tournait correctement, il arrivait à vendre un manteau de fourrure par jour grâce à la clientèle de la cour de la reine Amélie du Portugal, l'argent rentrait... Quel besoin de prendre une femme ?

On ne sait pas trop comment il se laissa finalement convaincre. On se doute que l'envie d'avoir des enfants fut la plus forte, au moins pour perpétuer le nom des Kapelouchnik, même francisé en Capel. Peut-être qu'il pensa que ça emmerderait tous ces salauds d'antisémites un ou deux Juifs de plus sur terre. Quoi qu'il en soit, un soir de Kippour il accepta de rencontrer la famille Valabrègue. C'était une vieille famille juive originaire du Comtat-Venaissin, qui vivait à Paris depuis cinq ou six ans. Les parents étaient commerçants et ils avaient une fille à marier. Bien sûr elle était beaucoup plus jeune que Maurice et beaucoup moins jolie que... enfin vous savez qui, la perle de sa vie, Dieu ait son âme.

Esther, quand vous la regardiez bien, vous vous aperceviez qu'elle avait un front haut, si haut qu'il faisait penser à une patinoire. Mais bon, ce n'était pas très grave un front trop haut, ça pouvait même être charmant avec une frange. Et voilà comment il finit par se remarier. Ça se passa à la mairie du dixième arrondissement puis à la synagogue de la rue des Tournelles, près du commerce de ses nouveaux beaux-parents. La synagogue, lui, il s'en fichait, après ce qui s'était passé en Russie, il ne croyait plus en Dieu, mais sa nouvelle belle-famille y tenait. Alors va pour la synagogue. Et les cent mille francs-or de la dot.

Chaque jour Maurice remerciait le ciel de lui avoir permis de vivre en France. Il s'était pris de passion pour la langue de Molière et avait mis un point d'honneur à ce qu'on ne décelât pas en lui l'étranger. De fait, il avait réussi à parler le français presque comme un vrai Parisien, il restait bien une pointe d'accent par-ci par-là, mais trois fois rien, vraiment rien. Bon, quelquefois, d'accord, un accent yiddish plus prononcé ressurgissait. Mais c'était dans la colère, ou alors exprès, pour faire rire Bérénice qui adorait l'entendre dire : « Ti viens avec moi ri des Rosiers, ji vais té vendre ma four-rire. »

Ah ça oui, il savait s'y prendre pour la faire rire, sa Bérénice. Avec l'histoire du train par exemple. Vous la connaissez ? Un jour dans un train, deux hommes sont assis l'un en face de l'autre. Le premier, comme ça, pour faire la conversation, lui dit : « Bonjour monsieur ! » Il le dit vraiment poliment, mais l'autre, pfit, il ne répond pas. Alors le premier insiste : « Pardon monsieur, est-ce que vous avez l'heure s'il vous plaît ? » Toujours pas de réponse. Agacé, le premier finit par s'emporter : « Écoutez, monsieur, vous pourriez être poli, quand même. Je vous dis bonjour, vous ne me répondez pas, je vous demande quelle heure il est, vous ne répondez pas. Est-ce que c'est des manières entre Juifs ? » Alors l'autre le regarde dans les yeux : « Non, je n'ai pas envie de vous répondre. Vous savez pourquoi ? Parce que si je vous réponds, on va commencer à discuter. Je vais vous dire que j'ai une fille. Vous allez me dire que vous avez un fils. Je vais vous dire que ma fille est en âge de se marier. Vous allez me dire que votre fils aussi, qu'il fait de bonnes études, que c'est quelqu'un de bien... Mais qu'est-ce que vous voulez que je fasse d'un gendre dont le père n'a même pas de quoi se payer une montre ? »

— Encore, papa, encore une histoire !

Et Maurice Capel raconte à sa petite Bérénice, assise sur ses genoux, les histoires du *shtetl*, le fou de la place du village, qui dort le jour et se réveille la nuit, empêchant les villageois de trouver le sommeil à cause de ses bavardages sans fin, et l'allumeur de belvédère qui ne se sépare jamais de son chapeau, même pour se laver ou pour dormir, à ce qu'on dit, et encore le boucher qui, parce que sa fille s'est mariée avec un goy, déchire sa veste...

— Pourquoi il déchire sa veste, papa ?

— Parce que c'est ce qu'on fait quand on est en deuil.

— Pourtant elle n'est pas morte, sa fille ?

— Non, mais c'était tout comme, ça lui a tellement brisé le cœur au boucher que sa fille n'épouse pas un juif qu'il a fait comme si elle était morte.

Et voilà Moïshe racontant comment le pauvre père déchira sa veste, maudissant la chair de sa chair, refusant d'entendre parler d'elle, la reniant dans une grande imprécation qui fit pleurer sa fille des litres de larmes et déborder la rivière.

— Papa, est-ce qu'il y avait un théâtre dans ton *shtetl* ?

— Ce n'était pas un vrai théâtre, il y avait des comédiens ambulants qui venaient de temps en temps jouer des pièces en yiddish, ou improviser sur la place du village, pour les mariages ou les fêtes, des saltimbanques qui étaient aussi un peu danseurs et musiciens.

Parfois, brusquement, Maurice Capel s'arrêtait, non par nostalgie de cette époque, mais parce que cela faisait trop mal de raviver les souvenirs de son père, de sa mère, de ses frères et ses sœurs, dont il était sans nouvelles, morts peut-être, maintenant, ou restés là-bas, trop loin en tout cas pour espérer jamais les revoir. Bérénice alors, calée sur les genoux de son père, lui posait d'autres questions, celles auxquelles elle savait, la petite sensible, que son père aurait plaisir à répondre. « Dis, papa, demandait-elle en posant un doigt sur son épaule gauche, redis-moi comment tu t'es fait ça », et Maurice Capel d'expliquer fièrement comme il fit la guerre pour la France, avec quel orgueil il partit, la fleur au fusil, pour défendre la patrie des droits de l'homme, pour que d'autres générations pussent elles aussi fouler ce sol de liberté. « Ça, c'est la balle que j'ai prise au début de la guerre, et puis là, regarde, c'est la deuxième, elle n'est pas loin du cœur, hein ? un peu plus, et il n'y avait plus de Maurice Capel, plus de Bérénice. »

Cette idée lui serrait le cœur, la nuit surtout, quand elle n'arrivait pas à trouver le sommeil, que son imagination accouchait de peurs et de culpabilités monstrueuses, elle voyait alors son père frappé par une balle, il tombait raide mort, d'un coup, comme une planche qu'on laisserait tomber, et elle se mettait à pleurer dans son petit lit, larmes silencieuses et impuissantes dont elle n'osait parler à personne.

À part ça, la vie était simple chez les Capel, en tout cas au début. On se levait tôt le matin, on petit-déjeunait en famille, on envoyait Bérénice à l'école à côté de la maison, elle partait avec sa grande amie et voisine Colette. Le vendredi soir la bonne odeur du *halleh* flottait dans la maison. La plupart du temps venait les rejoindre la grand-mère Mathilde qui vivait seule dans le Marais depuis qu'elle était veuve. Bérénice l'aimait beaucoup, sauf quand elle se chamaillait avec son père. Parfois elle se disait qu'elle aurait bien aimé avoir un petit frère ou une petite sœur mais ses parents n'avaient pas réussi à avoir d'enfants après elle.

Les Capel étaient accueillants. Il y avait toujours du monde à l'atelier ou à la maison. Les amis, les voisins, la famille passaient volontiers sans prévenir, toujours sûrs de trouver un thé pour eux, des petits gâteaux et une bonne histoire. En somme ils avaient tellement l'habitude de leur mode de vie qu'ils ne se rendaient pas compte qu'ils avaient reconstitué un petit *shtetl* en plein Paris. La seule différence c'est qu'on y parlait français, consigne sévère de Maurice Capel, même si de temps en temps un mot en yiddish lui échappait, au point que sa propre femme s'appropria des mots en yiddish, mais avec le temps il le parla de moins en moins et oublia même ou voulut oublier que c'était sa langue maternelle.

3

— Qu'est-ce que tu veux faire quand tu seras grande, Bérénice ?

— Comédienne !

— Comédienne ?

— *Oy gevalt*, s'insurgeait monsieur Capel, comédienne ! Ça n'est pas un métier pour les Juifs, ça. Où as-tu vu des actrices juives ? Greta Garbo, est-ce qu'elle est juive ? Elvire Popesco, est-ce qu'elle est juive ? Gaby Morlay, est-ce qu'elle est juive ? Ce n'est pas un métier pour nous !

— Et Rachel alors, elle n'était pas juive ? taquinait la grand-mère Mathilde.

— Rachel, Rachel... c'était il y a longtemps !

— Mais papa, pourquoi ce n'est pas un métier pour nous ?

— Tsss, toutes les actrices sont des *shikse*. Comment on dit en français ? des chochottes !

— Vous voulez certainement dire des cocottes, Maurice, faisait observer la grand-mère Mathilde, très pince-sans-rire, en ôtant une miette de gâteau de la commissure de ses lèvres.

— C'est ça, des cocottes ! Ma fille n'est pas une cocotte. C'est très beau le théâtre, c'est très élevé, Racine est un grand monsieur, mais ce n'est pas pour ma fille. Ma fille fera comme les petites Françaises de bonne famille : des études *au lycée*. Pas à l'école communale, hein, *au lycée*, et puis elle deviendra institutrice ou avocate. Institutrice c'est mieux, c'est plus décent pour une fille que de fréquenter des voleurs et des assassins. Ensuite elle épousera un bon juif et ils me feront plein de beaux petits-enfants. Tu crois que tu auras des enfants si tu es actrice ? Quel mari normal voudrait épouser une femme qui embrasse d'autres hommes sur scène ? Quel juif voudrait d'une épouse qui couche avec les directeurs de théâtre pour obtenir des rôles ? *A shande*, une honte !

Tout le monde approuvait, la discussion était close. Parfois quelqu'un qui n'était pas de la famille, une voisine, le plus souvent, ou allez, la grand-mère Mathilde dans ses grands jours, se mettait à insister : « Pourquoi veux-tu être comédienne ? – Je veux jouer, je veux être connue, répondait spontanément Bérénice. » Ah ça ! c'était le moment favori de la grand-mère Mathilde : « Connue ? tsss, Landru aussi est connu. » La petite la foudroyait du regard, blessée de la comparaison sacrilège. Landru ! un meurtrier ! Elle parlait art, on lui répondait crime. C'était bien les adultes à toujours poser des questions bêtes. Est-ce qu'elle savait pourquoi elle voulait devenir comédienne... Pourquoi se préoccuper de cela ? Est-ce qu'on demande à l'eau pourquoi elle mouille ? La vraie question, celle qui était vraiment importante, la question fondamentale, c'était pourquoi tout le monde *ne voulait pas* devenir comédien. Ou alors les grandes personnes mentaient. Franchement, qui pouvait ne pas avoir envie de paraître sur un écran de cinéma avec un beau visage en noir et blanc ? Surgir aux actualités enveloppée dans un lourd manteau de fourrure sous lequel se devine une robe somptueuse, certainement se lever tard et boire du champagne, disposer d'une automobile avec chauffeur, d'une maison de campagne et de domestiques, être adulée de tous, se faire reconnaître dans la rue, recevoir des centaines de lettres et signer des autographes... Est-ce qu'une institutrice pouvait prétendre à cela ? Plutôt mourir que de faire un métier banal, se jurait Bérénice. Elle, elle serait une vedette : la grande Bérénice Capet, plus impertinente que Louise Brooks, plus divine que Greta Garbo, plus fatale que Marlène Dietrich.

En attendant la gloire, comme tous les enfants, elle faisait des mines devant la glace, se drapait d'une serviette de bain pour créer l'illusion d'une toge romaine, prenait la pose devant des photographes imaginaires. Je crois que celui-ci est mon meilleur profil. Allumez-moi une cigarette, voulez-vous ? Dans la cour de récréation, elle se réservait toujours le meilleur rôle et dirigeait ses copines tandis qu'en classe, elle était la première à se porter volontaire pour les récitations au tableau noir. Contrairement à ses camarades qui, pressés d'échapper à la corvée, écorchaient régulièrement La Fontaine ou Ronsard de leur diction hachée, elle prenait son temps depuis le jour où elle avait entendu dire que le défaut des débutants était de ne pas respecter les silences, et elle projetait sa voix de façon à ce qu'on l'entende jusqu'au fond de la classe, parlant fort et « mettant le ton », parfois même « faisant des gestes ». Ses instituteurs étaient ravis: « 20/20, merci mademoiselle, vous pouvez retourner vous rasseoir. » Elle était si heureuse de déployer ses talents devant un vrai public qu'il lui arrivait d'en faire trop, volontiers cabotine, comme pour cette mémorable « La Cigale et la Fourmi » qui devint dans sa bouche une chanson de geste plus épique encore que la mort de Roland à Roncevaux, de sorte que sa prestation fit le tour de l'école et qu'elle dut recommencer devant la directrice en personne. Cette année-là on lui demanda même de réciter des poèmes pour la distribution des prix. C'est son père qui avait été fier en la voyant dans sa petite robe blanche dire « Les Pauvres Gens » de Victor Hugo sans se tromper une seule fois, devant les notables du quartier et même l'adjoint au maire ceint de son écharpe tricolore.

Oui, à l'école elle avait un bien meilleur public qu'à la maison. À la maison, ses spectateurs étaient les fourrures qu'elle chipait à l'atelier pour les aligner sur son lit, dans sa chambre. « Viens, Colette, je te présente mes admirateurs. Regarde, au premier rang, voilà monsieur Boléro de Renard. Tu vois ses yeux doux? C'est qu'il est très amoureux de moi, il vient m'applaudir tous les soirs et me fait porter des centaines de lys blancs dans ma loge. Je n'ose pas lui avouer que leur odeur m'incommode, je ne voudrais pas le peiner... À sa droite, madame Toque d'Astrakan, tu sais, la critique dramatique. D'une sévérité... Elle trouve toujours quelque chose à redire: quand ce ne sont pas les lumières, c'est ma façon de marcher ou le texte qu'elle trouve faible... À croire qu'elle veut se venger par sa plume d'avoir été si peu dotée par la nature, mais elle est si influente qu'on ne peut pas lui interdire la salle. Là, dans la loge, bien en vue au premier rang, monsieur et madame Manteaux de Ragondin, vieux couple bourgeois, toujours tiré à quatre épingles. On les soupçonne de ne venir au spectacle que pour faire bonne impression, en réalité, le théâtre les assomme, le mari réprime des bâillements, sa femme pense à son prochain dîner, et ils ne savent jamais trop quoi dire à la fin de la représentation qui paraisse original ou au moins intelligent. Ah, j'allais oublier, dans la loge présidentielle, la princesse Cape d'Hermine. Oui bien sûr, la princesse italienne, la divorcée. Malgré sa vie scandaleuse, c'est une vraie passionnée de théâtre. Il paraît qu'elle possède des centaines de photographies dédicacées de Jacques Copeau, Louis Jouvet, Charles Dullin, Henry Bernstein... tous les grands noms du théâtre. »

Bien sûr vous riez, vous jugez cette vocation de pacotille, un jeu de gamine à l'imagination féconde. Peut-être. Peut-être effectivement cette vocation n'aurait-elle fait qu'un feu de paille si elle n'avait été alimentée par un combustible autrement plus puissant que ces rêves de gloriole teintés de narcissisme. La vraie vocation vint autrement et plus tard, à huit ans.

Une vieille cliente de ses parents, l'élégante madame de Lignières, habitante du très chic septième arrondissement quand elle n'occupait pas son château de Touraine, connaissant son rêve de devenir comédienne et voulant la remercier d'un menu service qu'elle lui avait rendu, avait proposé d'emmener Bérénice à la Comédie-Française pour ses huit ans. Des jours à l'avance, on avait sermonné la petite pour qu'elle se tînt bien dans la salle et ne fît pas honte à la famille. Aucun Kapelouchnik ni même Valabrègue, la famille de sa mère, n'avait mis les pieds dans la Maison de Molière. Il fallait promettre de tout raconter en détail : quelles robes portent les femmes, et les chapeaux, et les lustres, et l'or sur les murs, j'ai entendu dire qu'il y a un poulailler, c'est vrai ? Les mises en garde pour que Bérénice se comportât en dame étaient multipliées d'autant qu'on ne connaissait rien du cérémonial en vigueur dans une salle de théâtre. Pour l'occasion, on avait acheté à Bérénice une robe à la mode, en taffetas de satin bleu marine coupée façon charleston. « C'est cher, mais ça pourra resservir pour les fêtes », avait affirmé son père pour excuser cette folie. Il avait fallu de longues heures de patience pour lisser la longue crinière brune et la discipliner par deux nattes façonnées en macarons solidement fixés de chaque côté de la tête. « Une vraie princesse », commenta la grand-mère Mathilde.

4 juin 1927, le Théâtre-Français donnait *Lorenzaccio* d'Alfred de Musset. En apprenant que le rôle de Lorenzo était tenu par une certaine Marie-Thérèse Piérat, Bérénice pouffa : « Un rôle d'homme joué par une femme ? Comme c'est bête ! » Elle ne fit pas longtemps la maligne. Était-ce l'architecture de la salle de Victor Louis, le rideau rouge aux nobles plis, la coupole peinte par Albert Besnard ? Ce qui se passa à la Comédie-Française fut son pilier de Notre-Dame. Seule importait cette sensation très forte et très simple à la fois, cette évidence de se trouver à sa place et d'être bien.

Elle n'avait plus envie de parler. Ses mains étaient devenues moites en pensant aux comédiens qui allaient entrer en scène, qui se trouvaient là à deux pas, en coulisses, se préparant, regardant peut-être par un trou du rideau la salle se remplir peu à peu. Elle était avec eux, elle était de leur côté, leur trac était le sien. Sans s'en rendre compte elle venait d'introduire le sacré dans cette enceinte rouge et or. Désormais le monde se partagerait en deux : d'un côté les prêtres du théâtre – assemblée de ministres du culte composée des artistes – de l'autre les païens : ces gens autour d'elle qui s'éventaient avec le programme, discutaient chapeaux et coiffeurs, dîners en ville, Salon de l'auto au Grand Palais...

Madame de Lignières la regarda avec surprise, reconnaissant à peine la petite fille volubile qu'elle avait l'habitude de voir à la boutique. Une sorte de gravité religieuse avait fondu sur Bérénice. Si on lui avait demandé à ce moment-là de quitter son fauteuil, elle en aurait été incapable : c'était comme si une force l'y maintenait solidement attachée.

Lorsque la lumière s'éteignit et que fusèrent de la scène les premières répliques, ce fut tout le contraire. Elle dut se faire violence pour s'empêcher de bondir sur le plateau et de parler à la place des acteurs. L'envie de monter sur les planches était si intense qu'elle eut peur plusieurs fois de ne pas réussir à la maîtriser : que se passerait-il si elle se mettait malgré elle à parler tout haut ? Quel scandale ! Et pourtant, ce serait si facile, il suffisait d'un mot, d'un geste... et hop, elle serait là, sur le plateau.

Elle était si absorbée qu'elle prêta peu d'attention aux décors et aux costumes. Ils étaient pourtant splendides, lui fit remarquer à l'entracte madame de Lignières qui semblait apprécier la mise en scène d'Émile Fabre, l'administrateur général du Théâtre-Français. Pendant que la vieille élégante allait saluer des connaissances au foyer, Bérénice préféra rester dans la salle, s'approcher de la scène, observer les musiciens tandis qu'ils accordaient leurs instruments. C'est avec une espèce de crainte superstitieuse qu'elle osa passer sa main sur le rebord de la fosse en velours cramoisi. Les larmes lui montèrent aux yeux. Il lui sembla que le velours lui transmettait un fluide magnétique, qu'il allait lui parler pour lui expliquer les mystères qu'elle était en train de découvrir. Mais le public revenait, il fallait retourner à sa place. Le dernier acte se passa dans un état cotonneux. À ses parents qui la pressèrent de questions à son retour, elle répondit machinalement, se servant des bribes d'informations ramassées dans le programme ou des remarques de madame de Lignières qu'elle avait mémorisées sans s'en rendre compte. Il paraît que Marie Bell se couvre de bijoux dans la vraie vie. Il paraît qu'elle a dit : « Je ne serai jamais une bourgeoise avec un collier de perles, c'est vingt colliers qu'il me faut. » La famille fit des gorges chaudes de cette phrase. Vingt colliers ! Tsss, quelle extravagance ! Bérénice espéra que l'interrogatoire se terminerait là.

Cela avait presque réussi, un peu plus on la laissait aller se coucher, car enfin il se faisait tard, elle allait pouvoir rester seule dans sa chambre, remettre de l'ordre dans ses pensées, passer en revue cette soirée et envisager son avenir sérieusement, demain elle en parlerait à Colette, ensemble elles bâtiraient un plan, tout serait plus facile ensuite, quand tout à coup quelqu'un, elle ne se rappelait plus qui, peut-être sa grand-mère, toujours habile à mettre dans le mille, à moins que ce ne fût quelqu'un d'autre qui voulut se renseigner sans penser à mal, en toute simplicité, quelqu'un, donc, posa la question qu'elle redoutait :

« Tu voudras y retourner ? » Non, s'entendit-elle répondre avec force, effrayée de son propre cri. Non !

Ça y est, c'est fini, *mazel tov !* ça ne l'intéresse plus, se félicitèrent ses parents en clignant de l'œil. Finalement, ce n'était pas bête de l'emmener là-bas. Guérir le mal par le mal, comme on dit. Bérénice fut abasourdie de la force avec laquelle sa voix avait répondu non, de l'intensité de ce refus alors qu'elle n'aspirait qu'à y retourner. Confusément, quelque chose lui disait qu'elle ne pourrait pas renouveler cette douleur d'être assise dans la salle sans avoir la possibilité de monter sur scène. Elle ne savait pas encore quand ni comment, encore moins quels rôles et quel chemin pour y arriver, mais elle sut que sa place était là.

4

Savoir où on veut arriver ne dit pas comment faire pour y parvenir. Elle avait bien entendu parler de cette institution qu'on nomme Conservatoire, mais à huit ans, elle ne voyait pas du tout comment y entrer. Sa grande confidente Colette, pourtant inventive voire délurée, n'était pas plus avancée qu'elle. Alors en attendant, certaine qu'un jour viendrait où quelque chose, quelqu'un changerait sa vie, la rendrait conforme à ce qu'elle en espérait, avec cette confiance des enfants ambitieux qui ne doutent pas une seule seconde que le monde leur sera favorable et brillant, Bérénice s'était mis en tête de lire toutes les pièces de théâtre qu'elle pouvait trouver. Régulièrement elle en achetait avec ses petites économies, elle en empruntait dans la bibliothèque des parents de Colette ou puisait dans celle de l'école. Toujours une pièce à la main, apprenant les textes par cœur, entraînant sa mémoire, ne respirant que par le théâtre, telle était Bérénice en son enfance. Ses parents fronçaient de nouveau les sourcils, trouvant cette passion bien plus longue que les habituels engouements des enfants, mais ils lui reconnaissaient un avantage : la lecture était une passion tranquille.

La petite fille commença avec méthode, c'est-à-dire dans l'ordre chronologique. Les classiques d'abord, Molière, Racine, Corneille et même les oubliés comme ce pauvre Rotrou dont elle avait trouvé les œuvres complètes à l'école. Suivirent Voltaire et les romantiques, Hugo, Musset, Dumas, jusqu'aux plus contemporains François Coppée, Porto-Riche, Henry Bernstein et Jean Giraudoux. Elle ne dira pas à ses petits-enfants ni même à ses enfants : « Oh vous êtes bien jeunes encore mes petits chéris, mes petits amours, pour connaître tous ces noms-là, mais c'étaient des écrivains très importants et beaucoup joués à l'époque. » Elle ne leur expliquera pas qu'il lui arrivait de dévier de la règle stricte qu'elle s'était imposée : elle dépendait de fournisseurs trop différents à qui les principes de sa méthode échappaient. Elle n'avait pas les moyens de faire la fine bouche.

Au lieu des traditionnelles collections de timbres ou de papillons, Bérénice avait entrepris de rassembler toutes les coupures de presse qu'elle pouvait glaner sur le Théâtre-Français. Chaque article, chaque photo étaient découpés avec soin et collés dans un grand cahier où elle avait tracé sur l'étiquette de la couverture, en belles lettres rondes : Comédie-Française. Les noms des artistes n'eurent bientôt plus de secrets pour elle. Elle tenait à jour la composition de la troupe : les pensionnaires qui venaient de signer leur engagement, les sociétaires qui prenaient leur retraite, les pensionnaires promus sociétaires. Un jour, ce serait elle, peut-être... Elle mémorisait le vocabulaire propre à la Maison et faisait vérifier ses connaissances par Colette. Le directeur s'appelle l'administrateur général. Le doyen est le sociétaire le plus ancien en exercice depuis son accession au sociétariat. Le comité d'administration est composé de sociétaires titulaires, dont le doyen. Il se réunit sur convocation de l'administrateur général et il est consulté sur toute question que ce dernier juge utile de lui soumettre. Il propose les nominations au sociétariat, la distribution des parts de Société, examine le budget et les comptes, prononce les cessations de contrats.

Le plus grand plaisir de Bérénice, chez les parents de Colette, était de s'absorber dans *Le Figaro* dont elle jugeait les pages théâtrales bien plus développées que dans *Le Populaire* qu'achetait son père. Si Maurice Capel avait su que sa fille dévorait ce « torchon de droite », ce « journal fasciste », quel savon il lui aurait passé... Pourtant quel régal de découvrir les comptes rendus des critiques dramatiques sur leurs soirées à la Comédie-Française, les déclarations des vedettes, les chroniques de la vie théâtrale parisienne. Et puis cela faisait de nouveaux trésors à coller dans son cahier.

Durant toutes ces années, elle se forgea une solide culture dramatique, uniquement livresque, faute de se rendre au théâtre. Ses parents n'y allaient jamais et elle repoussa toutes les invitations de madame de Lignières qui finit par ne plus lui en proposer. Si elle connaissait sur le bout des doigts la biographie de la comédienne Marie Ventura, si elle n'ignorait rien de ses origines roumaines, du nom de ses professeurs au Conservatoire, de ses rôles à ses débuts, si elle suivait assidûment la carrière de René Alexandre ou encore celle du doyen Dessonnes, elle ne savait d'eux que ce qu'en disaient les critiques ou ce qu'en restituaient les photographies. Leur voix, leur timbre, leur diction, leur gestuelle ? Elle en était réduite à les supposer. Cécile Sorel, Berthe Bovy, Colonna Romano, Béatrice Bretty, Georges Leroy, Jean Yonnel, André Brunot, ces noms, dans son imagination vite inflammable, accédaient au rang de demi-dieux, figures mythologiques s'en allant braver les feux de la rampe comme d'autres Ulysse ou Hector terrasseraient des cyclopes ou des armées ennemies, acclamés et couronnés d'honneurs au sortir de la représentation tels des héros triomphants au retour d'une guerre épique.

Une onomastique inconsciente lui faisait imaginer les hôtes de la Maison de Molière de façon toute personnelle. Ainsi le sociétaire honoraire Raphaël Duflos, nimbé de son prénom d'ange et de son patronyme aux consonances liquides, lui semblait un séraphin aux boucles blondes aussi lumineuses que celles de la Vénus jaillissant de son coquillage. Madame Segond-Webern sonnait Second Empire. Elle se figurait une vieille dame un peu rigide et sévère, aux vêtements échappés d'une garde-robe démodée, peut-être même portait-elle encore la crinoline. Charles Le Bargy ? Sans doute un vieux monsieur fantasque, agissant bizarrement mais toujours avec une grande classe due à son y ! Si Bérénice avait rencontré ces personnages en chair et en os, elle eût été aussi étonnée que lorsque l'on découvre à quel visage appartient la voix familière d'un présentateur de radio.

Un jour de grandes résolutions, elle prit son courage à deux mains et téléphona au Conservatoire. Ça n'avait pas été une mince affaire, il avait fallu s'organiser longtemps à l'avance jusque dans les plus minutieux détails. D'abord se rendre chez Colette dont les parents possédaient un appareil téléphonique, ensuite trouver l'indicatif du Conservatoire dans l'annuaire (« Oui bien sûr mes petits chéris, vous ne savez pas ce que c'est qu'un indicatif téléphonique, en ce temps-là les téléphones étaient bien différents... » – Mais non bien sûr, Bérénice ne pourra pas dire cela à ses petits-enfants ni même à ses enfants, elle ne le pourra pas), puis attendre que les adultes les laissent seules à proximité de la pièce du téléphone, placer Colette en sentinelle, enfin ne pas bafouiller en lisant le papier qu'elle avait préparé tant sa peur était grande : « Bonjour madame, je suis bien au Conservatoire de musique et de déclamation, s'il vous plaît ? » Par chance au bout du fil une employée bien au fait de l'histoire de l'institution et du décret en vigueur, une vieille dame à en juger par la voix, qui sans doute pour répondre avec tant de compétence travaillait dans la noble institution depuis des lustres, extirpa de sa mémoire impeccable l'exemple de Béatrix Dussane, comédienne reçue au concours d'entrée à quatorze ans en 1902 et sortie avec un premier prix au bout d'un an seulement. « Tous les espoirs sont donc permis, se réjouit Bérénice, il ne reste plus beaucoup à patienter, quatorze ans, c'est bien plus proche que les vingt et un de la majorité légale. » Cependant une autre information glanée au cours de cette conversation téléphonique et recueillie de la même docte bouche plongea Bérénice dans la consternation : un mineur devait pour se présenter obtenir une autorisation parentale. Quelles gourdes, quelles naïves, quelles idiotes elles avaient été ! Dire qu'elle et Colette avaient imaginé, dire qu'elles avaient tout benoîtement envisagé pouvoir se rendre au Conservatoire et y inscrire Bérénice comme ça, toute seule, sans ses parents. C'était fichu. Elle aurait beau se maquiller, porter des talons hauts, jamais elle n'arriverait à se faire passer pour une adulte.

Attendre, encore attendre. À quatorze ans, elle décida de s'ouvrir de son projet à son père. Quatorze ans, cela faisait sérieux, et puis, il y avait jurisprudence, il y avait l'exemple de Béatrix Dussane. La semaine qui précéda sa demande, elle fut absolument charmante, mangea de tout, même des betteraves qu'elle détestait, elle fit mine de s'intéresser aux commandes de son père, elle aida sa mère à faire la cuisine, elle rentra ponctuellement à la maison après l'école. « Papa, j'ai une question à te poser », se lança enfin la petite fourbe.

« *Oïe, a broch !* ça lui reprend ! La vie est déjà suffisamment difficile avec un métier solide, est-ce que tu n'as pas remarqué qu'on a moins de clients depuis cette satanée crise ? Le chômage, tu n'en as pas entendu parler, peut-être ? Qui ça ? Béatrix Dussane ? Qui c'est celle-là ? Qu'est-ce que je m'en fiche de cette goy ? si elle a envie de faire la *shikse* c'est son problème. » Bérénice n'écouta pas la suite, les envolées lyriques de Maurice Capel devenu martyr, la vie chère et l'ingratitude des enfants, les métiers pour les juifs et les métiers pour les goyim, la décence et la honte, elle connaissait tous les arguments par cœur. Adieu rêves de Conservatoire, gloire de théâtre, il lui faudrait donc attendre l'âge canonique de sa majorité.

Années mornes qui s'écoulaient sans que rien n'arrive, ce brevet obtenu assez brillamment mais qui, loin de lui faire plaisir, l'inquiétait car il allait l'obliger à se décider. Son père insistait pour qu'elle commençât des études sérieuses, il lui parlait de plus en plus de l'école normale, lui vantait les avantages du métier d'institutrice. « Fonctionnaire, ça c'est sérieux. » Alors quoi ? Vivoter encore jusqu'à vingt et un ans ? Et en attendant ? Elle ne pouvait pourtant plus faire comme à huit ans, disposer les étoles de renard et les toques de vison sur son lit pour les transformer en spectateurs... Il lui fallait un vrai public, il lui fallait des professeurs pour lui apprendre, il lui fallait des camarades pour la stimuler. De nombreuses fois elle songea à fuguer, ce qui n'aurait pas résolu son problème de représentant légal pour l'inscription au Conservatoire. Peut-être qu'il existait une solution mais elle ne voyait pas laquelle et personne ne pouvait l'aider. La grand-mère Mathilde avait beau être frondeuse et prompte à faire la nique à son gendre, l'idée d'une carrière de comédienne pour sa petite-fille la choquait autant sinon plus que lui. Elle était après tout d'un autre siècle où les femmes bien restaient tranquillement à la maison. Elle finit par convaincre l'aïeule de jouer les ambassadrices, la scène fut épique mais rien n'y fit sinon braquer son père un peu plus. Côté caractère, Maurice Kapelouchnik était aussi têtu que sa fille.

Le pire fut l'été 1934. Les Capel n'ayant pas assez d'argent pour partir en villégiature dans une station balnéaire de la Riviera comme les parents de Colette, elle dut rester à Paris où l'oisiveté et la chaleur accablante lui donnaient des envies de suicide ou de meurtre. Et puis un matin, en sortant de la boulangerie, elle tomba sur madame de Lignières. En veine de confidence, elle déballa tous ses malheurs, parlant trop vite, voulant tout dire d'un coup, bégayant d'émotion – sans prendre garde que son pain de campagne enfarinait sa robe. L'élégante aristocrate l'écouta avec surprise, prenant conscience de la violence de sa passion qu'elle avait crue disparue, l'intensité de Bérénice la toucha : « La première chose est de te faire entendre par quelqu'un du métier. Laisse-moi quelques jours, je vais y réfléchir. »

Moins d'une semaine après, cette alliée inattendue trouva un prétexte pour passer à la boutique et prendre à part Bérénice. « Comment n'y avais-je pas songé plus tôt ? Tu sais que j'habite rue Barbet-de-Jouy. Figure-toi que depuis peu, j'ai parmi mes voisins une pensionnaire du Français. Elle accepte que tu viennes lui rendre visite. J'ai pris rendez-vous pour toi mercredi en huit. »

Véra Korène. La belle Véra Korène, pensionnaire depuis 1931 après avoir été engagée à l'Odéon par Firmin Gémier en personne. La Belle de nuit du film de Louis Valray avec Aimé Clariond. Véra Korène... Une beauté énigmatique et fascinante qui semblait l'incarnation de la Passante du poème de Baudelaire. Un corps long et mince, un visage altier mangé par de grands yeux mystérieux – une vamp. Serait-elle aussi belle que dans les photos de son classeur ?

Dans l'appartement en fer à cheval de la rue Barbet-de-Jouy, Véra Korène n'était plus seulement une icône figurant dans une revue illustrée ni un plat visage sur une affiche de cinéma, encore moins un simple nom qui de toute façon n'était qu'un nom d'emprunt, le vrai étant Wiera Koretzsky. Quelques minutes avant, un majordome les avait introduites dans ce salon cossu qui embaumait les lys, les roses et le jasmin, découvrant une Véra Korène tranquillement assise sur un pouf en velours bleu. Quelle élégance dans l'attitude ! Quelle aisance dans les gestes ! Devant Bérénice en admiration, la statue s'animait, la femme respirait, embaumait un parfum aux notes subtilement poivrées, elle parlait… « Savez-vous ce que m'a dit ma petite nièce tantôt ? "Tante Véra se figure qu'elle a toujours raison parce qu'elle parle plus fort que les autres !" Croyez-moi, c'est une bonne leçon d'humilité pour une comédienne. »

Bérénice ne sait quoi répondre. Pour la première fois, elle va réciter un texte devant une professionnelle. Quel effroi en se rendant compte que sa jambe droite tremble sans pouvoir l'arrêter. Elle découvre le trac, la panique de ne plus rien savoir de son texte, l'envie sauvage qu'un incendie se déclare pour empêcher le passage à l'acte.

C'est passé. Elle a dit sa scène et l'émotion reflue, son visage est en feu. Tout à son trouble, elle a du mal à se concentrer sur la conversation entre madame de Lignières et Véra Korène, ne sait rien de l'effet produit, entend à peine les mots de « naturel » et d'« originalité », et quelque chose sur sa voix aussi, « étonnamment grave ». Au prix d'un grand effort, elle finit par attraper au vol : « … Je plaisante mais je vous comprends plus que vous ne croyez. Figurez-vous que mes parents voulaient que je fasse ma médecine. Mon frère suivait le cours de l'École de physique et de chimie, ma sœur était en classe de piano au Conservatoire, et moi j'étais censée devenir un grand médecin. Imaginez ! Des docteurs, maintenant, j'en fréquente beaucoup, mais des docteurs du XVIIe, sur scène, dans les pièces de Molière ! Vous ne pouvez savoir quelles embûches ont semées mes parents pour me faire renoncer aux planches. S'ils m'ont finalement laissée tenter ma chance au concours d'entrée du Conservatoire, c'est qu'ils étaient persuadés que j'allais y échouer ! » Les yeux de Bérénice brillent. Elle vient d'avoir une idée.

5

La famille Capel habitait dans un quartier populaire du dixième arrondissement, proche du faubourg Poissonnière, centre névralgique de la fourrure. Une petite cour sombre de l'immeuble de la rue d'Hauteville, des femmes de condition, leur air décidé attestant que leur présence n'était pas due au hasard. Elles savaient qu'au troisième étage de cet immeuble bas et sali par le temps se trouvait l'atelier de monsieur Capel, fourreur à domicile – transformations, réparations, teinture. Sa recherche des plus belles pièces, son habileté à découper les peaux en allonge, la qualité de ses finitions et sa ponctualité dans les livraisons avaient fait sa réputation. Lui aussi connaissait les clientes par cœur et comme elles pouvaient se montrer de fieffées menteuses quand il s'agissait de partir sans payer leurs commandes. Pour se prémunir, il leur faisait signer les peaux qu'elles choisissaient. En cas de contestation, il suffisait de découdre la doublure et leur paraphe les trahissait.

Monsieur Capel prenait plaisir à expliquer son travail à Bérénice, comment il choisissait les peaux, assortissait les couleurs, prenant le temps d'assembler les pièces, savourant cette opération qu'il comparait à un puzzle : « Regarde, tu as l'impression que cette veste est faite d'une même peau alors qu'il y en a plein de différentes. Tu vois, là, je repère les poils qui ont la même épaisseur, ceux qui ont les mêmes nuances. Le plus difficile, c'est les flancs, les bords de la peau, parce que le poil est moins dense ici et plus clair par là. »

Il aimait moins réaliser les toiles qui serviraient à confectionner le modèle désiré. Le plus souvent c'était Esther qui s'en chargeait. Lui remettait ensuite les peaux à un chambre maître qui taillait les fourrures selon les souhaits des clientes. Quand il y avait beaucoup de besogne, que les commandes affluaient, monsieur Capel s'adjoignait deux ou trois ouvriers qu'il payait à la tâche. On entendait alors le bruit des clous sur lesquels ils tapaient pour mettre en forme les peaux. Ce jour-là, aucun ouvrier supplémentaire n'avait été requis : en été, le travail s'arrêtait, l'atelier servant uniquement de garde pour les manteaux. Par habitude de ne pas rester inoccupée, madame Capel cousait des chutes de vison qu'elle utilisait en garniture sur des vêtements d'hiver. Assise devant la surjeteuse, elle se concentrait sur les brucelles qui lui servaient à rentrer les poils de la fourrure entre deux morceaux à coudre, tandis que monsieur Capel, à son bureau, faisait la grimace devant son grand registre de comptabilité. Il détestait l'intendance.

Quand la brillante pensionnaire, la belle Véra Korène, se présenta dans l'atelier de Maurice Capel, celui-ci comprit tout de suite de quoi il retournait. Son nom lui était familier : Bérénice en avait assez souvent parlé pour lui prouver que des comédiennes d'origine juive pouvaient devenir de respectables actrices de la Comédie-Française. Malgré l'honneur de la présence de cette belle dame dans sa boutique – il entendait à l'avance les commentaires impressionnés des voisins – c'est à peine s'il la laissa prononcer les premiers mots d'usage. D'emblée il lui fit son numéro de patriarche outragé, du Maurice Kapelouchnik tout pur, retrouvant pour l'occasion son accent yiddish qu'il accentua à outrance :

— Je sais pourquoi vous êtes venue, madame Korène. Mon écervelée de fille aura réussi à vous apitoyer. Elle vous aura pris par les sentiments, elle vous aura dit que je suis né en Russie comme vous. Je la connais, ma fille, elle vous aura fait son cirque en vous récitant des poésies. Avec son *hutspah*, elle vous aura demandé de venir plaider sa cause : « S'il vous plaît madame Korène, aidez-moi à convaincre mon père de me présenter au Conservatoire. » Et vous, vous allez me dire qu'elle est très douée. Vous allez me dire que ce serait une pitié de faire perdre à l'art dramatique un talent si prometteur. Vous allez...

— Ta ta ta, comme vous y allez, monsieur Capel, répliqua la belle Véra Korène, vous n'y êtes pas du tout.

Malgré toute sa superbe et son empire sur lui-même, Maurice Capel perdit contenance. Il chercha sa femme des yeux, espérant comprendre à quel endroit son analyse avait péché :

— Non ? Vous n'êtes pas venue pour... ?

— C'est-à-dire que votre fille m'a effectivement fait part de ses ambitions artistiques. Je l'ai écoutée attentivement... et je lui reconnais des qualités.

— Ah ! vous voyez !

— Mon enfant, voulez-vous aller m'acheter un paquet de cigarettes au tabac, vous serez mignonne ? J'ai oublié les miennes chez moi. Tenez, voilà de la monnaie. Écoutez monsieur Capel, vous m'êtes sympathique, maintenant que nous sommes seuls, je vais être tout à fait franche avec vous. Votre fille a un certain aplomb qui peut donner l'illusion de l'autorité. Elle a un physique intéressant, un beau tempérament, une sincérité incontestable, mais je vous le dis tout net : le théâtre exige plus que cela.

— Vous pensez qu'elle n'a pas assez de talent ?

— Non.

— Quand même... ses vingt sur vingt en récitation ? hasarda monsieur Capel un peu piqué dans son amour-propre de père. Elle a été choisie pour la distribution des prix devant de *hautes* personnalités.

— Oui bien sûr, pour une fête d'école, c'est tout à fait bien mais le théâtre demande des qualités supérieures. Ces jeunesses croient que leur passion du théâtre suffit à charmer les spectateurs, mais avec une articulation molle, des mains crispées et un corps raide, allez jouer pendant deux heures trente comme cela.

— Elle pourrait apprendre !

— Ce serait insuffisant, la voix est trop faible. La technique n'est pas tout, vous savez, la conformation naturelle joue beaucoup dans ce métier, et il y a tant de concurrence... S'acharner pour un résultat médiocre en vaut-il vraiment la peine ?

— *Nu, nu*, je vous fais confiance, après tout, vous êtes une professionnelle, mais... n'est-ce pas, j'espère que vous l'avez ménagée un peu ? Après tout, elle n'a que quinze ans.

— Oh, je sais bien, cher monsieur Capel, on est une femme, on sent ces choses-là.

— Je suis confus. Elle a dû vous embarrasser horriblement. Vraiment, vous n'auriez pas dû vous déranger en venant jusqu'ici.

— C'est-à-dire que... Voyez-vous, elle croit que je viens vous parler, comme vous l'avez dit au début de cet entretien, pour... enfin vous savez bien, le Conservatoire... Elle veut y entrer absolument et je craindrais qu'elle ne se brouille avec vous tout à fait si vous l'empêchiez de présenter le concours d'entrée.

— C'était bien mon intention, et encore plus maintenant. Je ne voudrais pas qu'elle se couvre de ridicule.

— Certainement... Remarquez bien (pause, rajustement de voilette, regard en coin), le ridicule n'a jamais tué personne.

— Le ridi... bredouilla Maurice Capel qui commençait à saisir.

— Eh mon cher monsieur Capel, laissez-la passer son concours ! Elle sera recalée au premier tour mais au moins vous ne serez pas responsable de lui avoir coupé les ailes. Elle comprendra qu'elle n'est pas faite pour le métier et avec le temps, elle oubliera.

— Vous, on voit bien que vous êtes de chez nous ! *A yiddische kopf* ! N'est-ce pas Esther ? Ah, voilà vos cigarettes. Souhaitez-vous autre chose ? Un thé, un café, un petit alcool peut-être ?

— Non je vous remercie, je suis un peu pressée.

— Bien sûr, bien sûr. Merci madame Korène, si vous avez besoin de quoi que ce soit pour cet hiver : une étole, une toque, un manchon... J'ai un magnifique renard qui vient d'arriver...

Quelques jours plus tard, ce fut monsieur Capel en personne qui vint accompagner sa fille au 14, rue de Madrid pour l'inscrire au concours d'admission du Conservatoire national de musique et de déclamation.

6

Une scène classique et une scène moderne. Voilà ce que Bérénice devait présenter au concours de novembre. De partenaire, elle n'en avait pas mais on l'avait assurée qu'elle pourrait trouver le jour même un élève de deuxième ou troisième année qui lui donnerait la réplique. Quel texte choisir ? Véra Korène lui avait conseillé des scènes à effets tirées d'*On ne badine pas avec l'amour* et d'*Iphigénie*. « De grands classiques, qui donnent matière à briller, même sans expérience, mais attention, c'est un jeu à quitte ou double : une bonne interprétation peut faire toute la différence. À l'inverse, le jury peut se montrer plus sévère dans ces morceaux de bravoure mille fois entendus. Gare au coup de cloche ! » Le coup de cloche ? Bérénice apprit que le jury pouvait ainsi stopper la prestation d'un candidat, parfois au bout d'un seul vers. La cloche précédait la porte.

Juillet, août, septembre, octobre. Quatre mois pour se préparer sans avoir jamais suivi de cours ni assisté à aucune classe du Conservatoire ni souscrit à la coutume selon laquelle l'aspirant comédien présentait une scène devant chacun des professeurs pour recueillir leurs recommandations avant le concours d'entrée. Bérénice n'avait pour elle que les quelques indications de Véra Korène, sa propre volonté de réussir et sa foi en son étoile. « Après tout, papa a bien réussi à traverser la Russie quasiment à pied pour arriver jusqu'ici », se disait-elle parfois pour s'encourager. Fin août, la fidèle Colette, de retour de vacances, l'aida à répéter ses textes : « Quand tu dis "Est-ce donc une monnaie que votre amour, pour qu'il puisse passer ainsi de mains en mains jusqu'à la mort ?", à moi il me semble que... que... qu'on ne peut pas être plus juste, quoi. C'est bien simple, Camille, c'est toi ! »

Enfin arriva ce lundi de novembre 1934, jour du concours d'admission au Conservatoire. Environ deux cents candidats étaient là, venus comme elle tenter leur chance. Ce nombre la rassura, elle n'était donc pas seule à être attirée par ce métier. Des mères accompagnaient leurs enfants, les étouffant de recommandations, rajustant des cols avachis, repeignant des cheveux rebelles. Ni sa mère, ni son père n'avaient fait le déplacement, seule l'indispensable Colette était venue soutenir son amie. C'était elle qui l'avait conseillée sur ce qu'elle devait avaler le matin pour éviter un coup de pompe, c'était elle qui lui avait prêté la toilette déclarée appropriée pour une audition : une jupe noire surmontée d'un corsage bleu pâle qui faisait ressortir ses grands yeux clairs. C'était elle aussi qui l'avait coiffée, et Bérénice ne savait pas à quel point ses cheveux noirs partagés en leur milieu par une raie virginale lui donnaient l'air d'une madone. Un tableau de Léonard, n'était sa fébrilité, bien loin de la quiétude des jeunes vierges italiennes.

Dans le tohu-bohu général, c'était encore Colette qui avait réussi à lui dégoter un élève pour lui servir de réplique. Un type de deuxième année, élève d'André Brunot, s'était présenté en clamant d'un air martial : « Nom : Robert Manuel. Age : dix-neuf ans. Profession : étudiant en deuxième année, premier accessit en juillet pour Uladislas dans *Barberine* de Musset et Lauriane dans *la Cruche* de Courteline. Mademoiselle, très heureux ! » Son visage riant et son entregent incitèrent Colette à lui demander de l'aide pour Bérénice. Il accepta sans hésiter, espérant après l'audition partager (au moins) un café avec les deux jeunes filles. « Ma chère, laissez-moi vous mettre au parfum ! » commença-t-il mais Bérénice fila aux toilettes pour la troisième fois de la matinée et vomit le café au lait et les croissants qui lui restaient dans l'estomac.

Quand elle resurgit dans le hall saturé de sueur et d'appréhension, Colette la cherchait avec inquiétude. « Encore un candidat et c'est ton tour ! » Paniquée, elle se précipita dans la petite pièce qui faisait office de salle d'attente. Ses mains étaient froides et moites, ses ongles avaient viré au violet. Par la porte entrouverte, elle aperçut la salle du concours, terre promise à laquelle elle était si heureuse d'accéder, malgré son trac, qu'elle en idéalisa le décor, trouvant du style à la pompe vieillotte du *Serment des Horaces* accroché au mur, de la grandeur au lugubre velours grenat qui encadrait les fenêtres.

C'est à elle. Catastrophe ! juste avant son entrée en scène, l'appariteur écorche noms et titre de la pièce dans une belle confusion : « *On ne radine pas avec le four*, d'Alfred Manuel, avec Bérénice Musset et Robert Capet. » Elle est consternée devant la légèreté de l'huissier qu'elle juge un crime de lèse-théâtre. D'une pression de la main, son camarade tente de lui faire comprendre qu'elle ne doit pas s'inquiéter, se fustigeant de ne pas l'avoir prévenue que l'huissier est coutumier de ce genre de bourdes. Comme si l'immense table en fer à cheval où se tient rien moins que Louis Jouvet n'était pas déjà suffisamment impressionnante ! A-t-on le droit de manquer à ce point de rigueur alors qu'elle est en train de jouer sa vie ? Quel cauchemar : le pataquès de l'appariteur a mis les jurés en joie, elle entend leurs rires étouffés, elle surprend leurs regards narquois. Les bouches démesurément grandes des jurés s'approchent d'elle de façon inquiétante, crachent sur son visage leurs éclats de rire sardoniques, se moquent d'elle sans retenue. Tout est perdu. Ils ne la prennent pas au sérieux, ils vont la renvoyer, lui dire que sa place n'est pas ici mais à l'atelier de fourrure, chez son père Maurice Capel, elle entend déjà la cloche, ding ding ding ding ding ding. Ce n'est pas possible, elle n'a pas fait tous ces efforts pour rien. L'étiquette de son classeur « Comédie-Française » vient virevolter devant ses yeux et voilà qu'elle se redresse, dédaignant ces rires qui n'ont pas leur place dans cette enceinte sacrée. Avec autorité elle lance les premiers mots. « Lève la tête, Perdican ! quel est l'homme qui ne croit à rien ? » Plus personne ne songe à rire.

À la fin de ses deux scènes, encore une fois, comme dans le salon de Véra Korène, l'émotion qui la saisit est si violente qu'elle ne voit plus rien, n'entend plus rien. Elle ne prend pas conscience du regard surpris de son partenaire, elle ne mesure pas la profondeur du silence du jury. Elle ne pense qu'à une chose : « Ils n'ont pas fait sonner la cloche. »

7

Comme chaque soir, la rue d'Hauteville s'était remplie de bruits de vaisselle et d'odeurs de mangeaille, comme chaque soir, elle fleurait un mélange douceâtre d'oignons et de soupe de légumes. Le commis de bureau du premier venait d'introduire la clef dans la serrure, le marchand de calorifères du quatrième avait garé sa bicyclette dans la cour, le petit peuple de Paris avait chaussé ses charentaises en attendant de passer à table.

Au deuxième étage, dans l'appartement des Capel, Maurice était installé dans son fauteuil préféré et lisait le journal apporté par son garçon de courses qui descendait tous les jours acheter deux titres inconciliables : *Le Populaire* pour son patron, et *L'Action française* pour lui. Comme à l'accoutumée, Maurice avait pris un malin plaisir à constater que son commis lui tendait le journal socialiste avec des pincettes. Il avait fait du coude à sa femme puis s'était plongé dans la lecture du discours de Blum à Narbonne. Dommage, Bérénice avait raté ça, il le lui raconterait quand elle reviendrait, ça la dériderait un peu. Pas le discours de

Blum, il savait qu'elle s'en fichait bien, mais la tête du garçon de courses, ça c'était drôle.

Maurice Capel en était aux petites annonces, il les lisait consciencieusement, ligne à ligne, pour finir moins vite le journal. Esther avait terminé de préparer le dîner du soir depuis un moment, la table était dressée, on n'attendait plus que Bérénice. Pour s'avancer sur la journée du lendemain, madame Capel avait pris sa boîte à couture et tâchait de repriser les chaussettes de son mari, mais son esprit était ailleurs, elle avait bien remarqué que Maurice regardait furtivement l'horloge à une fréquence de plus en plus rapprochée. À la fin il n'y tint plus :

— Elle n'ose pas rentrer. Elle doit avoir tellement honte qu'elle n'ose pas rentrer.

— Tu aurais peut-être dû l'empêcher de passer ce concours. Et si elle faisait une bêtise ? demanda Esther, soulagée de pouvoir s'épancher.

— Il fallait qu'elle se rende compte par elle-même. C'est comme ça qu'on apprend à ne plus faire d'erreurs. Regarde, moi, quand j'étais gamin, mon père savait très bien que j'allais tomber du grand cerisier devant la maison, mais il m'a laissé faire. J'ai grimpé, j'ai grimpé, j'étais tout fier, je me sentais un *mensch*, et puis je suis tombé et j'ai compris.

— Je sais, je sais, tu m'as déjà raconté cette histoire. Mais les filles c'est différent, surtout Bérénice.

— Tsss, qu'est-ce qu'on peut faire maintenant ? Le mal est fait.

De nouveau ils se turent. Il se remit à ses petites annonces, mais franchement, est-ce qu'il avait besoin de 40 RENAULT 1.200 à 2.500 kg, fourgons et plateaux à enlever bas prix, ou d'un PIANO Gaveau à queue, à vendre cse départ, prix modéré ?

— Tu ne voudrais pas lui préparer son gâteau préféré pour ce soir ?

Elle soupira : un gâteau, c'était encore du travail, ce n'était vraiment plus l'heure de se mettre à la pâtisserie, de rallumer le four... Bon d'accord, un gâteau, pourquoi pas.

Elle passa dans la cuisine en traînant des pieds. Quel souci les enfants. *Oïe oïe oïe*, pourquoi est-ce que Bérénice a des goûts bizarres ? Aucun des autres enfants que je connais n'a envie de faire du théâtre, pourquoi ça doit tomber sur notre fille ? qu'est-ce qu'on a fait au bon Dieu pour mériter ça ? Ce n'est pas dans ce placard, ça doit être dans l'autre, *oïe*, où je l'ai mis ce moule ? celui-ci est trop grand, c'est celui de la brioche, c'est l'autre que je cherche. La petite Feuerstein, elle n'est pas aussi jolie que Bérénice, elle ne fait pas d'histoires elle est contente de reprendre l'épicerie de ses parents plus tard, ça y est je l'ai trouvé comment j'ai pu le ranger là je perds la tête, et la petite Zusman qui porte ces drôles de lunettes rondes elle travaille bien à l'école, avec un peu de chance, elle deviendra dactylo, même Colette qui est une vraie Française, elle n'a pas envie de faire du théâtre elle veut être modiste c'est gentil ça les chapeaux, c'est gai, c'est utile, alors que le théâtre, ce n'est pas une situation. Quelle idée d'avoir appelé notre fille Bérénice, ça lui a fourré des idées bizarres dans la tête, depuis le début je n'aime pas ce prénom, personne ne s'appelle comme ça chez nous, on n'a jamais vu une Bérénice Valabrègue, ce Racine, avec son nom de goy, il pouvait bien choisir le prénom qu'il voulait pour ses livres mais nous, qu'est-ce qu'on avait besoin d'appeler notre fille comme ça ? Quand elle est née, j'ai dit oui pour faire plaisir à Maurice, il devrait faire attention, il grossit en ce moment, il pourrait lui arriver quelque chose, *woï'z mir*, il ne manquerait plus que ça, qu'est-ce qu'on deviendrait sans lui ? ça lui a mis de drôles d'idées dans la tête de s'appeler Bérénice, combien il faut d'œufs déjà, j'oublie tout le temps, je confonds avec le *halleh*, qu'est-ce qu'elle peut aimer dans ces vieilles histoires à dormir debout ? l'autre jour, en cachette, j'ai essayé de lire *Iphigénie*, ça traînait sous son lit, tous ces livres qu'elle lit c'est ça qui lui trouble le cerveau, qui peut croire à ces histoires de dieux et de tempêtes, et puis tous ces personnages avec des noms difficiles qu'on n'arrive pas à retenir, 150 grammes de farine, 300 grammes de sucre, on ne sait même pas comment ça se prononce Chalcas ou Calcas, qu'est-ce que j'en sais, moi, j'ai eu honte de demander à Bérénice, elle se serait moquée de moi, les enfants aujourd'hui, ils n'ont pas le respect qu'on avait pour nos parents, il faudra que je pense à laver les carreaux demain, ma grand-mère savait faire les gâteaux sans recette, elle n'avait pas besoin de mesurer les quantités, elle savait exactement combien il fallait mettre rien qu'en regardant, elle n'est toujours pas rentrée pourvu qu'il ne lui soit rien arrivé, voilà, aucun grumeau, c'est parce que j'ai tamisé la farine, je peux mettre à cuire, aïe ! je me suis brûlée, il faudra que je surveille Maurice pour qu'il n'en mange pas trop, il ne rentre presque plus dans ses pantalons, je ne sais pas comment l'habiller cet hiver, et les chaussettes aussi, il faut que je lui en achète, madame Zussman m'a dit qu'ils faisaient des prix aux Magasins réunis, on devrait inviter ma mère pour le dîner mais ça va encore faire des histoires avec Maurice, pourquoi c'est toujours compliqué ici ? Dans les autres familles c'est plus simple les enfants sont gentils avec leurs parents, respectueux, Bérénice n'écoute rien, elle n'en fait qu'à sa tête, moi je ne répondais pas comme ça à mes parents, quand ma mère me parlait je faisais pipi dans ma culotte tellement j'avais peur, ça fait rire Bérénice quand je lui dis ça, quel dommage que je n'aie pas pu avoir d'autres enfants, j'aurais tellement aimé avoir un fils, les garçons sont plus affectueux avec leur mère, tiens le fils de madame Glazer, il a toujours un mot gentil pour elle, il lui dit sans cesse qu'elle est la plus belle maman du monde alors que tout le monde voit bien qu'elle a un nez gros comme une patate et des yeux chassieux, ce soir elle va pleurer c'est sûr, comme quand elle épluche les oignons, j'aurais dû lui raconter ce que nous a dit madame Korène, Maurice ne voulait pas mais on l'aurait préparée, petit à petit, on lui aurait dit tout doucement alors que là elle y est allée en pensant que... Elle était bien belle madame Korène, voilà j'ai tout rangé, dire qu'elle vient de Russie, Koretzky c'est son vrai nom mais ses parents sont riches, elle ne vient pas du *stehtl* comme Maurice, d'où vient-elle déjà ? Bakou ? non ce n'est pas ça, je vieillis, j'oublie tous les noms, il faudra que je demande à Maurice, quarante minutes le gâteau, il me semble qu'il y avait un *k*, et Bérénice qui n'est pas encore rentrée, elle va me faire mourir, pourvu qu'elle n'ait pas fait une bêtise avec ses idées bizarres, on ne sait jamais, Bakhmout ça m'est revenu, c'est à Bakhmout qu'elle est née, je savais bien qu'il y avait un k, *oïe*, pourquoi il tousse ? c'est encore cette cigarette de malheur, cent fois je lui ai dit d'arrêter, c'est vrai qu'elle est bien belle mais c'est une *shikse* qui fait des bécots à n'importe qui au cinéma, c'est une malédiction d'être belle, sa robe elle vient sûrement de chez Patou mais quel drôle de métier, nous on n'a pas les moyens de s'acheter des vêtements pareils. Bérénice aussi elle est belle, ça va nous attirer le mauvais œil, tout à l'heure quand elle est partie on aurait dit une gravure de mode avec les vêtements de Colette, une bien brave petite malgré qu'elle soit goy, est-ce qu'elles vont s'en aller ces mouches, elles viennent se mettre au chaud dans la cuisine, et le chien de la concierge qui n'arrête pas d'aboyer, ils ne lui donnent pas à manger ou quoi, *oïe* il tousse de nouveau, je vais aller lui dire d'arrêter de fumer, ah ça y est, *gott zu dank*, elle est là.

8

Bérénice retourna auprès de Colette le moral dans les chaussettes. Tout était fichu : d'abord ce pataquès de l'appariteur et puis au moment le plus pathétique, elle avait manqué de souffle, d'ailleurs elle avait bien remarqué, un membre du jury, qui jusque-là n'avait pas bronché, avait jeté quelques lignes sur son calepin. « Ils m'auront assassinée, c'est fini. » Robert Manuel tenta de la rassurer. « Ma chère, petit un, l'appariteur n'en est pas à la première bourde de ce genre : par exemple, si tu avais joué Marie Tudor, il aurait annoncé *Meunier tu dors* ou *Marie t'adore*. Parole d'honneur, il l'a déjà fait ! On en a tellement l'habitude que je n'ai pas pensé à te le dire. Petit deux, je t'assure que tu as été superbe, une vraie tragédienne. Tu comprends, moi j'aurais voulu être tragédien mais voilà : j'ai une âme d'Hamlet avec une gueule de Scapin. Il faut se résigner, je suis né pour faire rire, et finalement c'est encore plus difficile de faire rire que de faire pleurer. En tout cas toi, toi, tu as le tempérament et le physique. Je ne parle même pas de ta voix, elle est faite pour la tragédie. Tu donnes de l'ampleur au vers, ça coule, on dirait du miel... »

Pauvre Robert, qui s'évertuait à la convaincre. Elle ne retenait que les défauts de sa prestation, elle était allée trop vite sur « Qu'est-ce que le monde ? » elle se rappelait soudain avoir dit « J'ai ma vie tout entière sur mes lèvres » au lieu de « J'ai ma vie entière sur les lèvres ». Pourtant, son nouveau camarade ne lui mentait pas, il ne cherchait pas à la flatter, à la consoler. Il savait. Avec sa petite expérience d'un an, il savait qu'elle les avait cueillis, comme on dit dans le métier. Il savait que sa beauté pâle, sa fierté patricienne, sa présence poétique, sa voix musicale, son jeu inventif avaient fait advenir la fière Camille. Bien sûr il connaissait aussi les aléas d'un concours, les injustices parfois, il y avait bien d'autres candidats et la jeune fille, dans son ingénuité et sa sauvagerie, était suffisamment déconcertante pour que sa différence, aussi ensorcelante fût-elle, pût déplaire aux plus conservateurs des jurés.

« C'est criminel de nous faire attendre aussi longtemps, veulent-ils que nous fassions une attaque ? » commençait-on à entendre de la bouche de candidats impatients. Les minutes tournaient, l'attente devenait de plus en plus nerveuse. Ongles rongés, figures chiffonnées, rires hystériques, fébrilité, puis, enfin, l'heure des résultats, l'huissier affichant les listes, la ruée vers le tableau de service, le nom qu'on croit voir et qu'on ne trouve pas, les pleurs des uns, les visages décomposés, les hurlements de joie des autres, les heureux élus qu'on regarde avec admiration, envie ou haine. Bérénice était reçue première. « Je te l'avais dit que tu avais fait un tabac », claironna Robert Manuel.

On l'applaudit, on l'ovationne, Colette pleure de joie. On l'embrasse à tout rompre, pour un peu, on la porterait en triomphe sur une chaise, comme on fait aux mariages juifs. La petite fiancée aux yeux de saphir et au visage de madone vient d'épouser le théâtre, de toute sa jeunesse fervente elle jure foi et fidélité à son seigneur et maître le théâtre, aujourd'hui, jour à marquer d'une pierre blanche, jour de vraie naissance, jour virginal, jour inaugural, elle scelle son alliance avec les planches, pour le meilleur et pour le pire, mais il ne peut pas exister de pire au théâtre, pense-t-elle, muse du théâtre, je me donne à toi jusqu'à la mort, j'en fais le serment, je suis toute tienne, si je t'oublie que ma main droite oublie que ma langue colle à mon palais si je ne pense plus à toi, si je ne fais passer le théâtre avant toute joie. « Tu es de la bande », déclare plus prosaïquement Robert Manuel. Elle est reçue première. Tous les espoirs sont permis. Elle est reçue première. Sa vie commence.

Elle ne put faire autrement que d'aller au café célébrer sa victoire avec Robert Manuel, Colette, quelques autres admis, ses nouveaux camarades de promotion, avec qui elle s'était liée en un clin d'œil, des élèves plus anciens aussi, tout prêts à la chaperonner, à la couver. Son cœur débordait de joie. Même dans ses rêves les plus fous elle n'avait pas imaginé l'univers du théâtre si joyeux, les tablées des histrions si cabotines, les anecdotes si piquantes, par exemple cette Julie, fille d'un comédien célèbre, née à huit heures moins dix, juste avant le lever de rideau, pour permettre à son père de passer la prendre dans ses bras avant son entrée en scène. Ou encore le fatal trou de mémoire de Martin lors de sa première figuration sur le plateau de la Salle Richelieu, sa honte quand l'honorable sociétaire lui montra son ventre pour lui signifier qu'il avait fait un bide...

Quelle différence avec les conversations de sa famille ou des amis de ses parents, quel monde nouveau rue de Madrid. Ici la camaraderie régnait en maître et annonçait des horizons gorgés de promesses, où l'on n'avait plus honte de livrer sa vie, d'étaler ses doutes, ses qualités ou ses défauts, de les tourner en dérision, de parler fort, de dire qu'on s'aimait et qu'on aimait son bonheur. La nuit commençait à tomber, elle dut quitter ce nouveau paradis qui la recevait première parmi les siens, elle devait rentrer à la maison, et durant tout le chemin, zigzagant, se heurtant plusieurs fois aux passants, se retenant de ne pas crier d'allégresse, elle se torturait pour savoir si elle devait montrer sa joie à ses parents ou leur faire croire qu'elle avait échoué.

Allons tant pis ! l'ivresse du bonheur lui fit abandonner toute prudence. Peut-être aussi voulait-elle prouver à ses parents qu'elle avait eu raison d'insister. Elle ne se doutait pas que les paroles qu'elle allait prononcer pèseraient bien lourd dans sa vie, que de nombreuses années après elle se demanderait ce qu'il serait advenu si elle avait ravalé son triomphe. « Je suis reçue première », leur annonça-t-elle radieuse. Nul besoin de clamer son succès : il était inscrit sur son visage, glorieux visage auréolé de joie de vivre et de confiance en l'avenir, glorieux visage de l'élue.

Sur l'échelle des courroux historiques, le courroux de Maurice Kapelouchnik, fils d'Abraham Kapelouchnik, fourreur de son état, et de Myriam Rabinovitch, sans profession, dut à peu près égaler celui qui s'empara de Moïse quand il découvrit son peuple adorant un veau d'or.

— Tu n'iras pas au Conservatoire, c'est hors de question. *A shande. A shande.* On s'est sacrifiés avec ta mère pour t'envoyer au lycée, on t'a acheté tous les livres que tu voulais, tu n'as manqué de rien. Ce n'est pas pour que tu envoies tout balader pour une lubie de gamine.

— Mais papa, ce n'est pas une lubie de gamine, le théâtre c'est ma vie.

— Ta vie ? mais qu'est-ce que tu sais de la vie, à quinze ans, petite merdeuse ?

— C'est bien assez grand, quinze ans. Grand-mère Mathilde était déjà mariée à mon âge.

— Ne réponds pas à ton père ! Mariée, non mais regardez-la-moi ! On lui presse le nez, il en sort du lait.

Tes grands-parents doivent se retourner dans leur tombe, Tes livres t'ont fourré des idées bizarres dans la tête, Tu es une traînée, Maudit soit le jour où on t'a appelée Bérénice, Quand on sera dans la tombe, tu le regretteras... Ce fut pire encore quand Maurice Capel comprit le tour joué par Véra Korène. C'en était trop pour lui, c'était bien la preuve que les actrices ne valent rien, ne respectent rien, pas même l'honneur dû aux parents. « Ça se gargarise d'honneur et de grands sentiments dans les pièces de théâtre, mais dans la vie, les acteurs, c'est des riens du tout. »

— C'est pour ça qu'on t'a élevée ? Tu n'iras pas au Conservatoire, ce n'est pas un métier pour les Juifs, je te l'ai dit cent fois.

— Alors je préfère ne plus être juive.

Une gifle. Une gifle retentissante assénée avec une force qui la fit vaciller.

— Jamais je n'aurais cru entendre ça de ma propre fille. C'est comme ça qu'on t'a élevée ? J'ai failli me faire tuer par les cosaques, j'ai perdu toute ma famille avant de venir ici, le monde est rempli d'antisémites qui ne pensent qu'à nous éliminer, et mademoiselle préfère ne plus être juive ? Tu oublies qui tu es ? Ma petite, rappelle-toi bien ce que je vais te dire : ça ne se choisit pas d'être juif, ça se porte.

C'était la première fois que Maurice Capel giflait sa fille. Bérénice comprit intuitivement que la force qu'il mettait dans cette gifle, ce n'était pas seulement la violence physique d'un homme poussé à bout, c'était tout le poids de l'incompréhension entre le père et la fille, si complices jadis, la déception d'un père qui avait imaginé une autre vie pour sa fille unique, une vie plus banale, assurément, mais décente et sans risque, tout autre chose que ce métier de saltimbanque, ce métier de *shnorer* qui n'était même pas un métier.

Profondément meurtrie elle se révéla plus fière encore – à moins que ce ne fût son instinct de survie qui prit le dessus, qui la fit agir, se redresser et regarder son père droit dans les yeux, sans une larme, même s'il lui en coûtait, décidée à tenir tête, sentant qu'il le fallait, que c'était le moment où jamais, que si elle n'avait pas ce courage maintenant, elle serait une vaincue, de sorte qu'il lui fallait dès maintenant se rebeller et en assumer les conséquences, quelles qu'elles fussent, car aucune sanction ne serait pire que celle de ne pas jouer. Sa mère, dans tous ses états, essayait maladroitement de les séparer en interposant son corps trop faible et des arguments d'un autre âge :

— Mon Dieu, arrêtez, que vont penser les voisins ?

— La discussion est close. Va te coucher.

Bien sûr, le gâteau au fromage resta intact.

Bien sûr, Bérénice ne dormit pas de la nuit. Bien sûr, le lendemain matin, au petit déjeuner, ses premiers mots furent pour le Conservatoire.

— Si tu vas à ce Conservatoire, tu n'es plus ma fille !

— J'irai.

Elle fut alors surprise de ne pas entendre son père hurler. Il ne répondit rien, ce qui était bien plus inquiétant que sa colère. Sa mère non plus ne dit rien mais à son regard fuyant, sa fille sentit qu'elle était embarrassée. Il se tramait quelque chose, mais quoi ? N'ayant pas la réponse, Bérénice décida de passer outre, elle sortit de la pièce pour aller faire sa toilette. Quand elle revint habillée et coiffée, c'est en décrochant son sac de la patère qu'elle commença à comprendre. Elle était presque certaine qu'elle n'avait pas posé son sac de cette façon la veille en rentrant. Elle n'en était pas tout à fait sûre parce qu'elle avait eu beaucoup d'émotions depuis vingt-quatre heures, mais tout de même, elle n'avait pas l'habitude de laisser le rabat de son sac à moitié ouvert. Elle jeta un coup d'œil à l'intérieur. Évidemment...

Elle revint vers son père :

— C'est toi qui as pris mon portefeuille ?

— Parfaitement. Essaie un peu maintenant de partir sans argent et sans carte d'identité. As-tu oublié que tu es mineure ?

Elle ouvrit la porte.

— Je m'en fiche, j'irai quand même.

— Reste ici, hurla-t-il en s'interposant entre elle et la porte.

— Arrêtez, s'écria la mère en essayant de les séparer.

On dirait du Feydeau, songea Bérénice qui profita de la confusion pour passer. Dehors soufflait le vent de la liberté, dehors le monde était rouge et or.

— Fille maudite, je te renie, ne remets plus jamais les pieds ici, honte sur notre famille, honte sur toi...

Crrrrrr. Un bruit de tissu déchiré. Elle partit en claquant la porte. Elle partit pour ne pas voir plus longtemps la veste déchirée, elle partit pour ne plus entendre ce bruit du tissu, pour l'annuler avec le fracas de la porte, jamais elle n'aurait cru qu'un vêtement pût faire tant de bruit, elle partit pour ne plus entendre ces injures terribles que lui déversait son père et qui les déshonoraient, elle de les recevoir, lui de les prononcer, elle partit pour faire cesser ce torrent d'injures et ne plus penser aux imprécations du boucher du *shtetl* contre sa catin de fille qui avait épousé un goy, elle partit pour ne pas retenir de son père cette vision d'un homme en colère, elle partit pour ne pas ternir l'image de son père qu'elle voulait garder intacte malgré l'incompréhension qui les séparait, elle courut à s'en décrocher le cœur, elle descendit quatre à quatre les escaliers, pas suffisamment vite pour ne pas remarquer les têtes curieuses des voisins qui la regardaient partir, pas suffisamment vite pour ne pas sentir les yeux de tout l'immeuble qui l'épiaient, pas suffisamment vite pour ne pas entendre les chuchotements qui commentaient la dispute. Elle devinait sa mère en panique face au scandale. Aux voisins qui n'avaient pas perdu un mot de la dispute avec ces murs fins comme du papier à cigarette, sa mère finirait par trouver des excuses pour faire bonne figure.

« C'est elle qui va leur faire du théâtre, pensa rageusement Bérénice, elle va prendre sa tête de martyre pour montrer qu'elle est malheureuse, elle dira que tout va bien et personne ne la croira, et au fond elle ne veut pas qu'on la croie, elle veut qu'on la plaigne. » La jeune fille courait sans s'arrêter au rythme des pensées qui dévalaient à toute allure dans sa tête. Que faire sans argent, elle n'avait même pas de quoi se payer un ticket de métro. Elle courait chez Colette qui lui prêterait sûrement sa bicyclette et un billet de dix francs. Il serait temps, plus tard, de réfléchir à un moyen de survivre. Elle courait de plus en plus vite comme si sa vie en dépendait. Il ne fallait pas qu'elle arrive en retard au Conservatoire.

9

« On dirait que les pavés de cette rue sont aimantés », songea Bérénice. Elle se retrouvait à nouveau rue de Madrid. Ce n'était plus un rêve, désormais, la rue lui appartenait, le numéro 14 en tout cas, sa carte d'élève en faisait foi. Déjà elle se sentait amoureuse des croisées entrouvertes laissant voir une échappée sur le jardin chargé de paulownias bleus, le bruissement des instruments montant des classes de musique l'enchantait, dès son installation dans la classe de littérature, elle se sentit renaître, oubliant la pénible matinée, le frottement du tissu déchiré. D'emblée elle adora ce premier jour au Conservatoire, même ce cours complémentaire auquel la plupart de ses camarades n'assistaient pas. Pourtant à ses yeux il valait bien plus la peine que les enseignements compassés du lycée. Tout en Georges-Gustave Toudouze, le professeur de littérature, était théâtral, de la barbichette d'un autre temps à la cravate lavallière impeccable. Si le brave sexagénaire aurait dû forcer le respect de ses élèves au vu de ses exploits académiques – jugez donc : ancien pensionnaire de la Villa Médicis et auteur d'ouvrages hautement respectables ! –, il suscita plutôt leur hilarité en raison de ses curieuses affirmations. Peut-être son hérédité (un père romancier) ou sa passion marine (une enfance bretonne), il attaqua son premier cours en affirmant que Scapin était maltais. Pourquoi, sur quelle didascalie même infime se basait-il ? Mystère ! Toujours est-il que jamais il n'en démordrait : Scapin était maltais et devait être vêtu en conséquence !

Le seul trouble à la félicité de Bérénice concernait son mode de subsistance. Dans l'urgence, elle avait trouvé refuge chez Colette. Elle aimait depuis l'enfance l'appartement douillet de son amie où s'épanouissait une atmosphère bien plus libérale et fantaisiste que chez elle. Les parents de son amie lui signifièrent pourtant que ce refuge était provisoire. Ils lui rappelèrent qu'elle était mineure et qu'il lui faudrait retourner au plus vite chez ses parents. Par pudeur, Bérénice leur avait caché l'épisode de la veste déchirée. Elle savait que la malédiction de son père était terrible, revenir équivaudrait à se plier aux règles de ses parents, renoncer pour toujours à ce qu'elle devinait être sa raison de vivre, c'était hors de question. Paraphrasant Musset, elle se répétait : « J'ai souffert souvent, je me suis trompée quelquefois, mais j'ai vécu. » C'est ce qu'elle avait expliqué à Colette, admirative devant la ténacité de son amie, c'est ce à quoi elle songeait au sortir de sa classe de littérature quand elle tomba, comme par hasard, sur Robert Manuel :

— Alors, ce premier cours ?

Elle s'apprêtait à lui répondre, à lui dire quelle joie c'était de parler exclusivement théâtre et comme elle se sentait enfin à sa place, comme elle n'aurait pu rêver plus idyllique que cette vie de Conservatoire et avec quelle rapidité allaient filer ces trois ans d'école, mais elle n'en eut pas le temps. Elle venait d'apercevoir une figure familière.

— Je reviens tout de suite, Robert. Madame de Lignières ? Que faites-vous ici ?

— Je te cherche, mon petit, je te cherche. Je suis passée aujourd'hui à l'atelier pour avoir de tes nouvelles, tes parents ont fait semblant que tout allait bien. Entre nous, vos voisins sont bien moins discrets, une bonne âme s'est empressée de m'informer que ton père t'avait fichue à la porte. Alors je suis là !

— Ils vous ont demandé de me ramener ? demanda Bérénice sur la défensive.

— Est-ce que j'ai l'air d'un gendarme ? Allons, laisse ton agressivité de côté et suis-moi, j'ai à discuter avec toi.

Madame de Lignières parlait et agissait vite. En quelques secondes, Bérénice se trouva embarquée dans la voiture de la riche cliente de ses parents. Le chauffeur les déposa rue Barbet-de-Jouy. Cette fois, madame de Lignières ne la fit pas monter chez Véra Korène mais dans son propre appartement. Si Bérénice avait entendu parler de la fortune de la vieille aristocrate, jamais elle n'aurait imaginé qu'on pût posséder une si belle demeure. Tout témoignait le luxe et le goût. Partout aux murs des tableaux de maître – du moins c'est ce qu'il lui semblait – des tentures lourdes aux fenêtres, des tapis épais comme trois visons, des cristaux, des lustres, des dorures...

— Ne reste donc pas plantée là comme une godiche, pose ton chapeau et assieds-toi.

Bérénice s'exécuta. Sa vie prenait une tournure incroyable depuis son concours. Voilà maintenant qu'un domestique en livrée apportait un petit plateau contenant des tasses de chocolat chaud. Argenterie, porcelaine, quel cérémonial sophistiqué, pensa Bérénice qui ne confiera pas à ses petits-enfants l'idée saugrenue qui lui vint alors en entendant le discours de madame de Lignières. Elle parle toute seule, on dirait un monologue de théâtre. Oui c'est tout à fait cela. Dans une pièce, voici ce qu'on aurait écrit :

« Personnage unique : madame de Lignières.
Cette scène sera dite avec autorité sur un ton très rapide.

MADAME DE LIGNIÈRES :

Ma petite, je sais que ta situation n'est pas brillante. Tu n'as que quinze ans, ton père t'a chassée de la maison. On pourrait peut-être lui intenter un procès pour cela, Dieu merci nous ne sommes pas des sauvages, un procès entre père et fille, ça serait très mauvais genre. J'étais un peu au fait de ta passion du théâtre mais je n'avais pas pris toute la mesure de ton talent. D'abord, tu as été reçue première. Ça ne veut pas forcément dire grand-chose, un jury peut se tromper, surtout ces vieilles badernes du Conservatoire, mais Daunat t'as vue et t'a trouvé du talent. Daunat, tu as bien entendu parler de Daunat, le critique d'*Ars nova* ? Remarquable revue, du reste. Toujours est-il que c'est un ami à moi, je le connais personnellement et je fais confiance à son intuition : il a la dent dure mais son goût est sûr. Tiens, voilà que je fais des rimes.

Anyway, pour parler comme les Anglais, Daunat m'a dit qu'il venait d'écrire un petit article sur toi, cela paraîtra demain. Alors voilà ce que je te propose. J'aime aider les jeunes gens quand ils ont du talent. Ne m'interromps pas, bois plutôt ton chocolat, tu n'y as pas touché. Il y a une autre raison. Quand j'étais jeune – je sais, ça te paraît inimaginable que j'aie pu être jeune – je voulais être actrice, tout comme toi. Eh oui, que veux-tu. Naturellement mes parents n'étaient pas d'accord : pense donc, dans notre famille, une actrice, cela aurait fait tache ! À la place, on m'a mariée à un homme excessivement riche mais très bête, le malheureux. Du reste je ne l'ai jamais aimé. Enfin, il est mort jeune, Dieu merci. Depuis que je suis libre, je me suis jurée de ne plus faire que ce qui me plaisait. Mes enfants ne me comprennent pas du tout, ils me prennent pour une vieille folle, moi je t'assure que j'ai bien toute ma tête. Simplement, je ne m'embarrasse plus de formalités, j'agis à ma guise. Mes enfants m'indiffèrent, mes petits-enfants me déçoivent, leurs parents les ont complètement abrutis. Toi, c'est différent. Tu as de la personnalité, du talent, une passion : c'est suffisamment rare pour que je décide de t'aider. Je suis riche, tu ne l'es pas, je possède une petite chambre rue de Tournon, une espèce de garçonnière, tu n'as pas de logement, cet appartement est à toi. Laisse-moi une semaine le temps que j'y fasse faire des aménagements et tu pourras t'y installer. En attendant, tu peux dormir ici si tu le souhaites. Je te donnerai de l'argent chaque mois en attendant que tu trouves un travail. À tout cela je ne mets qu'une condition : que tu sortes du Conservatoire avec un premier prix. Voilà. N'ai-je pas bien tourné la chose ? Ah j'oubliais, nous ne dirons pas à tes parents que je t'aide, naturellement. Quant à tes papiers, je connais suffisamment de monde pour t'en fournir de faux. On pourra te donner un pseudonyme, c'est tout à fait bien pour le théâtre, ou tiens, je te donne même mon nom, ça emmerdera mes enfants, ce sera épatant ! « Bérénice de Lignières », ça en jette, non ? Tu es d'accord ? Parfait, je téléphone à Daunat pour qu'il change ton nom sur son papier : ce sera ta première apparition dans la presse sous ton nom de scène ! Au Conservatoire, tu n'auras qu'à expliquer que tu prends comme pseudonyme le nom de jeune fille de ta mère. Je passerai pour ta mère, je signerai tes papiers, tous tes soucis seront envolés ! »

Peut-être qu'au théâtre le public aurait applaudi devant un tel abattage. Là, dans le vaste salon, autour des tasses de chocolat, ce fut leurs yeux qui crépitèrent. Un fou rire suivit ce regard complice. Réunies par ce stratagème, les deux femmes avaient chacune quinze ans.

10

Du jour au lendemain, sa vie fut transformée, cinquante nouveaux amis l'entourèrent, camarades de la première à la troisième année, liés entre eux par un sentiment de fraternité inédit. Son triomphe la rendit populaire, auquel s'ajouta le lendemain, comme annoncé par madame de Lignières, l'entrefilet de la revue *Ars nova*. Juste un entrefilet – il ne s'agissait tout de même pas du concours de sortie, beaucoup plus retentissant – mais de la plume influente du redouté Jean-René Daunat.

« Le concours d'entrée ! S'imagine-t-on seulement quelle anxiété il provoque, quels espoirs il suscite, que de souvenirs il nous laisse ! C'est qu'il a une importance décisive : l'admission, c'est la première marche vers le succès, le sésame en vue d'un premier prix puis d'un engagement à la Comédie-Française ou à l'Odéon. L'échec, et c'est le découragement dont on peut ne jamais se relever.

Ce n'est certainement pas ce qui attend la belle et lumineuse jeune fille qui se présentait pour la première fois devant le jury du Conservatoire. Bérénice de Lignières, retenez bien ce nom.

Son programme judicieusement choisi lui a permis de dominer ce concours. J'ai relevé un fort tempérament dans le rôle de Camille, joint à un instinct de naissance dans *Iphigénie*. Je fus confondu par l'autorité dont elle fit preuve dans ce rôle si ardu même pour des comédiennes plus chevronnées.

Mlle de Lignières vient d'être admise première. Le coup d'essai fut un coup de maître. Si cette jeune fille au prénom prédestiné suit avec profit l'enseignement de ses professeurs, elle me paraît appelée à prendre une place sérieuse parmi les tragédiennes de notre temps. »

Hourrah, les trompettes de la renommée avaient sonné ! Colette dépensa tout son argent de poche en exemplaires d'*Ars nova*, Bérénice lut jusqu'à satiété ces lignes qui lui mettaient du baume au cœur, Robert Manuel se rengorgea sur « sa » découverte. Le triomphe dura peu. Quelques jours après, juste avant dix heures, alors qu'elle arrivait au Conservatoire pour son premier cours d'art dramatique, elle se heurta au pied de l'escalier à... Louis Jouvet en personne. Le maître ! Celui dont elle espérait tant qu'il l'eût choisie dans sa classe. Habillé d'un costume en tweed et chapeauté d'un feutre noir Éden, il était comme dans ses films, si ce n'est qu'aucune pellicule ne pourra jamais restituer son parfum ni l'odeur de ses cigarettes anglaises. Ses yeux acérés la fixaient attentivement, semblant fouiller en elle pour évaluer jusqu'à quelles profondeurs se nichait son amour pour le théâtre.

— Ah, c'est toi la petite reçue première ?

— Oui, maître.

— Ah non, appelle-moi monsieur, Louis ou patron, mais pas maître, je ne veux pas avoir l'air d'un vieux con.

— Oui, monsieur.

— Alors comme ça tu n'as jamais pris de cours ?

— Non, monsieur.

— Ça se voit.

Blessée, une boule dans la gorge, elle s'apprêta à prendre congé. Jouvet la retint :

— Allons, allons, ne fais pas cette tête. Écoute-moi bien : tu ne sais pas bouger, tu fais trop de gestes, tu respires mal, mais indiscutablement tu as quelque chose. Je ne parle pas de ton physique, tu es belle, ça aide, mais ce qui constitue ton tempérament, c'est un frémissement intérieur, une présence ardente. C'est très curieux pour quelqu'un de si jeune. Quel âge as-tu ? dix-sept ? dix-huit ?

— Quinze ans, monsieur.

— Encore plus curieux. C'est peut-être parce que tu n'as jamais pris de cours ni cherché à imiter personne. Tu sors les tripes, tu n'as pas de pudeur, on sent la nécessité intérieure de dire. Je ne sais pas ce que ça peut donner mais ça vaut le coup de le tenter. Tu comprends-tu ? Tu comprends-tu ma petite mère ? Allons, dépêche-toi, tu vas nous mettre en retard.

Elle fut si bouleversée qu'elle ne se rendit pas compte qu'ils étaient entrés dans la salle.

Elle venait d'être admise dans la classe de Louis Jouvet.

11

Elle ne pourra pas dire à ses enfants ou à ses petits-enfants : « Regardons ensemble *Entrée des artistes* », ce film de Marc Allégret datant de 1938, qu'elle découvrit au cinéma à sa sortie et qui lui rappela si bien ses trois années rue de Madrid, précisément chez Louis Jouvet, exactement comme dans le film, et bien sûr cette scène de la blanchisserie où le patron venge tous les comédiens dont la passion a été contrariée par leurs parents. Elle ne pourra pas voir et revoir ce film avec eux, elle ne pourra pas leur raconter son premier jour au Conservatoire, ses yeux attirés par l'estrade en entrant dans la classe. C'était donc sur cette planche de bois qu'ils monteraient chaque semaine pendant trois ans pour jouer devant le maître. C'était donc à l'aide de ces portants et de ces coulisses qu'ils reconstitueraient l'illusion de la scène. Et ce piano, là, dans le coin, elle découvrirait vite qu'il était destiné aux élèves des classes de musique. Au fond de la salle, loin derrière l'estrade, une longue planche de bois scellée au mur était réservée aux auditeurs. Si Bérénice n'avait pas fait un si bon concours, elle aurait pu se trouver là parmi eux, du mauvais côté, du côté de ceux qui n'avaient pas été jugés dignes d'entrer à plein titre au Conservatoire. Quelques jours plus tôt, la perspective de devenir simple auditeur l'aurait enchantée. Maintenant elle considérait ces malheureux élèves avec pitié.

En ce premier jour de rentrée, un homme à la barbe et aux cheveux blancs fit son apparition dans la classe. C'était Henri Rabaud, prix de Rome, compositeur de l'opérette à succès *Mârouf, savetier du Caire*, mais surtout directeur du Conservatoire. Il se gratta la gorge avant de prendre la parole : « La coutume veut que je présente un nouveau professeur à ses élèves et non, comme on pourrait le penser, les élèves à leurs professeurs. Je vous présente donc monsieur Louis Jouvet. »

Était-ce vraiment utile ? Tous dans cette salle étaient là pour lui. Le grand public l'avait découvert par ses films. *Topaze, Knock* surtout l'avaient rendu célèbre : « Ça vous chatouille ou ça vous gratouille ? », la France entière connaissait la réplique et appréciait le débit saccadé qui faisait la marque de fabrique du comédien. Dans le landerneau théâtral, on était un peu plus averti. On savait que Jouvet avait fait partie de l'aventure du Vieux-Colombier avec Jacques Copeau, qu'il avait été régisseur, décorateur, assistant, puis comédien et metteur en scène. Son arrivée cette année même comme professeur au Conservatoire avait fait du bruit. Ainsi donc on laissait enseigner dans cette vénérable institution un homme que par trois fois on avait recalé au concours d'entrée – à cause de son bégaiement, prétendaient certains, « à cause de ma vilaine gueule », ironisait-il lui-même. On prétend qu'il s'écria : « Je les ai eus, les barbons », lorsque parut son décret de nomination. Contrairement à la plupart de ses nouveaux collègues, Jouvet n'était pas sociétaire de la Comédie-Française, il entretenait d'ailleurs à son égard une relation ambivalente, mêlée d'attirance et de mépris. Il est vrai qu'en 1934, la vieille maison n'avait pas bonne réputation : étaient reprochés à son administrateur, Émile Fabre, son manque d'audace, le laisser-aller de la troupe, les mises en scène poussiéreuses, les moyens insuffisants, les recettes en baisse... Du reste, les modernes se détournaient de cette institution qui semblait vivre uniquement de sa gloire passée. Depuis longtemps, le vrai théâtre ne se faisait plus dans la vénérable Maison de Molière : l'avant-garde venait d'ailleurs, de la Comédie des Champs-Élysées dirigée précisément par Louis Jouvet, de l'Atelier de Dullin, du Théâtre des Mathurins administré par Georges Pitoëff ou encore du Théâtre Montparnasse de Gaston Baty, bref, de ce qu'on appelait le Cartel. Pour ajouter à sa réputation sulfureuse – du moins au Conservatoire – Jouvet programmait non seulement des pièces classiques dans des mises en scène plus modernes qu'au Français, mais il avait également le front de s'intéresser aux auteurs contemporains. Notoire était son admiration pour Jean Giraudoux qui serait bientôt programmé à l'Athénée, dont Jouvet venait de prendre la direction.

Si les élèves étaient déjà informés de sa biographie, ils auraient à découvrir les petites manies de leur nouveau professeur. Étonnamment, alors que Jouvet faisait figure de « moderne » dans le milieu théâtral, il avait repris dans sa classe les habitudes d'avant-guerre. Sur les banquettes de moleskine encadrant sa petite table, les filles étaient assises à droite, près des fenêtres, tandis que les garçons se tenaient à gauche sous les patères chargées de manteaux. Cela, joint au silence qui suivit le petit discours du directeur et à l'émotion visible de Jouvet, donna à ce premier cours une tournure de cérémonie religieuse. L'impressionnable Bérénice en fut d'autant plus frappée que la répartition des élèves lui rappela celle de la synagogue : hommes d'un côté, femmes de l'autre.

Le profane fit pourtant irruption. Un petit claquement sec, un infime grésillement. Le « patron » ouvrait le tiroir de sa petite table pour y écraser ses mégots. Pendant toute la classe, il ne cesserait de le tirer vers lui et de le refermer.

— Approchez-vous, nous ne sommes pas à la Sorbonne ! Toi, qu'est-ce que tu as pour moi ?

— Vassili, maître, du *Chant du cygne.*

— Ah là là, Tchekhov n'a jamais fait un franc... Enfin ! Quel est ton nom ?

— Jean Meyer, balbutia l'élève un peu décontenancé par la sortie du maître.

— Vas-y.

— « En voilà une aventure ! En voilà une histoire ! Je me suis endormi dans ma loge. Le spectacle est fini depuis longtemps ; tout le monde a quitté le théâtre, et moi je ronfle de la façon la plus tranquille ! Ah ! vieux birbe ! Vieux barbet !... »

— C'est une galéjade ? Est-ce que tu te fous de ma gueule ? Si c'est ça le Conservatoire, je prends mon chapeau et je m'en vais.

— Mais, maître...

— Tu peux me dire pourquoi tu tripotes ton écharpe depuis tout à l'heure ? Recommence !

— « En voilà une histoire ! en voilà une aventure ! »

— Allons bon, voilà que tu te prends les pieds dans le tapis avec ton texte. Tu me rejoueras ça quand tu le sauras parfaitement.

— Je le savais tout à l'heure.

— Mais tu ne le sais pas maintenant. Cette scène n'est pas travaillée. Crois-tu que je me lève le matin pour entendre ça ? Va t'asseoir. La petite, là, celle qui est rentrée première au concours, où est-elle ?

— Moi ?

— Oui, oui, toi, qui d'autre ? Alors, qu'est-ce que tu me donnes ?

— Le monologue de l'Infante.

— Allez !

— « T'écouterai-je encor, respect de ma naissance,
Qui fais un crime de mes feux ?
T'écouterai-je, amour, dont la douce puissance
Contre ce fier tyran fait révolter mes vœux ?
Pauvre princesse, auquel des deux
Dois-tu prêter obéissance ?
Rodrigue, ta valeur te rend digne de moi ;
Mais, pour être vaillant, tu n'es pas fils de roi. »

— Vous là, qu'est-ce que vous en pensez ? Rien ? personne n'en pense rien ? Non, vous n'osez pas balancer une camarade, mais je vais te dire moi ce qui ne va pas, ma p'tite mère. Tu pleures facilement mais on s'en fout des vraies larmes, garde-moi ça pour le cinéma. Au théâtre, les larmes ça déconcentre le spectateur. Apprends d'abord à respirer sinon ton talent restera dans tes bottes ! Ce qui est magnifique, dans ce morceau, c'est que si tu respires comme il faut, si tu as suffisamment de souffle pour arriver au bout, si tu ne halètes pas, tu atteindras, petit à petit, un rythme, un...

L'apprentissage de ce métier, sa boulimie de travail durant ces trois ans, et comme elle venait en avance aux cours, surtout quand elle avait classe avec Jouvet qui, impitoyable, fermait à clef les portes de la salle dès que retentissait la sonnerie. Les sermons de Bossuet jetés à pleine voix pour développer son souffle, la mâchoire endolorie par le crayon mordu pendant les exercices d'articulation, les petits pots de beurre qui se dépetipodebeurreriseront jusqu'à l'écœurement... Gymnastique de la parole exercée jour après jour, chez elle ou au Conservatoire, profitant de la moindre file d'attente pour s'entraîner, sous l'œil amusé des passants profitant des phrases absurdes enchaînées à toute vitesse : « Le fisc fixe exprès chaque taxe excessive exclusivement au luxe et à l'exquis », « Cinq capucins portaient sur leur sein le seing du Saint-Père ». Ce fut bien plus tard qu'elle comprit tout l'intérêt de la technique, surtout pour une tragédienne dont les rôles épuisent à cause de la densité du texte, de son arrière-plan douloureux, à cause de la longueur du vers aussi, qui impose la force d'aller jusqu'au bout sans s'étouffer, nécessitant pour cela de savoir respirer depuis les doigts de pied jusqu'au sommet du crâne malgré le trac qui peut vous ôter au moins vingt pour cent de vos moyens et les costumes XVIIe qui achèvent de corseter votre souffle.

Sa pierre de touche dans les moments de doute, c'était le plaisir de jouer. Il ne la quittait pas, s'alimentant au contraire de chaque épreuve réussie. Malgré son emploi de « grande jeune première », elle voulait tout essayer : les coquettes, les soubrettes, les amoureuses, les ingénues, les duègnes, les comiques, les femmes, et même les hommes, les vieillards, les travestis... Cette tragédienne née avait soif de comédies autant que de drames, de classiques comme de modernes. Elle s'appliquait à toujours suivre à la lettre cette recommandation de Jouvet de travailler ses scènes comme si elle devait les donner en audition. Malgré ses dons, c'était une marneuse. Quand elle n'était pas au Conservatoire, on était à peu près sûr de la trouver à l'Athénée où les élèves du patron avaient la chance de pouvoir répéter l'après-midi avec son collaborateur Pierre Renoir.

Sa tension nerveuse était telle que souvent son débit se précipitait et s'emballait. « Débit boulé », lui criait Jouvet, impitoyable. Il lui fallait se fortifier, apaiser ces tremblements du corps et de la langue. Il lui fallait aussi apprendre à économiser ses gestes qu'un trop grand enthousiasme tendait à multiplier. Le métier entrait.

Elle profitait des grandes tablées de six à la cantine pour s'imprégner des expériences de chacun, apprenant des trompettistes leurs trucs pour développer leur souffle, découvrant dans la rigueur des musiciens des inspirations pour sa propre étude. La solitaire devint bonne camarade, son identité s'affirmait, elle prenait peu à peu conscience de sa séduction de femme, son tempérament volcanique se révélait. Maintenant qu'elle savait où était sa place, elle s'épanouissait.

Et puis il y avait la Comédie-Française à laquelle sa qualité d'élève du Conservatoire lui donnait accès aussi souvent qu'elle le voulait. Voilà donc en chair et en os ces noms appris par cœur. Voilà donc Madeleine Renaud et Marie Bell ou encore André Brunot, le vice-doyen, qui en sa qualité de professeur l'appelait maintenant « mon petit coco ». Voilà donc pour de vrai cette Maison de Molière dont elle ne parlait qu'avec vénération, au grand dam de Jouvet : « Quoi ? tu aimes ce vieux musée poussiéreux rempli de fonctionnaires qui n'ont pas réussi au concours des postes ? »

Jouvet et ses manies, sa cigarette en cours, ses sorties déconcertantes sur le théâtre moderne, les auteurs qu'il détestait, sa formation d'apothicaire aussi qui revenait parfois au grand galop, d'autant plus qu'il l'avait échappé belle. Il lui arrivait de prescrire des médicaments à ses élèves quand ils avaient attrapé un rhume ou une autre cochonnerie. Il fallait alors l'entendre :

— Qu'est-ce que tu as ? tu es malade ?

— Oui, patron, j'ai mal à la gorge, je suis enrhumé.

— Tu as de la fièvre ?

— Oui, cela m'a empêché de dormir. Je n'ai pas fermé l'œil de la nuit.

— Allons, amène-toi, on va arranger ça.

On ne savait plus si on était dans *Knock* ou dans *le Malade imaginaire*. Avoir Jouvet comme professeur, c'était être un peu à part au Conservatoire tant le bonhomme était célèbre et faisait parler de lui. Mais même s'ils se sentaient l'aristocratie du Conservatoire, leur plus grande crainte était de l'entendre crier : « Ça ne passera pas la rampe ! »

12

Il fit courir un doigt sur sa peau nue, ne se lassant pas de suivre la courbe de ces hanches accueillantes qu'il connaissait par cœur, respirant l'odeur de cette peau légèrement granuleuse, enfouissant sa main dans la crinière rousse. « Ton corps ressemble à une symphonie de Berlioz : orageux, provocant, hyperbolique. » Elle rit de son grand rire de gorge. Même dans l'intimité, la voix était projetée, bien timbrée. Une voix de cantatrice éclatante et sonore, qui emplissait la chambre moelleuse. Elle s'étira dans les draps en lin :

— Hmmm, j'ai merveilleusement dormi cette nuit.

— Ma tigresse rousse, murmura-t-il en mordillant son oreille, ma belle Agnès.

Elle le regarda d'un air de conquérante, son talentueux musicien avec qui elle vivait depuis trois ans et qui venait enfin de composer un opéra pour elle. La première avait eu lieu la veille, un succès très honorable pour une nouvelle partition. Ils étaient rentrés tard, ivres de champagne et de fatigue – en témoignait l'éparpillement des vêtements jetés à la hâte sur le lourd tapis persan.

— Je me demande ce que va écrire Daunat, dit Agnès. Passe-moi mon peignoir, veux-tu ?

— Il est parti comme un voleur, sans dire un mot. Il a dû détester, comme d'habitude. Ces critiques, ils ne sont jamais contents alors qu'ils ne sont pas foutus d'écrire une seule mesure ! grogna Nathan en allumant une cigarette.

— Le public a eu l'air d'aimer, non ? Donne-moi une bouffée. Ils m'ont fait bisser mon deuxième air.

— Oh ! les Français, qu'est-ce qu'ils comprennent à la musique ? Mozart avait raison : « Les Français sont des ânes, ils sont incapables et doivent toujours avoir recours à des étrangers. » C'est aussi pour ça que je suis dans ton lit, non ?

— Très galant, bravo, Herr Adelman ! Et ton Ravel, alors, c'est aussi un âne ?

— Non, heureusement, il y a Ravel. Au moins, lui, il sait orchestrer.

— Tiens, où ai-je fourré ma pantoufle ? Ah la voilà, dit-elle en la ramassant sous le lit. Ta musique est peut-être trop moderne pour eux mais ils ne peuvent rien dire sur ma voix, j'étais parfaite hier.

— Oui tu étais divine, acquiesça Nathan.

Il réprima un sourire. Il savait qu'elle allait ramener la conversation à elle. Même hors de scène, il lui fallait poser en permanence, parler d'elle, de sa voix qu'elle avait l'habitude d'entendre louer depuis toute jeune, fière de ses succès, de sa réputation sulfureuse, de ses conquêtes masculines. Parfois, Nathan était un peu lassé de cette représentation permanente, il aurait aimé moins d'égocentrisme, surtout dans les moments où sa propre œuvre passait l'épreuve redoutable de la réception du public.

— J'ai faim, déclara-t-il en rejetant les couvertures, je mangerais un bœuf.

— Tu te contenteras de croissants, répondit Agnès qui sonna la femme de chambre.

La cantatrice se leva, s'enveloppa dans le peignoir que lui tendait son amant et lui lança une robe de chambre. Elle donna un rapide coup de brosse à ses longs cheveux roux qui se déployaient jusqu'à la taille. Quelques minutes après, la domestique arriva, tenant un plateau chargé du petit déjeuner et du courrier.

— C'est bon Rose, vous pouvez disposer.

Nathan nota qu'Agnès regardait la cameriste avec humeur : il était sûr qu'elle le soupçonnait d'avoir une aventure avec elle. Ça ne manqua pas :

— Tu as vu les sourires qu'elle te décoche ? Au moindre prétexte, je la congédie, qu'elle retourne dans son Berry, cette garce. Ah, *Ars nova* est arrivé, voyons la critique, s'écria-t-elle en se saisissant du journal. Nous y voilà : « *Shéhérazade*, Opéra en 5 actes, d'après *les Mille et Une Nuits*, livret d'Alain Béron, musique de Nathan Adelman »... Oh, pas mal, écoute ça, mon oiseau : « Le personnage de Shéhérazade offre à Mlle Agnès Grangé un beau rôle de plus. Quel art des nuances pour ce soprano léger qui nous a régalés de trilles et de cascades ! Quelle science de la couleur au milieu de périlleuses vocalises ! »

— Magnifique, ma belle, dit Nathan en s'approchant d'elle. Rien d'autre ? demanda-t-il un peu narquoisement.

— Si bien sûr. Je te lis l'article du début : « Savez-vous ce qui me frappe chez M. Nathan Adelman, depuis le scandale de son *Thésée* à l'Opéra de Berlin il y a maintenant cinq ans ? »

— Allons bon, de quoi va-t-il parler ?

— Attends-donc ! « C'est que, loin d'imiter, comme tant d'autres musiciens de sa génération, les leitmotivs de Wagner, loin de copier à toute force l'impressionnisme de Debussy ou de se fourvoyer dans l'atonalité chère à Schoenberg, M. Nathan Adelman a trouvé un langage qui lui est propre. Rappelons à nos lecteurs qui seraient encore peu familiers de son œuvre que M. Adelman nous vient de Berlin où il suivit à la Hochschule les enseignements de Franz Schreker et de Paul Hindemith. Il fut rapidement remarqué par le chef d'orchestre Wilhelm Furtwängler dont il devint l'assistant, mais c'est la composition qui l'occupe presque exclusivement aujourd'hui. De nombreuses partitions d'orchestre précèdent son arrivée en France, parmi lesquelles le remarquable *Concerto pour piano en* ré *mineur*.

« Comme beaucoup de ses compatriotes israélites dont la musique a été interdite, M. Adelman a quitté l'Allemagne en 1933 pour se réfugier en France. À peine âgé de trente ans, il nous semble en pleine possession de ses moyens. Sa rencontre avec le poète Alain Béron, qui fut son collaborateur pour *Énée*, son précédent opus, a achevé de le mettre sur le chemin de la maturité.

« Les deux auteurs ont puisé leur inspiration dans la magie orientale : Shéhérazade est cette princesse des *Mille et Une Nuits* que le public français connaît et apprécie depuis la traduction d'Antoine Galland.

« Le librettiste y a retranché ce qui ne convenait pas à la scène et y a ajouté certains éléments fantaisistes de son cru qui, malgré les libertés prises avec le texte, ne le trahissent en rien. Comme à son accoutumée, Alain Béron a dessiné les personnages d'un burin incisif et les a parés d'une veine poétique qui lui est toute personnelle.

« Venons-en maintenant à la musique, et reconnaissons que M. Adelman a réussi à restituer un Orient idéal tout en rendant les personnages de ces contes anciens parfaitement modernes. Son orchestre est tel que nous l'apprécions pour sa clarté et son ironie – qui n'exclut en rien, dans certaines pages, ce je ne sais quoi de nostalgique qui touche l'âme. Quoique d'un effectif conséquent, jamais son orchestre ne couvre les voix, privilège devenu rare à l'Opéra, tandis que ses audaces rythmiques s'affirment aujourd'hui comme emblématiques de son écriture.

« Je ne prétends pourtant pas défendre cette œuvre dans son intégralité. Nier quelques faiblesses, çà et là, serait aussi faux que ridicule. Le public a d'ailleurs bruyamment manifesté son ennui à la fin de l'acte I, plus proche du poème symphonique que de l'opéra. Certains ont également bondi à l'écoute du développement tritonal du prélude de l'acte II. Une abonnée du parterre s'est ainsi exclamée non sans justesse: "Mais il est fou à lier !" »

— Ah, j'aurais parié qu'ils ne comprendraient rien à ce passage.

— Ne m'interromps pas, c'est maintenant qu'il parle de moi... « rossignol français », etc. Ah non mais écoute ça: « Nous n'oublierons pas de féliciter la délicieuse Mme Henriette Duval. Sa voix mordante et expressive est au plus haut point émouvante. » Comment peut-il trouver du talent à Henriette ? Il baisse, ce pauvre Daunat !

Le téléphone sonna dans la pièce à côté.

— Il salue la mise en scène de Rouché, etc., je te lis juste la fin : « Souhaitons à *Shéhérazade* de faire une longue carrière à l'Opéra. Ce serait justice. »

— Va répondre, je suis sûr que c'est Alain, il a dû lire la critique lui aussi.

Agnès alla décrocher. Elle parla un bref moment avec le librettiste puis lui passa Nathan.

— Oui, j'ai vu. Daunat est de bonne humeur en ce moment, il doit être amoureux !... Oui. Oui. Je suis d'accord avec toi, il est passé à côté de la musique. On en parle tout à l'heure à la répétition. Ah ! mon vieux, je voulais te proposer : viens-tu avec nous demain au Chat-huant ? C'est relâche pour Agnès et un ancien élève nous y invite. Il veut qu'on entende une amie à lui qui, paraît-il, est épatante... Ce qu'on donne ? Oh ! tu sais bien, la musique qu'on fait maintenant, réaliiiiiste, tragiiiiique, comme si monsieur Hitler ne suffisait pas à empoisonner le monde... Je sais, je sais... Elle chantera aussi du Kurt Weill, il paraît qu'elle le chante remarquablement. Je suis curieux d'entendre ça... Allez viens, après on dansera le fox-trot, on s'amuse toujours au Chat-huant... C'est d'accord ? Très bien, à demain, nous passerons te chercher vers dix heures.

Le compositeur raccrocha et alla rejoindre Agnès assise à sa coiffeuse.

— J'ai encore faim, dit-il en se penchant vers elle. Très très faim, ajouta-t-il en la mangeant de baisers.

De nouveau elle rit et ils se retrouvèrent sur le lit pour continuer leur nuit de plaisir. Il était déjà onze heures mais qu'importe, il leur restait encore du temps avant la répétition à l'Opéra.

13

Le Chat-huant était le nouveau cabaret à la mode. Ouvert en 1930, son voisinage avec L'Oiseau bleu, établi depuis plus longtemps, avait rendu ses débuts difficiles. La concurrence était rude, Le Chat-huant peinait à trouver son public, il n'était pas rare que le spectacle se donne devant deux ou trois personnes. C'était seulement depuis son récent changement de propriétaire qu'il avait acquis une certaine notoriété. Le patron savait que la clientèle jeune et fortunée se ruait sans complexes sur ce qui était nouveau. Il avait compris qu'il fallait flatter le goût de ce public versatile. Il avait d'abord fait appel à de jeunes chanteurs inconnus sur lesquels il avait misé, souvent avec succès. Ensuite il avait écumé les quartiers populaires afin de recruter des danseuses exotiques à la peau noire ou métisse. Ses effeuilleuses avaient des corps plus fins et souples que dans les autres boîtes de nuit, leurs visages avaient plus de caractère. Cela finit par plaire. En 1934, L'Oiseau bleu déclinait tandis que Le Chat-huant battait son plein.

Quand Nathan Adelman, Agnès Grangé et Alain Béron entrèrent dans la boîte à la mode, la soirée était déjà bien entamée. À une table les attendait Jules Puech, un élève du Conservatoire en classe de cor, qui avait pris autrefois des cours particuliers de composition auprès de Nathan. Les deux hommes étaient devenus assez bons camarades, et Jules appelait souvent son aîné pour lui faire partager ses découvertes des soirées parisiennes. Ce soir-là, il était accompagné d'une amie un peu plus âgée que lui.

— Je vous présente Fanny, ma fiancée. Elle est flûtiste, nous nous sommes rencontrés au Conservatoire. Asseyez-vous vite, le spectacle va bientôt commencer. Vous allez voir, la chanteuse est sensationnelle.

— Champagne pour tout le monde ? demanda Nathan. Comment s'appelle-t-elle votre artiste ?

— Lou.

— Je t'écris ô mon Lou... plaisanta Alain Béron.

— Ah ! le poète nous bricole déjà une élégie, dit Agnès qui n'avait pas reconnu l'allusion.

— Ce n'est pas de moi, ma chère, c'est d'Apollinaire.

Les lumières se tamisèrent, une annonce micro vint présenter la chanteuse. Le silence se fit, un silence distrait par les conversations qui continuaient à certaines tables. Cela avait le don d'agacer Nathan. *Stille !* eut-il envie de crier aux importuns. Et puis de la fente d'un rideau noir apparut une main de femme suivie d'un visage de profil coiffé d'une perruque bleue. Cette fois le silence devint total. Alors, lentement, mystérieusement, émergea du rideau la silhouette de la chanteuse. Elle était grande et vêtue d'un smoking noir. Elle portait des talons de dix centimètres. Elle se tourna très lentement vers le public et quand elle fut de face, elle ouvrit les yeux tout grands, d'un coup. La salle retint son souffle devant ces yeux de chat aux cils immenses, si clairs qu'ils paraissaient morts, tout était énigmatique dans cette femme à la bouche pulpeuse laquée de rouge. Le piano commença à jouer – main gauche lourde, trop de pédale, nota Nathan *in petto* malgré lui.

Surgit la voix de la chanteuse, qui doucement d'abord, dans un chuchotis, câline, presque coquette, murmura « Retire ta main, je ne t'aime pas », et tout à coup la voix enfla et devint sauvage et rauque, elle devint furie et mordante et cela venait des entrailles de la terre, et vous prenait par surprise, venant toucher vos failles et vos fêlures, et la voilà qui donnait tout et vous vous aperceviez que vous marchiez avec elle, que vous respiriez avec elle, que vous étiez haletant à son rythme, que vous ne respiriez plus parce qu'elle vous avait emporté dans son monde où quand on dit « Je ne t'aime pas » on aime à en crever et quand on dit « Je suis à genoux » vous n'avez qu'une envie, celle de baiser ses pieds et de devenir son esclave. Et ensuite elle chanta une autre chanson en allemand et même si vous ne parliez pas allemand vous compreniez quand même, vous saviez qu'elle parlait des amours partagées et des amours déçues, vous saviez qu'elle parlait de votre vie, de vos espérances et de vos regrets, de vos rêves brisés et de vos désirs fous, vous saviez qu'elle parlait de vos rires et de vos douleurs, de votre jeunesse et de vos dix-sept ans qui ne reviendront plus, et vous saviez que cette femme pouvait faire du bien et du mal, être accueillante et maternelle et hostile et succube en même temps, qu'elle était tout à la fois, et comme c'était délicieux et dangereux en même temps, cette envie d'y aller et l'appréhension d'y aller, comme cette peur qu'on a petit en découvrant ce qui se cache dans la chambre de Barbe-Bleue, la peur devant un tigre et la fascination pour les fauves. Et pour Nathan c'était pire encore, parce qu'il était Allemand et comprenait parfaitement ce qu'elle disait, mot pour mot, et la seule chose qu'il ne s'expliquait pas, c'était comment une Française pouvait chanter aussi bien l'allemand, ce n'était pas seulement une histoire d'accent, c'était cette compréhension intime de la langue, c'étaient les inflexions justes sur les mots qu'il fallait, c'était l'atmosphère des cabarets de ses vingt ans, c'était sa ville natale, son Berlin perdu, celui d'avant 1933, c'était son Conservatoire et ses maîtres, c'était ses camarades d'enfance et ses premières amantes, c'était son père et sa mère, c'était l'Allemagne qu'il avait dû fuir, c'était la nostalgie du pays natal, et parfois quand le regard de Lou s'arrêtait sur lui, il sentait qu'il avait mal à en crever, qu'une boule s'était formée dans son ventre et qu'il devait se retenir pour ne pas être submergé par l'émotion.

— Hein, alors, je vous avais bien dit qu'elle était inouïe ! C'est Damia et Lotte Lenya réunies, s'exclama Jules Puech.

— C'est mieux que ça, dit sourdement Alain Béron. Il regarda Nathan et les deux amis surent qu'ils avaient vu la même chose dans la femme à la perruque bleue et au smoking noir.

— Je ne pourrai plus jamais entendre « Je ne t'aime pas » par quelqu'un d'autre, déclara Nathan en se versant à boire. Il faut absolument que Kurt vienne l'écouter.

Jules Puech avait le bonheur des impresarios, il était heureux de « son » succès, il pétrit la main de sa fiancée, remplit les verres, s'échauffa, gesticula, personne encore n'avait remarqué le silence d'Agnès, pourtant inhabituel. La cantatrice avait détesté la façon dont les hommes avaient regardé cette fille. Elle avait souffert que Nathan la dévore des yeux, elle avait jalousé jusqu'au trouble du sévère Alain Béron, lui qui n'avait pas eu la veille une seule parole amicale à son égard pour commenter sa prise de rôle dans Shéhérazade. Elle avait trouvé indécente cette voix que son habitude des canons du chant lyrique lui faisait trouver pleine de défauts, cette tessiture large mais sans homogénéité entre le registre aigu et le registre grave, elle n'aimait pas ces notes parfois cassées et ce voile dans l'aigu, sans comprendre que ce qui aurait été inacceptable à l'opéra faisait ici la singularité de ce timbre et son émotion. Comment pouvait-on apprécier cette voix à l'opposé de la sienne qui était ronde d'un bout à l'autre ? De toute façon elle ne comprenait pas ce que les gens trouvaient à Kurt Weill : trop allemand cette musique, vulgaire, voilà le mot.

Tout à son enthousiasme, Jules se fit fort d'amener à leur table sa camarade de Conservatoire. Elle vint effectivement les rejoindre, plus belle encore que tout à l'heure, quand elle chantait de loin dans son halo de lumière, comme si le ciel charmé la désignait à l'assistance et lui signifiait : elle est l'aimée des dieux. L'inondant de superlatifs, Jules lui présenta l'assistance.

— Félicitations, mademoiselle, lui dit Alain Béron. Nous avons maintenant une idée de ce qu'Ulysse entendit de la bouche des sirènes.

— Du champagne ? s'empressa Nathan en servant la jeune fille. C'était magnifique. Depuis combien de temps chantez-vous ?

Elle n'eut pas le temps de répondre, de lui faire préciser s'il voulait savoir depuis combien de temps elle chantait au Chat-huant ou depuis combien de temps elle chantait tout court. Elle n'eut pas le temps de répondre car le compliment d'Alain Béron et les attentions de Nathan venaient de faire déborder la coupe. La jalouse Agnès venait de se muer en serpent, sa voix se fit sifflante, il lui fallait injecter son venin. Elle le fit insidieusement, parlant d'abord de la décadence de ce siècle caractérisée par le relâchement des techniques, « Prenez par exemple le ballet : depuis Isadora Duncan, une invasion de pseudo-danseuses s'est abattue sur nos théâtres, ce n'est plus de la danse, ce n'est pas du mime, c'est du sous-art », en venant ensuite au cœur de son propos : « Pour le chant, c'est exactement la même chose. » Sous son sourire faussement bonhomme, la voilà qui se met à railler Lou et ses prétentions de chanteuse, l'accusant de copier Fréhel dans son répertoire, lui reprochant de fluctuer entre deux arts, le chant et la tragédie, imparfaite dans les deux arts faute de savoir choisir. Elle ne fut satisfaite que quand elle crut sa victime à terre.

Lou fut piquée mais devant le danger elle trouva des ressources, elle répliqua avec orgueil, invoquant le théâtre grec qui mêlait tous les arts, moquant la cantatrice de ses vues étriquées qui excluaient les recherches et les expériences, l'accusant de s'installer dans la tradition pour ne donner à entendre qu'un art sclérosé, lui jetant à la figure le manque de naturel des chanteurs lyriques, leur incapacité à incarner leurs rôles autrement que les pieds plantés au sol et la main sur le cœur. Ce fut à l'autre désormais de vaciller sous le poids de l'insulte, la cantatrice adulée du Tout-Paris avait perdu l'habitude d'essuyer des critiques. Elle s'apprêtait à répliquer mais Lou se leva et quitta la table, signifiant que la joute était terminée, qu'elle n'irait pas plus loin dans cette lutte stérile. Elle jeta un regard de défi à sa rivale et à son entourage, les mettant dans le même sac, ceux qui se commettaient avec une telle amie et n'avaient pas un mot pour la réduire au silence.

Lou partie, Nathan se tourna vers sa compagne :

— Qu'est-ce qui t'a pris ? C'était grossier et injuste. Tu es jalouse ou quoi ?

— Moi, jalouse ! Comme si un diamant pouvait jalouser un zircon ! Puisque tu le prends comme ça, restez là à faire les jolis cœurs, moi je m'en vais, je vous laisse vous pâmer devant cette voix de bateau à vapeur.

Elle se leva, s'achemina vers le vestiaire pour retirer son manteau. Nathan fit un geste d'impuissance à ses amis. À contrecœur il la suivit.

L'ambiance était cassée. Resté seul avec Jules et sa fiancée, Alain Béron sirota son verre. Il s'excusa quelques minutes après.

— Il doit penser à un nouveau poème, hasarda la fiancée de Jules, pas mécontente au fond de se retrouver seule avec son amoureux.

14

— Monsieur le président, oui, c'est vrai, Paul Bloch a commis un délit, Paul Bloch a enfreint son arrêté d'expulsion. Mais qui accusons-nous aujourd'hui ? un souteneur ? un impudique ? un ivrogne ? un assassin qui mériterait que la main de la justice s'abatte sur lui dans toute sa rigueur ? Non ! Regardez le prévenu et vous comprendrez une foule de choses dont la loi ne peut pas tenir compte.

La justice est aveugle, nous affirme monsieur le procureur, elle doit s'appliquer de la même façon à tous. En vérité, il serait trop commode de pouvoir éluder par cet adage les cas embarrassants. Quand je songe à Paul Bloch, je sais, moi, que cet homme n'avait pas le choix. Je sais qu'il ne pouvait pas quitter la France comme le lui intimait son arrêté d'expulsion car Paul Bloch est dans les faits un apatride.

Laissez-moi vous rappeler qui est le prévenu : cet homme de quarante ans a mené une vie sans tache. Fils d'un riche industriel allemand, il a fait de solides études de philosophie et de littérature à l'université de Berlin. Dans son pays natal, qu'il aimait, il devint chroniqueur pour le journal social-démocrate *Vorwärts*. Rien ne prédisposait cet honnête journaliste à se trouver un jour devant un tribunal français. Sans doute aurait-il vécu ignoré de l'Histoire sans l'arrivée de Hitler au pouvoir.

Le nouveau régime n'apprécie pas sa plume, le journal est interdit, Paul Bloch est envoyé dans un camp de concentration où il subit brutalités, sévices et humiliations. Par miracle, il réussit à s'en évader, n'ayant en tête qu'une seule pensée : gagner la France. En quelques semaines, il y parvient. Le voilà dans notre pays où il obtient un passeport, et où il réussit, grâce à sa bonne volonté et à son obstination, à trouver un poste dans une imprimerie. Sans difficultés, il s'intègre à ses camarades de travail, il se fiance à une jeune fille française, il attend de gagner un peu mieux sa vie avant de se marier. Telle est la vie de Paul Bloch, une vie de labeur exemplaire, vous en conviendrez.

Mais voilà qu'à propos d'une banale amende de stationnement, les autorités administratives lui notifient un arrêté d'expulsion. Il reçoit ordre de quitter le territoire français, on lui retire son passeport. Que fait alors Paul Bloch ? Respectueux de la loi, il entreprend le tour des consulats étrangers pour obtenir le visa qui lui permettra de quitter la France. À chaque fois, on lui répond que ce visa doit être apposé sur son passeport, celui-là même qui lui a été retiré. Précisément !

Comment devait-il agir alors, sachant la vanité de ses démarches ? Qu'auriez-vous fait à sa place ? Auriez-vous passé illégalement la frontière, au risque qu'on vous jette en prison dans un autre pays ? Non, bien sûr : *impossibilium nulla obligatio est.* Vous seriez resté en France auprès de votre fiancée. Exactement comme Paul Bloch.

Et, je vous le demande, pouvait-il agir autrement ? S'il passait dans un pays limitrophe, il risquait de se faire arrêter pour y être entré illégalement. S'il retournait dans son pays, sa vie était mise en péril. Voilà pourquoi je vous dis que le prévenu est matériellement apatride : nulle part il n'est chez lui, partout il est un étranger.

La situation des apatrides est véritablement tragique. Leur expulsion de France est tout à la fois contraire au bon sens et aux principes élémentaires de justice et d'humanité. Laissera-t-on longtemps ce scandale se prolonger ?

Monsieur le procureur nous l'a réaffirmé tout à l'heure : la contravention à l'arrêté d'expulsion est passible d'un à six mois de prison. Nous savons tous ici, monsieur le président, qu'il n'est pas en votre pouvoir de changer cette loi. C'est vrai, vous pouvez en toute légalité condamner Paul Bloch à la prison. Il le sait, le pauvre proscrit, il en accepte le risque. Pourtant je vous en conjure, monsieur le président, n'ajoutez pas l'enfermement à l'enfer de l'expulsion. Mieux, faites preuve d'humanité en accordant au prévenu la relaxe. Puis-je vous rappeler pourquoi Paul Bloch est venu en France ? C'est qu'il a cru trouver en notre pays une terre d'asile et de liberté. Cette idée de la France, que nous avons chèrement conquise pendant la Révolution, que nous avons proclamée à la face de toutes les nations, qui a inspiré tant d'autres peuples, cette idée est notre fierté, cette idée est notre honneur. Mais cette idée resterait une abstraction s'il n'y avait pas d'hommes pour l'incarner, et cet homme s'appelle Paul Bloch qui préfère des menottes françaises aux barbelés allemands.

— Bravo ! s'écria quelqu'un dans l'assistance.

Alain Béron venait de terminer sa plaidoirie. Si cet homme du premier rang qui n'a cessé de triturer ses gants les fait passer maintenant dans sa main droite, Paul Bloch sera acquitté, se dit-il. En dépit de son esprit cartésien, l'avocat ne pouvait se défendre de ce genre de pensées – absurdes, si l'on veut –, magiques en tout cas, précisément dans les moments de maîtrise extrême, comme si la superstition prenait plaisir à venir le narguer pour mieux lui démontrer la fragilité de la raison. Il savait alors qu'il était impossible d'y échapper, que tous les arguments sensés ne servaient de rien. Les gants en simili-pécari de l'homme du premier rang lui avaient servi de baromètre pendant tout son discours. Peut-être parce que ses habits traduisaient son appartenance à la classe moyenne, il lui semblait que cet inconnu était représentatif du Français moyen. Quand l'avocat s'emportait et apercevait le gant pressé plus vivement, il savait alors qu'il ne pouvait aller plus loin, que la propagande antidémocratique et xénophobe assénée par *Candide* ou *Gringoire* avait déjà trop gagné de terrain dans le pays. S'il ne modérait pas son discours, il risquait de choquer et d'aller à rebours de la compréhension escomptée. Alors il adoucissait ses propos, trouvant des nuances, battant en retraite au besoin.

Il sortit fumer une cigarette. L'air frais le revigora. Une demi-heure plus tard, le tribunal correctionnel rendit son jugement : « Attendu que la présence de Paul Bloch sur le territoire français à la date de son arrestation procède de l'impossibilité dans laquelle il s'est trouvé d'en sortir par suite de circonstances indépendantes de sa volonté ;

Par ces motifs, statuant contradictoirement, relaxe le nommé Paul Bloch et le renvoie des fins de poursuite sans peine ni dépens. »

La paire de gants n'avait pas menti. C'était la relaxe. Le tribunal avait suivi l'argumentation de l'avocat point par point. Succès complet. Le visage d'Alain Béron se détendit, ses yeux perdirent de leur fièvre. Il serra chaleureusement la main de son client et lui glissa un papier sur lequel il venait de griffonner quelques lignes. Il esquissa un signe de tête en direction du président et du procureur général puis quitta rapidement le prétoire. Dehors, dépourvu de sa robe d'avocat qu'il avait déposée au vestiaire avec sa toque, il se sentit soudain démuni. Malgré son succès, une grande tristesse s'abattit sur lui comme souvent quand l'adrénaline retombait. Il alluma une Gitanes et allongea le pas. L'image des gants de l'inconnu du premier rang ne le quittait pas. S'il devait être tout à fait précis, il décrirait leur teinte comme du marron tirant vers le bistre. Comme toujours les couleurs s'imposaient à lui par touches impressionnistes qu'il n'essayait plus de contrôler. Le brun des gants en pécari, le blanc sale de l'épitoge d'un confrère dans la salle des cent pas, l'or des arbres d'automne qu'il associa à la croûte parfumée d'un baba au rhum. C'était cette association de couleurs et de sensations qui faisait naître ensuite, par un processus mystérieux, des mots qui se transmuaient en poèmes.

Les rues défilaient, pied droit, pied gauche, à gauche, tout droit, passage piéton, changement de trottoir... En sortant du Palais, l'avocat avait bifurqué vers l'est en direction de la gare de Lyon. Quelques minutes plus tard, il était installé dans le train pour

Aix-en-Provence. Le wagon était presque vide, le paysage si monotone qu'il semblait faire le gros dos. Alain Béron passait en revue sa plaidoirie. Le tribunal avait approuvé son argumentation jusque dans sa thèse – assez audacieuse – de la force majeure, mais il savait sa victoire fragile. Il avait eu la chance de bénéficier des sympathies du président, un homme de gauche connu pour ses prises de position courageuses en faveur des étrangers. Si l'affaire montait en appel, les juges du second degré risquaient de se montrer moins cléments. Cela faisait plusieurs années maintenant qu'il défendait les apatrides (les *heimatlos* comme on disait dans le jargon juridique). Au départ, il ne s'était agi que de défendre un ami d'amis. Informés de son premier succès, Russes, Arméniens, Allemands venaient le trouver emplis d'espoir. Si la doctrine était majoritairement favorable à ses idées, les juges rechignaient le plus souvent à mettre fin à une situation dramatique qui aurait dû être réglée par le législateur.

Il fut interrompu dans ses réflexions par son voisin qui, intrigué par la revue *Dalloz* déposée sur la banquette, lui demanda :

— Vous êtes magistrat, monsieur ?

— Non monsieur, je suis avocat.

— Ah, beau métier, beau métier !

— Et vous, monsieur ? demanda-t-il par pure politesse.

— Oh moi, je suis agent de change.

— Ah très bien. Vous permettez ? Un article à écrire...

Pour éviter d'être importuné plus longtemps, il fit semblant de se plonger dans la lecture de sa revue : « Accident. – Responsabilité d'un accident survenu dans l'escalier d'un cinéma. – En descendant l'escalier d'un cinéma, une demoiselle C. fit une chute si malencontreuse qu'elle se fractura la cheville droite. La Cour de Paris (7e chambre), dans un arrêt du 17 novembre 1933, a écarté l'application de l'article 1384 du Code civil, en considérant que : "Lorsque le rôle de la chose est purement passif, elle ne saurait engager la responsabilité de son gardien et qu'il est évidemment nécessaire"... »

Il ne lisait plus, ses idées vagabondaient. Il pensait à sa mère qu'il allait rejoindre dans la maison natale d'Aix-en-Provence, elle devait l'attendre. Cent fois il lui avait recommandé de dîner sans lui, elle ne l'écoutait jamais, trop impatiente de le retrouver. Il avait hâte de discuter avec elle et de retourner dès le lendemain matin à sa table de travail monastique, la chère table en bois de son enfance, devenue trop petite pour son grand corps d'homme mais sur laquelle il aimait toujours écrire, comme si ces rudes morceaux de bois assemblés par son grand-père lui murmuraient les mots justes qui lui portaient bonheur depuis ses premières compositions françaises jusqu'à ses prix de latin et grec au concours général. C'est à cette modeste table qu'il avait commis ses poèmes d'adolescent, c'est toujours là qu'il écrivait ses poèmes et ses livrets d'opéra. Aucune plaidoirie en revanche, il préférait les préparer à l'extérieur, dans les cafés par exemple, constatant qu'il avait besoin de s'emplir de la vie des autres hommes, de tout ce qui composait leur humanité, bruits, habitudes, failles, conversations, comme pour mieux s'imprégner de leurs mobiles.

Il se replongea dans la revue : « ... et qu'il est évidemment nécessaire que le contact dommageable de la victime avec la chose soit le résultat d'un mouvement, d'un déplacement de l'action destructive ou nocive de la chose... » Son voisin s'était absenté – sans doute avait-il gagné le wagon-restaurant. Il regarda sa montre. Neuf heures. À l'Opéra, ils allaient bientôt attaquer *Shéhérazade*, il y serait certainement s'il n'avait pas dû rentrer à Aix, l'ouverture était un de ses passages préférés. « ... d'un déplacement de l'action destructive ou nocive de la chose... » Il regarda de nouveau sa montre. Neuf heures cinq. C'était encore trop tôt pour Le Chat-huant. « ... et non du fait volontaire ou inconscient de la victime... »

Décidément je n'arrive pas à me concentrer, s'impatienta-t-il en froissant son paquet de cigarettes vide. La responsabilité du fait des choses était pourtant un sujet qui le passionnait et dont il suivait avec attention les évolutions jurisprudentielles depuis l'université, même s'il ne plaidait plus que des affaires pénales. La solution de la Cour est absurde, analysa-t-il. Résumons : les juges ont engagé la responsabilité de l'exploitant de salle sur le fondement de l'article 1382 du Code civil. En estimant que sa faute n'entrait que pour moitié dans les causes de l'accident, ils l'ont condamné à ne verser à la victime que la moitié du montant du préjudice. Cette pauvre demoiselle C. ! Non seulement il lui a fallu prouver la faute de l'exploitant, mais encore a-t-elle dû se contenter de 32 500 francs quand elle aurait pu obtenir le double si les juges avaient appliqué la présomption de responsabilité de l'article 1384. Et que signifie cette « action destructive ou nocive de la chose » ? On dirait que la Cour a voulu ressusciter la notion de choses dangereuses et non dangereuses, pourtant rejetée catégoriquement par l'arrêt Jand'heur... Absurde ! J'aurais presque envie d'écrire un article à ce propos si ce n'était pas complètement déraisonnable : mon éditeur attend la remise de mon prochain recueil de poésie, n'allons pas nous disperser avec un texte juridique... Il consulta de nouveau sa montre. Neuf heures et demie. « Lou, murmura-t-il, Lou. Elle a dû le recevoir maintenant. »

15

— C'est moi, bonsoir monsieur Francis !

— Bonsoir, mademoiselle Lou, cria le concierge en ouvrant la porte du Chat-huant à la jeune fille, comme tous les soirs de spectacle.

Lou aimait venir en avance, sur le coup de huit heures, disposer de temps pour se préparer, se maquiller, échanger deux mots avec les autres artistes, sentir peu à peu monter l'ambiance dans la salle, si différente chaque soir, suivant les lois mystérieuses du théâtre, encore plus peut-être au cabaret où le public est plus facilement distrait. Comme tous les soirs, le vieux concierge lui remettait des lettres et des paquets d'admirateurs, « Les fleurs sont dans votre loge », ajoutait-il. Le vieux Parisien aurait bien voulu bavarder plus longtemps avec la belle Lou mais sa femme lui rappelait aussi aigrement qu'invariablement qu'il avait à nourrir les chats. S'il avait pu lui parler plus longtemps, sans doute lui aurait-il confié, fier comme Artaban, qu'il avait été bien prudent, bien discret, qu'à tous ces messieurs qui lui avaient demandé si elle avait un amoureux ou encore si elle était aussi belle sans maquillage et en tenue de ville, il n'avait rien dit : « Ils ont beau me glisser leurs billets de dix, ils pourraient bien m'en donner mille, motus ! Vous me connaissez, quand je veux faire mon bête, y a pas plus bête que moi. »

Elle monta rapidement l'escalier, salua les danseuses qui enfilaient leurs bas dans un frou-frou de plumes, de tulles et de sequins, ferma la porte de sa loge, passa la main sur son smoking noir suspendu à un portant, elle pensa enfin à ouvrir les lettres et les paquets mais elle le fit sans hâte. Depuis qu'elle s'était composée ce personnage de vamp au Chat-huant, les sollicitations pleuvaient de toutes parts, tous les soirs elle recevait des hommages d'hommes, des invitations à sortir, des moissons de fleurs, un soir, ce fut Jean Gabin en personne qui lui fit la cour et il était encore plus séduisant à la ville qu'à l'écran.

Mais elle n'était pas là pour se laisser conter fleurette par des garçons, entendre leurs déclarations, recevoir leurs présents et finalement se retrouver dans leur lit, elle n'était pas une cocotte, et d'ailleurs il lui fallait se lever tôt le lendemain pour son cours au Conservatoire. Elle préviendrait son camarade Jules de cesser de lui présenter des gens aussi désagréables que cette Agnès Grangé. Elle lui recommanderait une nouvelle fois de bien garder secrète sa véritable identité, qu'il était le seul à connaître. Elle n'était pas sûre que le Conservatoire aurait vu d'un bon œil son activité nocturne, même si celle-ci ne l'empêchait jamais d'être à l'heure à ses cours. Elle avait besoin de gagner sa vie pour ne pas dépendre totalement de madame de Lignières. Ce n'était pas qu'une question d'argent, elle s'était prise au jeu dont elle retirait de nombreux bénéfices : apprivoiser son trac, se confronter chaque soir à un public exigeant qu'il fallait intéresser dès son entrée en scène sous peine d'être impitoyablement sifflée. Et puis c'était si amusant d'incarner ce personnage de Lou.

Le dernier paquet de la pile était enveloppé d'un simple papier kraft. Elle en fit une grosse boule sur la table à démaquiller chargée de fards et découvrit un in-folio édité dans un papier vergé. C'était un recueil de poèmes d'Alain Béron qui portait un titre énigmatique : *La couronne se cambre*. La page de garde comportait une dédicace, tracée fermement à l'encre bleue : « À la sirène aux yeux de saphir ». Sous la signature, le poète avait dessiné un œil orné de longs cils. Elle se rappela le regard profond de l'homme de la veille, son maintien droit dans son costume trois-pièces coupé impeccablement, sa tristesse qui semblait venir de très loin ; elle se rappela plus nettement, tranchant avec l'impression désagréable de la querelle de la veille, le geste qu'il fit de la main pour la retenir lorsqu'elle voulut quitter la table après avoir lancé sa dernière réplique contre Agnès, l'apaisement que lui procura la chaleur de cette vaste paume protectrice. Pour la première fois elle se demanda si elle écrirait un mot de remerciement.

16

Bérénice sortait tout juste de son cours de théâtre. Le patron n'avait pas été tendre avec une de ses camarades qui donnait Sylvette des *Romanesques*. Il l'avait houspillée parce qu'elle n'avait pas suffisamment travaillé sa scène. Comme souvent, il avait émis des remarques misogynes avant de menacer de quitter le Conservatoire. Il s'était ravisé et avait décontenancé sa classe en prétendant tout à coup que la mise en scène n'existait pas, que les décors étaient inutiles. Quel paradoxe ou quelle provocation de la part de celui dont on louerait bientôt la présentation de *l'École des femmes* à l'Athénée dans le merveilleux décor de Christian Bérard.

Alors qu'elle se rendait à la cantine, Bérénice fut happée par un groupe d'élèves sortant de la classe d'André Brunot, sur qui portait justement la conversation. Robert Manuel, excellent conteur, vouait à son professeur une affection proche de la vénération, renforcée par une prédilection commune pour l'andouillette, le bœuf gros sel et le beaujolais.

— L'autre soir, nous étions invités chez une princesse italienne. Malgré ses origines aristocratiques, la dame était un peu auvergnate, n'est-ce pas...En guise de festin, nous ne trouvons que de minuscules sandwichs et au lieu des vins escomptés... des jus de fruits ! Désespoir de la compagnie ! Regards mélancoliques de Brunot ! « Ne vous inquiétez pas, mes enfants, je vais lever le siège », nous dit-il en douce. Nous nous apprêtons à nous débiner lorsque notre hôtesse a le malheur de s'exclamer : « Vous partez déjà ? Au moins promettez-moi de revenir prendre un repas chez moi, j'y tiens. Quand voulez-vous ? — Mais tout de suite, madame ! »

— Non !

— Véridique !

— C'est vrai, j'y étais, confirma un élève de la compagnie.

Tous rirent de plus belle. À une table voisine, le bruit fit se retourner Jules, le copain corniste de Bérénice.

— Eh, la plus belle, j'ai deux billets pour voir *Rigoletto* dimanche à l'Opéra. Tu viens avec moi ? Fanny n'est pas libre, elle a une répétition.

— Très volontiers.

— À propos, les interrompit Robert Manuel, savez-vous que la Comédie-Française recherche des figurants pour *Lorenzaccio ?*

Ça, c'était une nouvelle ! Bérénice rentra chez elle tout excitée : ainsi donc, deux petits mois seulement après son entrée au Conservatoire, elle pourrait prétendre à jouer sur la scène de la Maison de Molière ? Et dans *Lorenzaccio*, encore ! Dans la même pièce et la même mise en scène que l'année de ses huit ans, pour une reprise commémorative à l'occasion du centenaire de la publication de la pièce. « Tu dois rencontrer monsieur Jans », lui dit Robert Manuel toujours bien renseigné et qui, lui, avait déjà fait sa première figuration plusieurs mois avant, dans *Coriolan*. Elle se souvenait du bruit qu'avait fait la pièce en février 1934. Certaines répliques, qui stigmatisaient la décadence de la république romaine, avaient été interprétées comme subversives à la veille des événements du 6 février 1934 place de la Concorde. « On veut encourager les mouvements fascistes, Shakespeare menace le régime ! » L'administrateur Émile Fabre, qui dirigeait depuis vingt ans la Comédie-Française, avait bien failli y laisser son poste – à vrai dire, ce fut même le cas, mais pendant vingt-quatre heures seulement ! Comme Bérénice regrettait de ne pas avoir été présente à cette bataille d'Hernani moderne que racontait si bien Robert Manuel : « Oh là là, dans la salle, les annuaires téléphoniques tombaient des étages supérieurs, c'était un brouhaha sans nom. » Mais à l'époque, elle en était encore à se morfondre chez ses parents en se demandant si elle pourrait passer le concours.

Quelques jours plus tard elle se retrouvait devant monsieur Jans. Le chef de la figuration était grand et gros, son râtelier se décrochait mais Bérénice prit sa corpulence pour de la bonhomie, sa laideur pour de la bonté. Sans son astigmatisme théâtral qui embellissait tout ce qui l'entourait, elle se serait rendue compte que l'entretien n'avait pas excédé cinq minutes. Qu'importe ! elle était engagée. Dix francs par représentation, quel luxe ! Il lui faudrait le lendemain prévenir Le Chat-huant qu'elle réduirait sa présence à trois ou quatre soirs par semaine. Monsieur Francis allait être bien déçu en ne la voyant plus chaque soir monter l'escalier de sa loge ! Il lui faudrait ensuite revenir pour les répétitions, elle découvrirait la salle Mounet-Sully où se massaient les autres élèves du Conservatoire, figurants comme elle. Elle rencontrerait Jean Yonnel qui jouait Thomas Strozzi, Marie Ventura pour sa première prise de rôle dans Lorenzo, René Alexandre dans Alexandre de Médicis et son épouse Gabrielle Robinne qui incarnerait la marquise de Cibo. Elle recevrait les confidences de certains sociétaires ravis d'avoir un public tout frais pour leurs anecdotes, comme celles de Jean Yonnel – qui lui parut tout de suite sympathique parce que son père lui avait coupé les vivres quand il avait appris qu'il prenait des cours de comédie : « À mes débuts je jouais au théâtre Monceau dans *Notre-Dame de Paris*. Un soir, je jouais ma scène avec Esméralda assise sur mes genoux, en tournant le dos à une fenêtre ouverte où apparaissait soudain Claude Frollo. Du paradis une femme m'a crié : “Attention, petit, v'là le ratichon ! Il va te suriner.” Je reçois le coup de couteau et je tombe. Alors la femme hors d'elle : “Je te l'avais bien dit, petit con !” »

Elle découvrirait aussi le laisser-aller de la Comédie-Française contre lequel Jouvet l'avait maintes fois mise en garde : l'absence de metteurs en scène, les retards des sociétaires, voire leur remplacement par des souffleurs quand ce n'était pas par leurs femmes de chambre, pire encore, les dames répétant avec des gants de coton blanc pour ne pas se salir les mains avec les accessoires de scène ! À l'inverse, elle serait frappée par la sévère hiérarchie en vigueur : si tout était permis aux sociétaires, les bleus du Conservatoire étaient tout juste tolérés au « guignol », la petite loge de fortune placée sur la scène côté jardin. Dans la même veine, il leur était interdit de prendre l'ascenseur...

Avant cela, avant la découverte de ce nouveau monde, il y eut la soirée à l'Opéra. La seule fois où elle avait mis les pieds dans un théâtre lyrique, c'était à l'Opéra-Comique, Salle Favart, pour *Malvina* de Reynaldo Hahn, la pièce lui avait paru assez faible. Quant aux disques d'opéra qu'elle avait pu écouter chez Colette, sur le phono familial, ils n'avaient provoqué qu'ennui et sarcasmes: quelle idée de répéter dix fois la même phrase: elle avait compté pas moins de vingt-deux « Drôles de gens que ces gens-là » au début de *Carmen*. Elle avait pourtant accepté sans hésiter l'invitation de son camarade qui avait réussi à dégoter deux billets de faveur au premier balcon. Après tout, l'opéra était du théâtre, il y aurait sûrement des choses à apprendre. Elle était arrivée à l'Opéra sans rien savoir du livret sinon qu'il était inspiré par *le Roi s'amuse* de Victor Hugo. Elle découvrit dans le programme qu'Agnès Grangé tenait le rôle de Gilda, l'héroïne. Il faut l'avouer, elle était un peu curieuse de découvrir sa voix.

Depuis la fameuse soirée au Chat-huant, elle n'avait pas eu de vraie conversation avec son camarade Puech. Elle ne lui avait pas tenu rigueur de l'éclat de la cantatrice mais s'était montrée plus que dubitative devant l'admiration de Jules pour le compositeur. « Tiens justement, Nathan est là, tu le vois, au parterre, oui, avec l'écharpe blanche. » Bérénice reconnut effectivement le musicien qui, debout, en habit, discutait avec un couple installé un rang en dessous du sien. Peut-être se sentit-il observé à ce moment-là, car il tourna la tête dans leur direction, remarqua les grands gestes que lui faisait Jules, et reconnut sa voisine. Il ôta son chapeau en s'inclinant vers elle. Bérénice détourna la tête avec humeur. « Je te préviens, il est hors de question que j'aille le saluer à l'entracte. Vas-y tout seul si tu y tiens. »

Malgré elle, Bérénice pensa à Agnès qui devait s'affairer en coulisses. À en juger par les indications du programme, elle n'entrerait en scène qu'au deuxième tableau. Comment font les cantatrices pour se préparer, se demanda Bérénice, est-ce qu'il y a des exercices spéciaux, comme les comédiens qui répètent en boucle « je veux et j'exige je veux et j'exige » pour se faire la voix ? Au Conservatoire, elle rencontrait souvent dans les couloirs des jeunes chanteuses qui vocalisaient pour un oui pour un non, visiblement fières d'exposer leur bel organe. Mettre ainsi leur gosier sur la table lui avait toujours paru aussi vain qu'indécent. Une véritable maladie, aussi consubstantielle aux chanteurs que la colique de plomb aux peintres.

Peu disposée à l'indulgence, Bérénice comprit pourtant, dès les premières notes de l'ouverture, pourquoi l'opéra fascinait tant de monde. Quelle différence avec le disque ! L'effectif de l'orchestre, la puissance des voix formaient une masse sonore qui semblait pénétrer en elle et dont elle sentait la force aussi invincible qu'une mer déchaînée. Elle comprit aussi que la mélodie pouvait décupler l'émotion et suppléer la médiocrité du texte. Surtout, il y avait la voix qu'on exploitait presque à la limite de ses possibilités pour lui permettre de chanter les notes les plus aiguës ou encore projeter jusqu'aux derniers rangs une espèce de démesure dionysiaque. C'était vers cela qu'elle voulait tendre en tant que tragédienne, elle ne serait satisfaite que quand elle parviendrait, par l'amplitude de sa voix, par la variété de ses couleurs, à faire ressentir la difficulté d'être, le frôlement avec la folie et la mort, ce moment de basculement si subtil où chacun pourrait passer sans crier gare de l'autre côté de la normalité. L'art ne doit pas être réaliste, songea-t-elle, il doit amplifier la vie.

À l'entracte, fidèle à sa promesse, Bérénice n'accompagna pas Jules au foyer. Tout à son émotion, presque aussi violente que lors de son premier spectacle à la Comédie-Française, elle resta dans la salle qui s'était vidée, presque prostrée, les yeux dans le vague, encore sous l'impression de la terrible malédiction proférée par le vieux comte Monterone.

Soudain elle s'aperçut qu'elle n'était plus seule dans sa loge. Un homme venait d'y entrer – c'était Alain Béron. « Bonsoir mademoiselle Lou », dit-il en lui tendant la main. Elle n'eut pas le temps d'être contrariée: elle retrouva dans la poignée de main du poète la chaleur inexplicable qu'elle avait ressentie au Chat-huant. La voix grave et bien timbrée du poète procurait le même apaisement. Il lui expliqua qu'il l'avait reconnue dans la salle et avait voulu la saluer. Bérénice ne se déroba pas. Lui au moins savait parler art, en témoignaient ses poèmes qui l'avaient frappée par leur lyrisme et leur profondeur, même des vers les plus hermétiques naissait une beauté poignante. Elle lui dit tout cela et quelque chose se noua entre eux, née d'une reconnaissance, d'une connivence de leurs deux sensibilités.

Sa présence provoquait quelque chose de très fort en elle, une envie de pleurer et de s'abandonner, une envie de se confier et d'être rassurée car – elle en prenait conscience tout à coup –, le chemin qu'elle avait choisi était long et difficile. C'est en lui parlant qu'elle mesura la pression terrible qu'elle s'était mise sur les épaules, tout à coup ses parents lui manquèrent terriblement, la complicité perdue avec son père, les conversations avec sa mère. Pourquoi avait-elle l'impression qu'il comprenait tout ce qu'elle lui taisait et qu'ils se ressemblaient malgré leurs vingt ans d'écart ? Lui non plus ne s'expliquait pas cette envie subite qui lui venait de poser armes et bagages en sa présence, d'abandonner le masque social et d'être enfin lui-même, comme il l'était seulement en écrivant, dans le silence et le recueillement. Les gens commencèrent à revenir dans la salle, l'avocat-poète dut prendre congé, ils promirent de se revoir. Avant cela il la fit pleurer malgré lui, simplement en évoquant *Rigoletto*, parce que la façon dont il lui parla du thème musical de la malédiction lui fit penser à ce bruit de veste déchirée. Son père l'avait maudite, si grande était sa honte qu'elle ne lui confia pas son secret, mais il comprit qu'elle portait en elle une immense douleur et c'est peut-être cela qui les lia.

17

En ce début de juin 1936, le Conservatoire était en ébullition. Pour une fois, le motif de cette effervescence n'était pas l'approche d'un concours ni d'une audition. Pas non plus d'éclat d'élève ou de professeur qui aurait fait sensation ou défrayé la chronique. La cause en était la politique. Pourtant les élèves du Conservatoire n'étaient pas d'ordinaire très curieux des affaires publiques. Plus préoccupés d'eux-mêmes que de la marche du monde, le sort de l'Espagne ou des colonies leur importait peu, les journaux les assommaient dès lors qu'ils ne parlaient pas théâtre, les scandales financiers, les changements de ministères leur passaient au-dessus de la tête. En vérité, le poids de la réalité ne pesait pas bien lourd à leurs yeux. Tout au plus espéraient-ils que les circonstances de l'histoire iraient dans leur sens et épouseraient leurs désirs intimes.

Là pourtant c'était autre chose: le Front populaire venait de remporter les élections et une vague d'enthousiasme proche de l'euphorie traversait le Conservatoire. Beaucoup d'élèves avaient sablé le champagne à l'annonce des résultats: « Qu'est-ce qu'on leur met ! »

triomphaient-ils. Seule une minorité d'étudiants commentait avec acrimonie l'arrivée au pouvoir du juif Léon Blum à la présidence du Conseil. On se répétait l'incident qui avait eu lieu à la Chambre, ces mots d'un certain Xavier Vallat, élu de l'Ardèche, député d'extrême-droite : « Votre arrivée au pouvoir, monsieur le Président, marque une date historique. Pour la première fois, ce vieux pays gallo-romain va être gouverné par un juif. » La réponse d'Herriot fut magnifique : « Je ne connais ni juif, ni protestant, ni catholique. Dans cette Assemblée, je ne connais que des Français. »

Ce changement politique risquait d'avoir des conséquences sur le théâtre, se réjouissaient les saltimbanques en herbe. Blum n'était-il pas un ancien critique dramatique, l'auteur de presque un millier d'articles écrits entre 1897 et 1914, un admirateur d'Antoine et de son Théâtre-Libre ? Ça allait bouger, c'était certain. Au fil des semaines, les élèves en surent un peu plus, surtout ceux qui, comme Bérénice, faisaient partie de la classe de Louis Jouvet, car le patron était régulièrement appelé rue de Grenelle, au ministère de l'Éducation nationale et des Beaux-Arts dirigé par Jean Zay. Les bruits couraient que le ministre lui avait proposé de devenir administrateur général de la Comédie-Française. Mais Jouvet déclina l'offre, peu désireux de lâcher l'Athénée dont il avait pris la direction deux ans auparavant, encore moins disposé à s'embrigader dans la Maison de Molière, si terrible à diriger avec ses traditions et ses sociétaires. Bon prince, il suggéra néanmoins au ministre de faire appel à Jean Giraudoux, mais l'écrivain refusa également. Les deux amis proposèrent alors Édouard

Bourdet, auteur de pièces à succès comme *la Prisonnière*, *le Sexe faible* ou *les Temps difficiles*.

Bourdet allait-il se dérober lui aussi ? Il prit le temps de réfléchir. Retiré dans sa maison de Tamaris, dans le sud de la France, il pesa le pour et le contre et finit par accepter à une triple condition : monter les ouvrages de son choix, nommer quatre metteurs en scène attitrés (Louis Jouvet, Gaston Baty, Charles Dullin, Jacques Copeau) et enfin obtenir du gouvernement sa non-intervention dans les affaires de la Maison. Ainsi fut-il nommé administrateur général le 13 août 1936, une heure après la démission d'Émile Fabre. « Il n'est pas des nôtres », fit remarquer Léon Blum à Jean Zay. Qu'importe ! Même s'il n'était pas de gauche, Bourdet avait de grandes qualités pour le poste proposé : c'était un homme de théâtre au goût sûr et connaissant parfaitement le métier, un homme scrupuleux et indépendant. Bérénice l'aperçut brièvement au Conservatoire où il avait rendez-vous avec Henri Rabaud. Un visage sévère et des yeux bleu acier qui inspiraient le respect, peut-être même la crainte. « C'est un dur, commenta Jouvet en se frottant les mains, ils vont en baver les gars ! »

Été 1936. Avec l'éclosion du Front populaire, un frémissement proche de l'allégresse traversa la France. On savourait les premiers congés payés, on applaudissait à la semaine des quarante heures, on trinquait à la révolution, même les Comédiens-Français s'y mettaient, du moins ceux dont le cœur balançait à gauche : Marie Bell fraternisait en robe de soie et capeline d'organdi blanc avec les tabliers sanglants des forts des Halles, des sociétaires accueillaient avec enthousiasme les occupations d'usine, venaient y lire des poèmes, donnaient généreusement l'argent qu'ils avaient sur eux aux quêtes des grévistes.

Alors que les ouvriers de Suresnes ou de Puteaux faisaient leurs valises pour partir vers les plages ou les campings, Robert Manuel passa son concours de fin d'année. Il obtint brillamment son premier prix en interprétant Scapin dans *les Fourberies* et Lui dans *la Peur des coups* de Courteline. Des journalistes et des camarades le félicitèrent chaudement. Jouvet lui proposa un engagement à l'Athénée. Il refusa : comme Bérénice, ses rêves allaient à la Comédie-Française. Ce fut chose faite le 10 juillet, jour où il signa dans le bureau de l'administrateur général son contrat d'un an pour les rôles de « jeune premier comique, valet, amoureux comique et utilités ».

Ce ne fut que deux semaines après qu'il fit ses « débuts officiels » dans *les Fourberies de Scapin*. Les débuts officiels étaient une cérémonie émouvante où se faisait le passage des générations. Le jeune pensionnaire était entouré de tous les plus anciens sociétaires dans les emplois dont ils étaient titulaires. Comment ne pas sentir dans la transmission d'un art séculaire le souffle des hommes et des femmes illustres passés avant eux, les Rachel, Talma, Mounet-Sully, Sylvain, Lekain et même, allez, l'ombre bienveillante de leur patron à tous : Jean-Baptiste Poquelin dit Molière.

Robert était heureux : son professeur André Brunot tint sa promesse, il revint spécialement de Saint-Jacut-de-la-Mer en Bretagne où il passait ses vacances pour jouer Sylvestre et patronner son jeune élève. Honneur suprême : il lui prêta son costume de Scapin, rôle dont il était chef d'emploi. « Il est comme ça, Brunot, il adore aider les jeunes », commenta Robert Manuel en liesse. Le soir des débuts, la salle était pleine. Même le ministre Jean Zay était présent, accompagné de son chef de cabinet Marcel Abraham, aux côtés d'Henri Rabaud, le directeur du Conservatoire, ainsi que du Tout-Paris des critiques, des écrivains et des artistes.

Ce soir-là, comme tout le monde, Bérénice ne vit que le succès de son ami, comme tous, elle ovationna le débutant Robert Manuel, sans s'apercevoir que dans le feu de l'action, il perdit son pantalon. Elle l'apprit le soir au café de la Régence, de la bouche même de son camarade qui rapporta l'accident, et comme il fallut chercher d'urgence la culotte de Pierre Dux pour la lui enfiler sur scène, derrière le décor. C'était donc cela le théâtre, au milieu de la majesté du cérémonial pouvaient survenir de petits événements triviaux qui venaient déranger la belle mécanique sacrée, comme par moquerie, comme pour signifier : « Tout cela n'est que du jeu ! »

Combien de fois Bérénice apprit-elle ainsi d'anecdotes sur le Français et ses usages au café de la Régence, à la terrasse de L'Univers, ou encore chez Ruc ? Entre sandwichs, canettes de bière et bouteilles de Vichy, elle sut bientôt tout de la « guerre de succession » au poste d'administrateur. Au fil des semaines on sentit nettement se forger deux clans : les « bourdettistes », qui applaudissaient aux projets de modernisation du nouvel administrateur, et les « antibourdettistes » qui se sentaient menacés dans leurs habitudes et ne cessaient de regretter le bon vieux temps d'Émile Fabre.

En octobre 1936, le scandale fut à son comble quand on apprit que Bourdet, surnommé « l'avaleur de Fabre », mettait fin aux emplois. La vieille garde hurlait :

— Est-ce que ce monsieur se croit plus fort que Napoléon ? En pleine campagne de Russie, Napoléon pense à notre Maison, il institue que les grands rôles du répertoire doivent être tenus par leurs « titulaires », et voilà que ce vermisseau de Bourdet, cet auteur de pièces de boulevard, vient balayer tout cela ! Monsieur se croit plus habile qu'un empereur.

— Mais le Cid interprété par un sociétaire de soixante ans, ce n'est pas crédible, enfin ! C'est même ridicule. Le public d'aujourd'hui ne supporte plus de voir un rôle de jeune homme interprété par un grabataire. Tout le monde s'esclaffe quand Perdican demande « Quel âge as-tu, Camille ? » et que Marie Ventura répond « Dix-huit ans » du haut de ses cinquante printemps !

— Mon cher, Sarah Bernhardt interprétait l'Aiglon à soixante-dix ans. Je ne sache pas que quiconque ait trouvé à y redire. Votre maudit cinéma vous fait oublier que nous sommes au théâtre. Est-ce que vous demanderiez à des jeunesses de seize ans d'interpréter *Roméo et Juliette* ? Croyez-vous qu'à cet âge on ait l'expérience des sentiments ? Poussez le réalisme jusqu'à faire jouer Othello par un nègre, tant que vous y êtes ! Oh ! évidemment, avec les nouveaux professeurs dont on a affublé le Conservatoire, le niveau ne risque pas de s'élever... Pensez donc, Jouvet ! Un bègue ! Et l'on se plaint que l'art dramatique soit en décadence ! C'est bien heureux s'il ne contamine pas ses élèves avec son affligeante diction.

Bérénice rit sous cape, elle pensa à son camarade Jean Meyer qui imitait si bien le patron. Pour elle, son opinion était faite. Sans connaître le nouvel administrateur, elle se sentait une « bourdettiste » convaincue, se doutant bien qu'avec un tel homme, les jeunes gens pouvaient saisir leur chance sans attendre d'avoir les cheveux blancs.

Un an après, le Front populaire déclinait, il avait lâché l'Espagne, les prix ne cessaient d'augmenter, le chômage était toujours en hausse. Bérénice ne s'en préoccupait guère : c'était à son tour de passer le concours de sortie. L'affaire était grave : le bruit courait que Bourdet refusait de siéger au jury. On disait en effet qu'il avait souhaité être entouré de trois de ses metteurs en scène, Jacques Copeau, Charles Dullin et Gaston Baty, ce que le directeur du Conservatoire refusa. Bérénice et plusieurs élèves de sa classe coururent trouver Jouvet pour obtenir des éclaircissements :

— C'est exact, il n'y aura pas d'administrateur du Français au jury de cette année, leur déclara Jouvet.

Quelques jours plus tard, la confirmation fut donnée par Édouard Bourdet lui-même dans *Le Temps* :

« Que le directeur du Conservatoire soit maître chez lui et ait le droit de constituer le jury du concours comme bon lui semble, c'est un fait que je ne conteste pas une seconde.

Que, du moment où j'avais fait appel à sa bonne grâce pour qu'il voulût bien comprendre dans ce jury les metteurs en scène, mes collaborateurs à la Comédie-Française, et où il avait accédé à ma requête pour Gaston Baty, mais non pour Jacques Copeau et Charles

Dullin – Louis Jouvet étant professeur ne peut faire partie du jury –, nous nous serions trouvés, Baty et moi, en acceptant de siéger sans eux, dans une situation déplaisante et fausse, c'est là un autre fait que la courtoisie de M. Henri Rabaud appréciera, j'en suis sûr, à sa valeur.

Bien que je lui eusse réitéré ma demande pour le concours de sortie, il ne jugea pas devoir y donner suite : c'est parfaitement son droit, comme c'était le nôtre, à Gaston Baty et à moi, de nous récuser. Voilà toute l'affaire. Elle n'est pas grave. Ce qui le serait c'est que les élèves, en particulier les lauréats qui sont fondés à espérer dans certains cas – bien que ce ne soit nullement un droit – un engagement à la Comédie-Française, que les élèves, dis-je, aient à pâtir de l'incident. Mais ils peuvent être à cet égard tout à fait rassurés. Toutes les dispositions sont prises, et ils en seront avisés en temps voulu, pour que leurs intérêts, parfaitement légitimes, soient, en l'occurrence, pleinement sauvegardés. »

— Comment espérer un engagement ? De quelles dispositions parle-t-il ? demanda Bérénice avec inquiétude à Jouvet.

— Voici l'affaire. Des auditions vont avoir lieu au Français. Ce sera le 2 juillet, quatre jours après le concours officiel. Les élèves de troisième année et ceux qui ont participé les années précédentes pourront s'y présenter. Tu en seras. Mais ma p'tite mère, pour ce qui est du concours de sortie du Conservatoire, attends-toi à ne pas recevoir de premier prix. Comme Bourdet a annoncé qu'il ne tiendrait pas compte des décisions du jury pour les engagements du Français, je te parie que le jury officiel refusera d'en décerner.

— Pas de premier prix ?

C'était une catastrophe. Et sa promesse à madame de Lignières ? Comment lui expliquer que la situation l'en empêchait ? Avant même son premier jour au Conservatoire, c'était le rêve auquel elle aspirait. Comme la plupart de ses camarades, le *cursus honorum* se présentait clairement pour Bérénice : le Conservatoire, un premier prix, la Comédie-Française. Un deuxième prix, quelle honte !

Bérénice prit sa décision :

— Patron, vous ne m'en voudrez pas si je ne me présente pas au jury officiel ?

— Comme tu voudras, mon petit. Mais tu joueras ton va-tout à l'audition de la Comédie-Française. Et crois-moi, j'aurai beau être dans le jury, ça ne sera pas de la tarte.

Il n'y eut effectivement pas de premier prix au concours de sortie du Conservatoire en juin 1937. En tragédie, Jean Chevrier et mademoiselle Riddez se partagèrent des seconds accessits tandis qu'en comédie, Jean Meyer, Moulinot et Renée Faure obtinrent un deuxième prix.

— Allons, s'exclama Jean Meyer alors qu'il s'apprêtait à auditionner de nouveau, devant la Comédie-Française cette fois, maintenant que la question ordinaire nous a été appliquée, préparons-nous à la question extraordinaire !

18

Simul et singulis
1680-1937
L'Administrateur général,
les Membres du Comité d'administration,
*MM. et M*mes *les Sociétaires de la Comédie-Française,*
*prient M*lle *Bérénice de Lignières*
de bien vouloir se présenter pour une audition,
le vendredi 2 juillet 1937, Salle Richelieu,
à 10 heures 15 précises.

Bérénice tenait entre ses mains le carton frappé du fameux macaron « 1680 », date de la création de la Maison. Il lui semblait qu'elle jouait sa vie pour la deuxième fois. Que faire si elle échouait ? Elle ne pouvait pas même se glorifier d'un deuxième prix de Conservatoire puisqu'elle n'avait pas passé le concours. Devrait-elle continuer ce métier ou retourner chez ses parents, ses rêves de gloire remisés au placard comme tant d'autres avant elle ? L'idée l'effleura mais elle savait que c'était impossible. Si ce n'était pas la Comédie-Française, elle en serait terriblement affectée, mais elle ne pourrait renoncer au théâtre. Elle jouerait ailleurs. À l'Athénée peut-être comme l'en pressait Louis Jouvet. Ou bien irait-elle rejoindre une compagnie, sur les routes. Durant sa scolarité, elle avait rencontré des jeunes gens passionnés et aventureux, comme ce Jean-Louis Barrault qui avait monté ce spectacle formidable, *Numance*, de Cervantès, au Théâtre Antoine. La tradition ou l'avant-garde, finalement qu'importait, l'essentiel c'était de jouer. Quoique... le Français, quand même...

Elle avait en tête une phrase de Jouvet, entendue maintes fois quand des jeunes gens tremblants prenaient leur courage à deux mains pour interpeller le maître, au risque de l'importuner, et recevoir de sa bouche d'or une parole qu'ils recueilleraient avec dévotion : « La vocation n'est qu'un choix persistant. »

Elle y pensait souvent. Peut-être même la vocation n'existe-t-elle pas, se disait-elle à l'époque, peut-être n'est-elle qu'un mot pour essayer de saisir le mystère d'une existence, de la même façon que sa famille voulait expliquer par son prénom son amour du théâtre. La vocation n'est d'abord qu'un désir qui ensuite, à force de travail et d'acharnement, peut prendre une forme qu'on pourrait appeler vocation. Si nous étions honnêtes, nous devrions admettre que nous avons tous eu une vocation, enfant ou adolescent. L'un a voulu écrire, l'autre a voulu chanter, l'un s'est rêvé boxeur, un autre encore s'est imaginé enseignant ou avocat. Mais en fin de compte, combien y arrivent ? La majorité ne s'est pas accrochée assez fort, elle s'est dispersée, n'ayant pas percé elle a renoncé. Au lieu d'acteur on est devenu régisseur, au lieu de chanteur on est devenu journaliste, au lieu d'écrivain on est devenu professeur, au lieu d'avocat chef d'entreprise, et on se trouve des justifications : une famille à nourrir, l'impossibilité de faire des études, la malchance, tout pour ne pas perdre la face, pour ne pas dire à nos enfants, plus tard, qu'on a raté nos rêves. Et parfois, comme au cirque, pirouette suprême, la vie se moque de nous, à tel qui rêvait d'écrire, elle l'a rendu metteur en scène renommé – situation dont beaucoup rêveraient, sauf l'intéressé, éternellement frustré de ne pas avoir assouvi sa vocation première.

Elle sera comédienne parce qu'elle l'a voulu. Elle entrera à la Comédie-Française parce que c'est dans ce lieu que son amour du théâtre est né, qu'elle s'est sentie à sa place, plus encore que sur n'importe quelle scène, parce que c'est la Maison de Molière. Et parce que ça impressionnera son père. « Voilà, c'est dit, je n'y avais pas pensé avant mais si cocotte il doit y avoir, que du moins ce soit dans le seul théâtre qui porte le mot "français" dans son appellation. Comédie-*Française*, ça doit bien vouloir dire quelque chose, même (surtout) pour Maurice Capel né Kapelouchnik. Je dois réussir demain », se répéta-t-elle en boucle.

Le 2 juillet 1937 à dix heures, une quarantaine de jeunes gens se présentèrent rue de Richelieu. Bérénice n'entendait plus rien, ni le bruit des aspirateurs dans les couloirs ni les exclamations de ses camarades qui cherchaient qui une robe, qui un fard, qui une perruque. Elle avait l'impression de revenir trois ans en arrière, encore moins savante qu'à son entrée au Conservatoire. Au fond qu'avait-elle appris durant ces trois ans, comment faire la synthèse de ce qu'elle avait reçu ? Certains de ses camarades arrivaient à théoriser leur enseignement. Pas elle, il lui semblait que tout son apprentissage avait infusé en elle peu à peu, presque à son insu, sans qu'elle réussisse à savoir exactement comment « ça » s'était passé.

Pas le moment de rêvasser. Les auditions commençaient. Les premiers candidats repartaient en coulisse après leur prestation, accueillis par une avalanche de questions :

— Alors, qui est dans le jury à part Bourdet et ses mousquetaires ?

— Celui qui est au centre, c'est bien Dessonnes ?

— Ils t'ont dit quelque chose à la fin ?

— Et Marie Ventura, elle est comment ? Elle a l'air plus sévère que sur les photos.

— On nous a dit que Pierre Dux et Fernand Ledoux étaient les moins durs, c'est vrai ?

— Combien de temps t'ont-ils laissé ?

— Eh, Bérénice, c'est bientôt ton tour. Qu'est-ce que tu donnes ?

— ...ra démone, marmonna-t-elle.

— Hein ? Quoi ? Dragonne ?

— La tirade d'Hermione, cria-t-elle excédée.

Par pitié qu'ils se taisent, qu'ils me laissent me concentrer, vérifier que tout est en ordre. Perruque : fixée. Maquillage : yeux, pommettes, rouge, rien oublié. Un incendie, qu'il y ait un incendie, qu'il me dévore comme il a emporté Jane Henriot ici même. Mais non je suis folle. Ça y est, il faut y aller. Ils sont tous là, derrière la table installée au six, sept, huitième rang d'orchestre. Huit, c'est mon chiffre porte-bonheur. Combien sont-ils ? Onze ou douze ? Ma vue se brouille, je n'arrive pas à compter. Oh là là, on dirait un jury d'assises, ils vont trancher sur mon sort, la guillotine ou la vie. Aide-moi chère Comédie-Française dont je rêve depuis si longtemps, aide-moi chère salle rouge et or, toi que j'aime tant, aide-moi cher plateau qui sens si bon le velours, les boiseries et les sciures des décors, aide-moi mon bon, mon cher Molière, toi qui sais ce que c'est que ce métier et l'amour de la scène, aidez-moi tous les deux, ma petite Comédie-Française, mon petit Molière, faites que je sois digne de vous, faites que je me souvienne de mon texte, que ma gorge ne se serre pas, s'il vous plaît, s'il vous plaît, faites que ma langue se décolle de mon palais, oh mon Dieu, je vais être la seule à qui va arriver cette honte de ne pas réussir à parler...

— C'est à vous mademoiselle de Lignières !

— « Je ne t'ai point aimé, cruel ? Qu'ai-je donc fait ?
J'ai dédaigné pour toi les vœux de tous nos princes,
Je t'ai cherché moi-même au fond de tes provinces ;
J'y suis encor, malgré tes infidélités,
Et malgré tous mes Grecs honteux de mes bontés.
Je leur ai commandé de cacher mon injure »

— Elle est pas possible cette gamine, murmura un régisseur en coulisses. D'habitude, elles crient toutes à cet endroit-là. Elle, non, elle sourit...

L'attente, encore l'attente. À l'issue de la journée, personne ne connaissait encore la décision du jury. Tous durent rentrer chez eux sans rien savoir de leur sort. Pourquoi semblait-il à Bérénice que le regard de Louis Jouvet fuyait le sien ? On fit dire aux candidats qu'Édouard Bourdet partait dans sa villa de Tamaris pour réfléchir.

— Tamaris, qu'est-ce que c'est que ça ?

— C'est la résidence secondaire de sa femme, près de Toulon.

— Quand reviendra-t-il ?

— Mais... dans une dizaine de jours environ.

— Dix jours ! Comme c'est long !

19

Écoute Comédie-Française, fais que je sois engagée, tu es la seule, l'unique, pour toi je sacrifierai tout, jeunesse, famille, enfants, qu'importe si tu me permets d'accéder à toi, de faire partie des tiens, Maison de Molière, ma bénie, ma glorieuse que j'aime de tout mon cœur, de toute mon âme et de tous mes moyens, je te reconnais, reine vivante et droite, ma bien-aimée, j'écouterai tes commandements et je te donnerai tout sans compter, ma ferveur et mon amour, accepte-moi parmi les tiens, prends-moi parmi tes enfants, j'œuvrerai à ta gloire pour que tu sois encore plus resplendissante, j'en fais le serment, je ne faillirai pas, je ne trahirai pas, en me couchant, en me levant, je parlerai de toi, je t'honorerai sans cesse ou que ma maison s'écroule, que la maladie m'accable, que mes enfants se détournent...

Elle ne répétera pas à ses petits-enfants ni même à ses enfants cette prière qu'à chaque instant, dans la rue, chez elle, au cinéma, chez des amis, dans le métro, à l'Exposition, au café, dans les magasins, dans son lit, elle marmotta pendant ces dix jours, prière dont le point culminant fut atteint le 13 juillet 1937, veille de la Fête nationale, quand sa logeuse lui cria qu'on la demandait au téléphone. Quatre à quatre elle descendit les marches, bousculant sa vieille voisine qui bougonna devant « ces jeunesses qui ne respectent plus rien », ses mains devinrent moites quand elle prit le combiné et qu'elle reconnut la voix de Jouvet. « L'administrateur veut te voir, viens avec ta mère, tu es mineure. » Elle comprit qu'elle était engagée, elle n'osa complètement crier victoire tant que rien n'était signé, on ne sait jamais, elle pouvait rêver ou passer sous un autobus, le jury pouvait changer d'avis, l'administrateur revenir sur sa décision, on pouvait découvrir qu'elle n'était pas la fille de madame de Lignières, son père pouvait venir déclarer qu'elle avait menti, qu'elle avait triché sur son âge et tout fiche par terre, ses trois années d'études et d'efforts. Le temps de téléphoner à madame de Lignières qui – heureusement – était disponible et se montra ravie de se faire passer pour sa mère dans le premier théâtre de France, et Bérénice vola au Palais-Royal.

La même prière récitée rapidement dans sa tête en montant au premier étage du Français, devant le buste de Molière qu'elle caressa timidement, parce qu'il était censé porter bonheur. Au premier étage, à l'entrée de l'antichambre de l'administrateur, regroupés auprès de l'huissier Émile qui les félicitait de sa voix sonore et de son chaleureux accent bourguignon, ils étaient quatre : ses camarades de promotion Renée Faure et Jean Meyer, mais aussi Mony Dalmès et Nadine Marziano qui avaient obtenu leurs prix quelques années auparavant. Ils se découvraient, se congratulaient à voix basse, n'osant faire trop de bruit si près du bureau de l'administrateur. Elle était la plus jeune de sorte qu'elle fut la plus intimidée des cinq en pénétrant pour la première fois dans le saint des saints. Édouard Bourdet les accueillit, silhouette sévère dans son complet foncé à fines rayures. C'est par la liberté qu'il débuta son discours aux nouveaux pensionnaires, leur annonçant qu'ils étaient engagés et que le service de la Maison les requerrait désormais entièrement, leur proclamant d'un ton sans réplique qu'ils deviendraient très vite sociétaires ou qu'ils partiraient : « Je veux une troupe jeune et non des comédiens amers qu'on n'ose plus renvoyer après quinze ans de présence. Souhaitez-vous prendre des vacances ? » Des vacances ? quelles vacances ?

Mlle de Lignières s'engage et s'oblige, envers M. l'Administrateur général, à jouer sur le Théâtre de la Comédie-Française tous les rôles qui lui seront distribués dans la tragédie, la comédie et le drame, spécialement dans l'emploi dit [ici en manuscrit]

Jeune première dans la tragédie, le drame, la comédie.

Sa signature qu'elle forma en tremblant, avec gravité et reconnaissance, le paraphe de madame de Lignières en dessous, apposé, lui, de façon sûre et même, semble-t-il, narquoise : quel bon tour elle venait de jouer. En un paraphe elle se vengeait de ses propres parents qui avaient contrarié ses rêves de jeunesse, des parents de Bérénice, de ceux de Jouvet, de tous les parents conformistes, épouvantails passés et à venir qui ne croient qu'en une bonne situation et tentent d'enseigner, à grand renfort de sentences, qu'une vie digne passe par l'argent et un métier convenable alors que seul l'art fait tenir le monde.

Bérénice avait signé. Désormais elle aurait sa notice dans les archives de la Comédie-Française. À la fin de l'année, un brave homme, Édouard Champion, érudit, historien et lettré, par ailleurs président du Cercle des Escholiers, nom charmant bien que désuet ou peut-être charmant parce que désuet, Édouard Champion, donc, relatant la vie quotidienne de la Maison à partir de 1933, aura le temps de rédiger cette notice, qui sera imprimée dans le volume de l'édition 1937, à la page 12, sous l'intitulé « Engagements et débuts », juste avant que la mort ne l'emporte, l'empêchant de poursuivre son œuvre :

« 15 juillet, Mlle de Lignières (Bérénice).

Conservatoire : entre en novembre 1934 ; classe de M. Louis Jouvet. Contrat signé pour une année avec l'Administrateur général, le 13 juillet, à compter du 15. – Joue pour la première fois à la Comédie-Française le 26 juillet 1937 dans *les Corbeaux* (la Servante). Débute officiellement le 10 août 1937, *Hernani* (Doña Sol). Avait joué divers petits rôles à la Comédie pendant son séjour au Conservatoire. »

Ce fut le sociétaire Jean Yonnel qui eut la parole la plus juste quand il vint la féliciter : « C'est maintenant que ton vrai travail commence. » Oui, c'est quand on a passé les étapes, le Conservatoire, le concours, le pensionnariat, qu'on peut enfin jouer de façon plus tranquille, sans avoir ces échéances en tête, et véritablement progresser. Il lui restait encore la marche du sociétariat, mais le plus difficile était accompli, la Maison l'avait acceptée. Voilà en substance ce qu'elle raconterait dans le journal *Excelsior*, qui recueillit les impressions des cinq débutants et reproduisit leurs photographies, entretien qu'on peut encore trouver en consultant les archives à la date du 29 juillet 1937, sa première interview – il y en aurait par la suite beaucoup d'autres. Au paragraphe « Ce que dit Mlle Bérénice de Lignières », on trouverait ses propos sur sa joie d'être entrée à la Comédie-Française, propos quelque peu convenus, étrangement appliqués, qui en rien ne laissent entrevoir sa véritable personnalité, et donc incompréhensibles si l'on ne se rappelle qu'elle ne pouvait dévoiler le chemin barré par ses parents, sous peine d'être accusées, elle et madame de Lignières, de faux et d'usage de faux.

Le 10 août, elle ferait ses débuts dans *Hernani* mis en scène par Georges Le Roy. Elle découvrirait sur les colonnes Morris les affiches jaunes qui porteraient son nom, qui annonceraient en rouge les débuts de Mlle Bérénice de Lignières au-dessus de la distribution brillante et en partie inédite. Jean Yonnel (Don Carlos), Robert Vidalin (Hernani), son cher Robert Manuel (Don Garci Suarez), son camarade Jean Meyer (le Duc de Gotha), Mony Dalmès (la Marquise) et Renée Faure (laquez) seraient à ses côtés, ils soutiendraient la jeune débutante, lui donneraient des conseils pour marcher avec une traîne, ils l'aideraient à mémoriser la mise en scène. Mais plus encore que son nom sur les affiches, plus encore que les flashes des photographes, les rappels du public et les articles louangeurs des critiques, ce furent tous les petits mots d'accueil qu'elle trouva dans son casier, qui la ravirent, à égalité avec les sourires des sociétaires lors de ses débuts officiels, la présence bienveillante de Véra Korène, l'arrivée du doyen André Brunot qui la prit par la main pour la ramener sur scène, la laissant saluer seule. Comme elle était généreuse sa nouvelle famille !

Elle découvrirait sa petite loge à l'étage Rachel, qui était aussi l'étage du chef coiffeur, monsieur Georges, des lingères, des costumières et des habilleuses. Le premier meuble qu'elle y installa, ce fut Colette qui lui en fit cadeau, un petit guéridon rond en marqueterie, qu'elles avaient repéré ensemble un après-midi de flânerie dans la vitrine d'un antiquaire. Au fur et à mesure, elle étofferait ce mobilier par des fauteuils garnis de cretonne blanc cassé, des petites glaces de Murano, un secrétaire, des coussins en soie bleue piqués de motifs crème, une méridienne recouverte de tissu beige et bleu, des vases, des tableaux... Un petit nid douillet si réconfortant pour conjurer le trac avant l'entrée en scène.

Dès son arrivée elle serait prise en main par Raymonde, son habilleuse qui lui raconterait les histoires d'escalier de la maison. Elle deviendrait la protégée de Béatrice Bretty dite « la Brette », de vingt-deux ans son aînée, qui l'aurait à la bonne, au premier coup d'œil. Bretty excellait dans les rôles de soubrettes, merveilleuse Dorine ou Marinette, rôles dans lesquels elle fit ses débuts en 1915, « Tu n'étais même pas née », fera-t-elle bientôt observer à Bérénice, l'enchantant de son rire caractéristique, qu'on entendait de loin, rire de bonne vivante, irrésistiblement communicatif. Bérénice apprendrait qu'elle était la bonne amie de Georges Mandel, le ministre des Colonies, elle découvrirait quel rôle ils jouèrent en 1936 pour sauver la

Comédie-Française alors qu'il ne restait que dix mille francs dans les caisses du théâtre, somme insuffisante pour assurer le paiement des échéances de la fin du mois, de sorte que Mandel, alors ministre des P.T.T., et Bretty déjà sociétaire, demandèrent aux Comédiens-Français d'assurer une émission quotidienne. Les progrès de la science au secours de la Maison de Molière, quelle drôle d'idée ils avaient eue là ! « Ça a marché comme sur des roulettes. L'an dernier, nous avons diffusé plus de trois cents émissions en direct ! » se rengorgerait la Brette. Les caisses se remplirent, les bénéfices de la radiodiffusion permirent de donner au Français un relèvement total. L'impulsion était donnée, Jean Zay augmenterait la subvention du théâtre lors de la nomination d'Édouard Bourdet.

Ce fut donc chez l'illustre sociétaire que Bérénice (« Toi ma petite, tu avais vraiment un nom prédestiné ! » entendit-elle pour la centième fois) alla se réfugier le soir de ses débuts officiels. Sa propre loge débordait de fleurs, lui en interdisant l'accès. Pendant que l'habilleuse s'affairait, Bretty, assise sur une modeste chaise laquée au dossier en forme de lyre, passait en revue les comédiennes de la troupe pour mettre sa protégée au parfum : la Dussane, l'autre grande soubrette de la Maison, Gisèle Casadesus, une charmante petite, déjà mère de famille, cette grande girafe de Mary Marquet, cette adorable folle de Marie Bell, cette effrontée de Florence Hégué, pensionnaire engagée trois ans avant par Émile Fabre. Sur le coup, Bérénice ne comprit pas ce que voulut dire Bretty quand celle-ci déclara en riant : « Avec ton arrivée, les ambitions de cette pauvre Florence vont être foutues par terre ! » Cette perspective semblait la ravir. Une vieille querelle depuis le jour où la jeune fille, alors élève du Conservatoire, avait emprunté l'ascenseur interdit aux élèves et même aux pensionnaires, contraignant Bretty à monter l'escalier. « Si elle peut te mettre des bâtons dans les roues, elle le fera, mais elle est trop froussarde pour te nuire sévèrement. Et en public, n'est-ce pas, elle fera comme si elle était ta meilleure amie ! » Bérénice ne prêta pas trop d'attention à ce flots d'informations, trop heureuse d'être là, dans la loge de son aînée à qui elle n'osait réclamer le silence, se prêtant aux doigts experts de Raymonde qui la revêtait de sa robe jaune de Doña Sol.

20

Longtemps elle conserva sur elle son premier bulletin de service de pensionnaire, méticuleusement plié dans son portefeuille. Quel bonheur de se retrouver en possession de ce document sur lequel était indiqué quotidiennement et heure par heure le déroulé des tâches des employés du théâtre. Leur emblème était la ruche et on ne pouvait trouver meilleure image pour décrire les travaux des industrieuses abeilles. Richelieu en scène, salle du comité, Foyer des Brohan... De huit heures à vingt-trois heures, l'activité était incessante. Pour sa part, Bérénice devait se rendre à treize heures sur le plateau de la Salle Richelieu pour sa première répétition « dans le décor » en tant que pensionnaire.

Elle franchit avec fierté le seuil de l'entrée des artistes, déposa un petit bouquet de violettes sur le buste de Molière, offrande au Patron pour se prémunir d'un échec. Lorsqu'elle arriva sur le plateau, les décors étaient installés. Elle reconnut la massive armoire et la porte de l'escalier dérobé que décrivent les premières didascalies d'*Hernani*. Sa robe n'était pas encore prête, il fallait la faire ajuster, la précédente comédienne qui jouait le rôle étant un peu plus replète. Elle ne portait donc que son costume de ville, petite robe rouge d'été, ses cheveux relevés en chignon à cause de la chaleur du mois d'août. Les autres membres de la troupe tardaient à arriver. Elle était seule sur le plateau, sans sa brochure, ayant en mémoire – quand était-ce, un an auparavant ? cela paraissait un siècle – la colère de Jouvet, un jour qu'il sortait tout juste de la Comédie-Française pour la première répétition de sa mise en scène de l'*Illusion comique*. Voyant que les comédiens avaient apporté leur texte, il leur avait demandé : « Vous ne savez donc pas vos rôles ? – Pas encore, avaient-ils répondu. – Je reviendrai quand vous les saurez », avait rétorqué Jouvet en remettant son chapeau.

Dans la fosse, des instrumentistes répétaient la musique de scène d'*Hernani*. S'en échappaient des harmoniques inédites, loin des espagnolades habituelles. Intriguée, Bérénice s'avança. Elle alors, se penchant vers la rampe pour mieux regarder les musiciens, se reculant soudain, reconnaissant le chef d'orchestre qui n'était autre que Nathan Adelman, qui la reconnut aussi, esquissa un petit sourire, fit arrêter net la répétition, bondit sur scène pour la saluer, eux, rejoints à ce moment précis par Jean Yonnel et Robert Manuel qui fit les présentations : « Bérénice de Lignières, notre nouvelle pensionnaire, Nathan Adelman, compositeur. » Dans quelques secondes elle tiendrait enfin sa vengeance, de quoi faire ravaler au musicien l'humiliation du Chat-huant, car le compositeur était allemand de sorte qu'il ne maîtrisait pas encore parfaitement le vocabulaire de la Comédie-Française : « Vous venez de réussir le pensionnat, toutes mes félicitations », sur quoi elle répliqua, cinglante : « Oui, les bonnes sœurs m'ont parfaitement éduquée », sans pitié pour sa confusion entre « pensionnariat » et « pensionnat », tant mieux si elle l'humiliait, même s'il avait rompu avec Agnès Grangé comme elle l'avait appris quelques mois plus tôt par le bouche-à-oreille, elle se vengeait de l'insulte par le ridicule, elle pouvait compter sur Manuel qui les quitta aussitôt en refoulant un fou rire, allant répéter l'anecdote qui fit rapidement le tour des étages, de Préville à Talma et jusqu'en haut, à l'étage Rachel, sous les combles, où les costumières et les lingères en firent des gorges chaudes. Bérénice restée seule auprès d'Adelman l'écrasa d'un regard triomphal puis tourna les talons. Il resta là sonné pendant que Yonnel, un peu gêné, lui tapait sur l'épaule par solidarité masculine. Plus tard il révèlera à Bérénice que ce fut à ce moment-là qu'il tomba amoureux d'elle, dans la fragilité de sa bévue, précisément à l'instant où son regard le transperça, ses deux yeux si clairs qu'ils en paraissaient étranges, comme venus d'un monde révolu, « C'est là que je suis tombé amoureux de toi », lui dira-t-il, se trompant lui-même, car c'est en l'entendant dans « Je ne t'aime pas » au Chat-huant qu'il l'aima pour la première fois.

Plus tard encore il lui dira son trouble pendant les dernières répétitions, découvrant le jeu de la jeune fille, s'imprégnant de la langue de Victor Hugo qui lui sembla soudain la plus française et délicieuse des langues, conquis par cette reine qui affrontait la mort et l'amour avec fougue, comme au bord du suicide ou de la folie, jaloux de cet Hernani qu'elle appelait

« mon lion superbe et généreux » alors qu'il aurait voulu qu'elle s'adressât à lui, presque oublieux de la musique qu'il avait composée, n'entendant plus que celle du poète par la voix de cette jeune fille au regard clair, transfiguré par cette personne étrange qui l'avait envoûté au Chat-huant dans son smoking noir et qui était en train de renouveler le charme dans sa simple petite robe rouge. Je l'aurai, se dit-il alors, ne sachant pas ce qui appartenait au désir, à l'envie de protection, à l'envie de s'affronter à elle, à l'envie de l'aimer. Je l'aurai ma Doña sol, *do la sol*, femme musique, femme muse, lied en *sol* majeur, femme majeure, début d'un lied en *sol* majeur qui serait achevé une semaine plus tard, dans l'obsession de ce regard aux yeux clairs qui ne le quitterait plus, après quoi il déposerait la partition manuscrite dans le casier de la jeune fille qui viendrait le trouver d'un air hautain déjà forcé, car elle avait déchiffré la mélodie ; au foyer des artistes il lui jouerait son lied au piano, pour ne pas déranger les illustres personnages représentés sur les tableaux aux murs il lui murmurerait les paroles plus qu'il ne les chanterait. Elle le regarderait soudain troublée, abandonnant enfin sa rancune pour accueillir cette déclaration, devant ses pupilles dilatées il se retiendrait de l'embrasser furieusement, porcelaine fragile que la fugacité de cet instant lui révélerait dans toute la jeunesse de ses dix-huit ans, le rendant soudain timide, hésitant à l'idée de pénétrer dans la vie de cette jeune première dont il était l'aîné de quatorze ans, se demandant s'il avait le droit, se concentrant alors sur ses doigts dont il s'aperçut qu'ils se cramponnaient nerveusement au clavier, manquant un trait facile, certain alors qu'il n'avait plus le choix, que partir, la quitter, ne pas en prendre le risque n'était déjà plus envisageable, et elle le savait aussi, lut-il sur son visage lorsqu'il tourna le sien vers elle, chavirés tous deux, le cœur cognant fort, et qui sait ce qui se serait passé à ce moment-là si la porte ne s'était pas ouverte, révélant l'huissier, Émile, qui se demandait qui jouait du piano, et qui, comprenant trop tard qu'il dérangeait, se retira aussitôt en se confondant en excuses, premier témoin de leur amour naissant, ce dont le brave huissier se glorifiera ensuite quand on commencera à gloser sur leur couple, j'étais là, dira-t-il, ça s'est passé sous mes yeux dans le foyer des artistes, ils étaient amoureux comme deux colombes, et cette phrase, ils l'entendirent mille fois dans sa bouche, à chaque fois qu'il les croisait, « Vous êtes deux colombes », se plaisait-il à leur répéter avec son accent bourguignon, je l'ai vu tout de suite dans le foyer des artistes, vous étiez si beaux que je n'ai pas osé vous dire que le foyer était réservé aux sociétaires, mais cela, ils ne pourront plus le raconter.

DEUXIÈME PARTIE

1

Ce coup au cœur à la terrasse des Deux garçons à Aix-en-Provence où Nathan terminait ses vacances en compagnie de Bérénice et d'Alain Béron, lorsqu'il lut dans un exemplaire de *L'Éclaireur du Sud-Est* oublié par un consommateur qu'un traité de non-agression avait été signé entre l'Allemagne et les Soviets. Ils venaient de s'installer pour le déjeuner. Le temps radieux de ce 23 août 1939 sur le Cours Mirabeau ne laissait rien présager de ce fâcheux communiqué. Nathan lut à voix haute la nouvelle imprimée sur la troisième page du journal, abattu soudain, ne trouvant aucun réconfort d'avoir eu raison de quitter le parti communiste plus d'un an auparavant, à la suite des procès de Moscou, par dégoût, parce qu'il ne croyait plus à l'utopie socialiste, parce qu'il pensait au contraire que le stalinisme l'avait définitivement torpillée. Ne pouvant se réjouir que les faits lui donnent raison, ne voyant autour de lui qu'un vide vertigineux, se retrouvant deux fois orphelin, d'abord de sa terre natale, l'Allemagne, et désormais de sa terre promise, l'URSS. Il ne restait plus rien, tous les dieux étaient morts.

Bérénice haussa les épaules, se moquant de la politique, ne voyant que l'art pour apporter de l'humanité au monde, se moquant de son incrédulité.

— Ton Staline, ça ne m'étonne pas de lui qu'il se soit accordé avec Hitler. Ils ne valent pas mieux l'un que l'autre, tu le sais bien puisque tu as quitté le Parti après les purges de Moscou.

Et lui tentant de lui expliquer, à elle qui appartenait à cette génération sans illusions d'après le Traité de Versailles, comme il lui avait plu d'espérer qu'il se trompait, et comme en son for intérieur il eût été réconforté que la Russie lui prouvât qu'il se trompait. Maintenant c'était fini. Il n'était qu'un homme de gauche orphelin, déboussolé.

Les platanes du Cours Mirabeau, si charmants l'instant d'avant, avaient perdu toute leur superbe et pris une allure arthritique. Bien que plus mesuré que Nathan, Alain Béron était devenu nerveux, cela se remarquait à sa façon d'écraser les mégots de ses cigarettes et d'en rallumer une nouvelle aussitôt la dernière terminée. Si le communisme ne l'avait jamais tenté, il était tout aussi stupéfait que Nathan par cette nouvelle incroyable. C'était au nom de la haine du communisme que Hitler avait justifié la destruction de la République espagnole, et voilà que l'ennemi public devenait l'allié. Ce coup de théâtre était incompréhensible. Cela semblait si énorme qu'on ne pouvait qu'en déduire la guerre.

« La guerre, la guerre », s'impatienta Bérénice, agacée par ces alertes répétées depuis des mois. Ils étaient venus s'attabler pour parler de leur nouveau projet, cet opéra qu'ils voulaient créer ensemble à eux trois, et voilà que ça reparlait guerre.

— Eh bien maintenant, peut-être que Hitler va s'arrêter et qu'on aura la paix.

— Quelle illusion, répliqua Nathan, s'emportant de plus belle, vous allez voir qu'avec leur belle « dialectique révolutionnaire », ils vont sans rougir trouver les moyens de donner du sens à ce pacte contre nature, c'est du maquignonnage, voilà ce que c'est. Ils vont nous expliquer qu'il s'agit d'une décision purement stratégique, que la Russie veut protéger ses frontières et bien sûr que la fin justifie les moyens. Je les connais par cœur : au diable la morale, qu'importe s'ils s'allient avec Hitler qui a aidé Franco à conquérir l'Espagne, qui a permis la Nuit de cristal...

Autour d'eux, les gens commençaient à se retourner, gênés par les éclats de voix. Bérénice, elle, réprima son propre agacement, sensible tout à coup à l'émotion de son amant. Elle se souvint de son visage ravagé, de cette veine soudain gonflée qui battait fort sous sa tempe, lorsqu'il lui annonça, le matin du 10 novembre 1938, que ses parents et sa sœur avaient été assassinés par les SA. Lui-même venait de l'apprendre par téléphone, un voisin de ses parents l'avait appelé, dans un flot de paroles confuses il lui avait raconté que « son église juive » avait brûlé. Nathan avait cru d'abord à un accident. Quand enfin il comprit, le discours décousu qui s'ensuivit pour évoquer la mémoire de son père, chantre à la synagogue, sa mère et sa sœur et surtout cette culpabilité de ne pas avoir réussi à les convaincre, malgré ses avertissements, ses prières, ses supplications, de quitter l'Allemagne. Ils ne croyaient pas qu'un malheur pouvait arriver, ils étaient chez eux en Allemagne depuis toujours. Elle l'avait écouté déverser des paroles qui semblaient ne jamais prendre fin, pensant à ce qu'avait dû éprouver son propre père après le pogrome en Russie, tentant de l'apaiser, éprouvée elle-même par l'émotion de Nathan qu'elle absorbait comme une éponge – et peut-être était-ce son propre état émotionnel qui lui avait permis de triompher dans Roxane lors de la création de *Cyrano*, un mois après, lui valant d'être nommée sociétaire au comité de fin d'année, un an seulement après son engagement.

À la terrasse des Deux garçons, Nathan se montrait de plus en plus amer.

— C'est une honte, une trahison, une ignominie. Je vous parie maintenant qu'ils vont jouer le *Horst Wessel* à Moscou. Hein, n'est-ce pas impayable quand on pense que Wessel, l'auteur de ce magnifique hymne, a été abattu par un communiste ? *Kam'raden, die Rotfront und Reaktion erschossen, Marschier'n im Geist In unser'n Reihen mit*, se mit-il à chanter hors de lui.

— Ça suffit, Nathan, dit Alain Béron en se levant, partons d'ici, il faut te calmer.

Mais Nathan était incontrôlable, le pauvre orphelin qui n'avait plus d'idéal continua à chanter, de plus en plus fort, scandant chaque couplet de plus en plus ironiquement, vociférant les paroles ignominieuses, scandalisant les tables voisines qui pensaient qu'il était saoul et considéraient avec réprobation cet Allemand qui se comportait comme un sauvage. « Arrête Nathan, pense à tes parents », lui chuchota Bérénice. Cela lui fit l'effet d'une douche froide. Brusquement dégrisé, il se tut, ralluma une cigarette et passa son pouce sur la cicatrice de sa lèvre supérieure. « Quel monde de fous », murmura-t-il. Sa tête se remplit de trompettes, de cors et de tubas qui résonnaient de façon désordonnée, comme une symphonie désaccordée.

Quelques jours plus tard, Bérénice et Nathan étaient de retour à Paris. Les catégories 2, 6 et 7 étaient appelées simultanément. La guerre n'avait jamais été aussi proche. Le 1er septembre, la mobilisation générale et l'état de siège étaient décrétés. Le même jour, le comité d'administration de la Comédie-Française décida, en accord avec la Direction générale des Beaux-Arts, de mettre à l'abri ses collections d'art en Touraine. On étaya le plancher sous la statue de Voltaire de Houdon qui, trop lourd pour être transporté, fut enseveli sous une pyramide de sable. Le 3 septembre, la guerre était déclarée.

Par téléphone ils eurent des nouvelles d'Alain Béron, affecté dans une usine de masques à gaz. Au Français, beaucoup venaient de recevoir leur ordre de mobilisation, à commencer par Édouard Bourdet. Drôle d'effet de le voir revêtu de son uniforme de capitaine accourir au théâtre dès sa tâche militaire achevée auprès de son service basé à Paris. Le secrétaire général, Robert Cardinne-Petit, était pour sa part muté au service de la censure des quotidiens la nuit, ce qui lui permettait lui aussi d'exercer ses fonctions au théâtre le jour. Quant aux comédiens, nombreux étaient appelés. Pierre Dux dut rejoindre Versailles, Yonnel ou plutôt le sergent Yonnel, était attaché à l'état-major du premier bataillon à Meaux comme secrétaire du commandant Berland. Devaient également partir les anciens copains du Conservatoire : Jean Weber et Robert Manuel, ainsi que Martinelli, Échourin, Bonifas, Seigner, Balpêtré, Julien Bertheau, Le Marchand... L'administrateur général rappela aux comédiens mobilisés qu'en de telles circonstances la Comédie-Française était une bonne Maison. Tous avaient en souvenir la guerre de 14.

« Merci mon Dieu de m'avoir faite femme », ne pouvait s'empêcher de penser Bérénice chaque jour en se levant, parodiant la prière juive du matin. Grâce à son sexe, elle pouvait rester au théâtre, exercer son métier comme si de rien n'était. On n'attendait plus que l'autorisation officielle de réouverture, mais on était à peu près sûr qu'elle serait accordée. Ainsi Bérénice pourrait-elle participer dès le dimanche 24 septembre 1939, à la matinée poétique intitulée « À la gloire du génie français ». Un programme d'œuvres d'auteurs français de tous les temps jusqu'au dix-neuvième siècle inclus car, avait scandé Bourdet dans un élan patriotique: « Je crois qu'à des heures comme celles-ci on est avide de tout ce qui est profondément français, de tout ce qui touche au plus vivant, au meilleur de la race. » Paul Valéry devait présenter cette matinée. Cela rachetait bien des inconvénients, comme les cours de défense passive et l'obligation de se munir d'un masque à gaz. Et même cela: depuis qu'un couturier célèbre avait offert à la jeune sociétaire une superbe sacoche en cuir pleine peau au lieu de l'horrible étui cylindrique en métal, le masque à gaz devenait moins répugnant.

Bérénice apprit aussi qu'elle figurerait dans la première pièce présentée depuis la réouverture, le mardi 10 octobre 1939, pour sa première prise de rôle dans Célimène du *Misanthrope* mis en scène par Jacques Copeau. Les répétitions avaient commencé et se passaient bien malgré l'atmosphère parfois délétère de la

Maison. Béatrice Bretty s'emportait de plus en plus souvent. Du fait sans doute de sa liaison avec Georges Mandel, l'ancien collaborateur de Georges Clemenceau, sa conscience politique était plus développée qu'il n'était coutume chez la plupart des comédiens. Elle revint un jour du café de L'Univers suffoquée par les propos de Madeleine Renaud : C'est trop fort les petites horreurs qu'elle a énoncées ! « L'Alsace Lorraine on s'en fout », « Si nous avons la guerre, c'est la faute des Juifs et des Anglais », « Être allemand ou être français, quelle importance cela a-t-il ? », « Il n'y a qu'à leur donner ce qu'ils veulent, tout vaut mieux que ça »... J'en passe et des meilleures... Tu sais ce qu'elle a osé dire de Nathan ? « Il n'a qu'à s'engager puisqu'il est si antihitlérien. » Elle nous a mis sous le nez une lettre de son Jean-Louis : « Ces gars-là devraient être avec les Sénégalais à se bagarrer puisque la France les a accueillis et qu'ils n'ont pas eu les couilles d'empêcher l'avènement d'Hitler. » Ah ça, c'est une comédienne admirable, il n'y a rien à redire sur ce plan, mais on ne devrait parler avec elle que théâtre, rien que théâtre, et surtout pas de la chose publique. Même chose pour le petit Barrault du reste.

Bérénice n'avouera pas qu'au fond, à ce moment-là, la guerre ne la contrariait presque pas : son meilleur partenaire, Jean Yonnel, pourrait paraître sur scène malgré ses obligations militaires, la Comédie-Française avancerait ses horaires de représentation car il était devenu trop difficile de sortir le soir mais cela n'empêcherait pas le rideau de se lever bientôt avec de nombreux classiques à l'affiche : *le Misanthrope, Il ne faut jurer de rien, le Voyageur et l'Amour, le Malade imaginaire...* Les rumeurs bruissaient même d'un projet de tournée dans les Balkans tandis qu'on annonçait la réouverture de l'Odéon, de l'Opéra et du Comique. Une vie théâtrale normale en somme, où la guerre était loin, dans la Sarre par exemple ou en Moselle, où les villes du front ne constituaient que des dessins cartographiques désincarnés à la une des journaux, où les morts au champ d'honneur n'étaient qu'une liste de noms abstraits en troisième page. Il suffisait de ne pas écouter la T.S.F. Il suffisait de ne pas lire les journaux. Et puis avec les engins modernes, c'était sûr : la guerre serait brève.

2

« Oui tu es allemand et juif, mais ce serait bien le diable qu'on s'en prenne à toi avec toutes nos relations », ne cessait-elle de répéter à Nathan. Le diable vint s'en mêler, pourtant. Il fit son apparition par la porte, tout simplement, dans leur vaste appartement proche du jardin du Luxembourg, rue Gay-Lussac. À sept heures trente du matin, la sonnette retentit. Nathan ne dormait pas. Depuis le début de la guerre, il redoutait de se faire arrêter. De nombreux compatriotes s'étaient fait tirer du lit par les policiers dès le 2 septembre, ils avaient été emmenés à titre de « ressortissants ennemis ». Pendant des semaines on n'avait rien su d'eux, ce n'était que récemment qu'on avait commencé à savoir des choses : on disait qu'ils avaient été tenus au secret et qu'ils croupissaient à la prison de la Santé. On entendait des histoires terribles auxquelles on ne savait s'il fallait ajouter foi. Nathan ne pouvait s'expliquer par quel miracle il se trouvait encore libre. L'inquiétude le tenaillait depuis un mois. D'habitude, se fiant à l'expérience, les arrestations ayant lieu de nuit, il se rendormait plus calmement au petit jour. Ce matin-là, peut-être par un vague pressentiment, à moins que ce ne fût la soirée trop arrosée de la veille, il avait été incapable de rester au lit. Il s'était installé dans le salon, essayant de résoudre les problèmes que lui posait une triple fugue à quatre voix, buvant café sur café, tentant de conjurer l'angoisse de sa situation en lui substituant celle du travail, qui n'était après tout qu'une question d'agencement de notes, y parvenant presque tandis que Bérénice dormait encore, quand la sonnette le fit sursauter.

Ce pouvait être la concierge, ce pouvait être le facteur, ce pouvait être un voisin, ce pouvait être un ami qui passait par là et avait vu la lumière allumée. Ainsi essaya-t-il de se convaincre en gagnant le couloir pour ouvrir la porte d'entrée. Dans la chambre, Bérénice réveillée en sursaut comprit à la voix de Nathan qu'il se passait quelque chose d'anormal. Inquiète, elle enfila en vitesse une robe de chambre et se dépêcha de le rejoindre. Deux policiers étaient là. Son cœur se mit à battre plus fort, un début de panique la saisit qu'elle essaya de contrôler par des exercices de respiration qu'elle utilisait contre le trac. C'est plus calme qu'elle put demander : « Que se passe-t-il ? » du ton d'une grande bourgeoise qui sortirait d'un Feydeau. Son autorité impressionna les deux policiers. Celui qui semblait le chef, un homme de taille moyenne d'une cinquantaine d'années, aux cheveux soigneusement pommadés, toussota pour se donner une contenance et se mit à utiliser ses mots du dimanche pour répéter à cette belle dame ce qu'il venait d'annoncer à Nathan, à savoir qu'ils avaient ordre de conduire monsieur Adelman au commissariat. « Je suis navré, madame, non vous ne pouvez pas accompagner monsieur. » On lui accorda cependant un quart d'heure, le temps de préparer une valise, ce qu'elle fit aussitôt, retrouvant son sang-froid dans l'action, pliant en priorité vêtements chauds – chandails et chemises de flanelle –, n'oubliant pas quelques provisions comme du saucisson, du chocolat, des biscuits et aussi des bananes qu'elle courut chercher à la cuisine, espérant que cela serait suffisant, pensant à la dernière minute à rajouter du Rubiazol, en cas de grippe. Elle les accompagna jusqu'à la porte d'entrée, en bas de l'immeuble, Nathan lui serra la main très fort avant de partir encadré par les policiers. Elle resta sur le seuil un long moment, jusqu'au passage embarrassé de la concierge qui lui fit remarquer qu'elle était en tenue de nuit. Elle remonta alors avec des pieds de plomb, s'affala sur le lit défait et se mit à pleurer.

Un peu plus tard, après une brève toilette qui lui redonna du courage, elle téléphona à Alain Béron, tombant sur sa mère avec qui il vivait, s'excusant de la déranger de si bon matin, lui demandant si son fils était là, lui expliquant qu'il s'agissait d'une affaire urgente, apprenant que l'avocat était déjà à son usine de masques à gaz, notant le numéro, réussissant enfin à parler à l'homme de loi, lui rapportant l'arrestation de Nathan, lui demandant ce qu'il convenait de faire. Il lui promit de s'en occuper, de la tenir au courant, il regrettait de ne pouvoir la rejoindre dans ce moment difficile, il pensait fort à eux deux. Un peu rassurée, elle téléphona à Colette, comprenant seulement enfin le vide de son amie restée seule depuis la mobilisation de son mari, mais son amie avait au moins la chance d'être entourée de sa famille, réfugiée depuis le début de la guerre à Clermont-Ferrand, chez ses grands-parents maternels. Se reprochant d'éprouver de l'envie alors que sa véritable famille, sa famille de cœur, l'attendait à la Comédie-Française, s'engouffrant dans un taxi sans prendre garde que dans la précipitation elle avait enfilé des gants dépareillés, ce fut Florence Hégué qui le lui fit sournoisement remarquer à son arrivée, sollicitant auprès d'Émile un rendez-vous avec l'administrateur général qui le lui accorda, surpris qu'elle vînt le voir de son propre chef, et elle, sachant qu'il ne pouvait rien faire mais ressentant le besoin de se confier à lui, trouvant un apaisement dérisoire devant l'élégant bureau Louis XV et les tapisseries des Gobelins, rassérénée par les gestes familiers d'Édouard Bourdet : le choix de la cigarette dans sa boîte de Laurens, le soin à se passer de la pommade Rosat sur les lèvres en évitant la moustache.

De son côté Nathan se demandait où diable on l'emmenait. Le dernier regard de Bérénice – oh ! ce regard désolé –, lui évoqua un passage du largo du concerto pour quatre claviers en *la* mineur de Bach. Il se reprochait de ne pas lui avoir épargné cette situation. Pourquoi n'avait-il pas suivi son instinct, pourquoi n'avait-il pas quitté la France pour rejoindre en Amérique plusieurs de ses amis qui l'en pressaient depuis longtemps ? Il avait eu la faiblesse de l'écouter quand elle le persuadait que sa célébrité lui épargnerait les ennuis. Il avait toujours su que c'était faux : dès le premier jour de la guerre, dès le 3 septembre, de nombreuses personnalités avaient été envoyées à la Santé. Leur notoriété d'écrivain, de sociologue, de réalisateur avait pesé bien peu au regard de leur nationalité allemande. Pourquoi avait-il persévéré dans l'aveuglement, comme ses parents, comme sa sœur, quand il les conjurait de fuir l'Allemagne ? Quelle culpabilité voulait-il payer là ?

Durant le trajet dans le panier à salade, il réfléchit aux moyens de s'enfuir, mais les menottes étaient trop serrées, la surveillance des policiers trop étroite. Peut-être en arrivant..., espéra-t-il, tous les sens aux aguets, sachant qu'il fallait saisir sans hésiter la chance qui s'offrirait à lui. Mais la chance ne daigna pas se présenter. Il fut conduit au commissariat où il dut patienter sur un méchant banc de la salle de garde, à côté d'un ivrogne, d'un pickpocket et d'un autre étranger arrêté comme lui dans la matinée. Dans l'après-midi, on le transféra à la préfecture où il fut jeté dans une espèce d'auditorium doté d'un écran cinématographique, destiné sans doute à des conférences hautement instructives pour les policiers.

Il pensa violemment à Bérénice, se demandant ce qu'elle faisait, dialoguant intérieurement avec elle, se moquant en lui-même des gardes mobiles, balayant du regard l'assistance des étrangers arrêtés comme lui, examinant s'il ne connaissait personne, rongeant son frein, passant le temps à fignoler dans sa tête la fugue qui le préoccupait depuis le matin, s'agaçant de ne pas réussir à trouver la forme juste, s'apercevant qu'il avait oublié son paquet de Lucky Strike sur le piano du salon. Environ deux heures après, un autre panier à salade arriva, délivrant une vingtaine de nouveaux venus. Il eut le plaisir de découvrir dans ce groupe le journaliste hongrois Arthur Koestler dont les récits sur la guerre d'Espagne dans *Le Populaire* l'avaient frappé. Il s'arrangea pour le rejoindre et ils engagèrent la conversation, se remémorant ce dîner de gala à l'Opéra auquel ils avaient été présentés, avant de discuter de la visite de Ciano à Berlin, des chances de la France et de la dissolution du parti communiste, de sorte qu'absorbés par la politique ils purent oublier pendant un temps l'incertitude de leur sort. En fin de journée, tous, sans distinction de sexe, furent rassemblés dans la cour puis conduits dans une cave à charbon où ils passèrent la nuit, essayant tant bien que mal de trouver le sommeil malgré la promiscuité, la poussière de charbon et l'inquiétude du lendemain.

Bérénice, arrivée dans sa loge, se déchaussa. Il lui fallait le contact de la moquette rouge sous les pieds, puiser sa force dans les entrailles de la Comédie-Française, sentir la force du bâtiment monter en elle, emplir ses veines, ses fibres, imprégner ses pores, lui redonnant de l'énergie et du courage, l'apaisant, la vitalisant. Elle put descendre sur scène maîtresse d'elle-même, jouer Célimène et trouver de nouvelles couleurs à son personnage. C'était peut-être un peu trop sombre, elle entendit Florence Hégué, venue dans la salle alors qu'elle n'avait rien à y faire, s'exclamer d'un ton hypocrite : « C'est intéressant mais ce n'est pas du tout le personnage. » Jacques Copeau la laissa faire, quand bien même cette Célimène ne correspondait pas tout à fait non plus à ce qu'il en attendait. Édouard Bourdet eut la délicatesse de venir encourager la sociétaire, l'accompagnant de sa présence bienveillante dans ce moment difficile, s'étonnant, comme il le lui confiera bien plus tard, de la puissance de son jeu qui, loin de céder devant l'adversité, semblait au contraire se décupler. Elle, pour la première fois, découvrirait ces moments délicats que tout comédien connaît un jour, où le destin s'en mêle et vous balance impitoyablement sa cruauté – il faut jouer pourtant, faire bonne figure, le spectacle continue.

Après la répétition, elle retrouva sa loge qui n'en finit pas de s'entrouvrir pour laisser place à ses camarades. Toute la maison désormais au courant de l'arrestation de Nathan venait dire à Bérénice un petit mot affectueux, lui demander en quoi on pouvait lui rendre service. Certains, sans même s'en rendre compte, prenaient des visages de martyre, telle Lavinia à qui on vient de couper et les mains et la langue, si habitués à jouer la tragédie ou à la voir représentée sur scène qu'elle était devenue leur mesure naturelle et les avait déformés, aimant au fond que le réel prît de ces tournants tragiques, qui leur permettaient de se sentir vivre plus intensément. Béatrice Bretty, plus pratique et mesurée, peut-être aussi parce qu'elle incarnait les soubrettes, lui promit qu'elle parlerait à Mandel. Il aurait sûrement des informations.

Le plus difficile fut la perspective de passer la nuit seule. Bérénice pressentait que si elle quittait la Comédie-Française, elle s'effondrerait. Elle ne supporterait pas l'appartement trop grand pour elle, le piano muet – surtout cela. Elle décida de braver l'interdiction formelle faite aux comédiens de dormir dans leur loge. Elle partit ostensiblement par la porte donnant sur la rue Saint-Honoré et revint en catimini par l'entrée de la galerie de Chartres, profitant de l'inattention du concierge. Elle remonta en silence dans sa loge, prit soin de tirer complètement les rideaux, tant pour ne pas se faire remarquer que pour ne pas contrevenir aux consignes de la Défense passive qui obligeait Paris à vivre dans l'obscurité. Elle resta là toute la nuit, pour la première fois elle vécut heure par heure la vie de la Maison, en perçut toutes les nuances, tous les bruits. Elle avait emporté avec elle le paquet de cigarettes oublié de Nathan et elle les fuma toutes sauf la dernière, par superstition, comme si elle était le gage qu'il reviendrait.

3

Le lendemain, toujours pas de nouvelles. Il fallait pourtant répéter le *Misanthrope*, assurer les matinées poétiques, apprendre son rôle de Junie dans *Britannicus*, se faire tirer le portrait par Lipnitzki dans son studio de la rue du Colisée, et dans le même temps multiplier les démarches pour savoir où on avait emmené Nathan.

Ce fut le troisième ou quatrième jour que l'incertitude prit fin. En pleine répétition, le régisseur général, Bourny, vint la chercher pour lui annoncer qu'elle était demandée au téléphone. Oh ! les jambes flageolantes en descendant l'escalier qui la menait au bureau du secrétaire général, oh ! son regard anxieux au buste en marbre de Molière. Au bout du fil était le fidèle Alain Béron. On avait localisé Nathan au stade Roland-Garros. « Roland-Garros, le stade de tennis ? » demanda Bérénice surprise. C'était en effet dans l'enceinte jouxtant la porte d'Auteuil, où s'étaient déroulés pas plus tard qu'en juin les championnats de France de tennis, qu'étaient regroupés cinq à six cents « étrangers indésirables » pour internement, lui confirma quelques minutes plus tard Béatrice Bretty informée par son compagnon.

Sous la tribune du court central, Nathan eut l'impression de se retrouver tout au fond d'une fosse d'orchestre, avec ce grand plancher au-dessus de la tête qui ne permet pas vraiment de participer à l'opéra qui se joue au-dessus, se sentant anonyme, comprenant la frustration des instrumentistes relégués aux pupitres les plus reculés, en éprouvant un grand malaise et même de l'angoisse, ayant l'habitude, par sa place prestigieuse de chef d'orchestre, de la gratification du public et des musiciens, se sentant dépossédé par ce changement de perspective.

C'était la première fois qu'il subissait un enfermement, contrairement à de nombreux compagnons d'infortune qui avaient déjà expérimenté les prisons espagnoles, italiennes ou allemandes. Pour un artiste habitué à vivre selon son propre rythme, l'isolement était en soi une épreuve. À cela s'ajoutait pour Nathan l'amer sentiment d'injustice de se retrouver parqué comme un assassin, retranché du corps social comme un élément nuisible alors que sa musique était un hymne à la liberté et la civilisation. Koestler lui montra un communiqué paru dans le journal du matin : on y expliquait que l'arrestation d'une telle foule d'étrangers avait lavé Paris de sa boue. « Paris qui, en temps ordinaire, sert de refuge aux escarpes de tous les points de l'horizon, connaît cependant depuis un mois une tranquillité entière. Les escarpes se seraient-ils assagis ? C'est plus simple encore. On les a arrêtés. »

— Nous sommes devenus la lie de la terre, commenta Koestler avec acuité.

— Mais vous, vous êtes Hongrois, c'est un pays neutre, pourquoi êtes-vous ici ?

Aucun des deux ne détenait la réponse.

De ce jour-là, Nathan prit en horreur le tennis. La vue d'une balle blanche lui rappellerait inexorablement l'odeur de paille humide sur laquelle il fut contraint de dormir, ainsi que le tableau d'affichage du stade portant les résultats du match McNeill/ Harris contre Borotra/Brugnon : 4-6 ; 6-4 ; 6-0 ; 6-2 ; 10-8. Ces chiffres commencèrent à hanter ses rêves. Et la terre rouge... Deux heures par jour, ils y faisaient de l'exercice. Ça vous collait aux vêtements, ça vous rentrait dans les narines. Heureusement, il n'eut pas trop à souffrir de la nourriture. Il y eut quand même quelques bons moments, comme lorsqu'il s'entendit aborder par l'air *Du bist glücklich* de son opéra *Thésée*. Il était chanté par un baryton-basse avec lequel il avait travaillé autrefois à Berlin, c'était si surprenant, si décalé d'entendre ce morceau joyeux dans ce lieu... Ils évoquèrent leurs connaissances communes, notamment « Papa Rouché », le directeur de l'Opéra, ils passèrent en revue les spectacles représentés avant leur arrestation, ils discutèrent de son nouveau projet d'opéra qui commençait à circuler, à son grand étonnement.

Au bout de quelques jours, Bérénice put lui envoyer un colis – cigarettes, confitures, vêtements. Les visites étaient interdites mais elle travaillait inlassablement à sa libération. « Je le connais, sans son piano il doit dépérir », ne cessait-elle de répéter à Béatrice Bretty et Alain Béron qui l'exhortaient à la patience. Maintenant que tous les Allemands et Autrichiens étaient internés, le gouvernement avait promis de nommer un conseil qui examinerait chaque dossier et séparerait les réfugiés nazis des antinazis. Dans ce cas bien sûr, Nathan serait relâché, mais ce conseil tardait à être créé. En attendant, les prisonniers nazis étaient mieux traités que les opposants à Hitler, dans la mesure où ils profitaient de la crainte de représailles sur les prisonniers de guerre français en Allemagne.

« Il faut le faire sortir de là », martelait Bérénice. « Le piston », entendit-elle à plusieurs reprises. « L'argent, entendit-elle encore, il n'y a que ça. » Quoique répugnant à la première démarche, elle suivit les conseils de Bretty et obtint une entrevue avec Albert Sarraut, le ministre de l'Intérieur, tremblant que, en échange de sa sollicitation, on lui demandât ce que son père croyait qu'on demandait aux actrices, ne voulant envisager ce qu'elle ferait si elle était placée devant ce choix. Au ministère, elle bénéficia de l'accueil favorable du radical, « Votre Roxane l'an dernier était un enchantement mademoiselle. Voyons, en quoi puis-je vous être agréable ? » Elle lui jura ses grands dieux que Nathan n'était plus communiste, lui racontant toute l'histoire et se moquant d'elle-même, au sortir de son entretien, d'avoir pu croire que ce serviteur de l'État si courtois l'obligerait à lui accorder ses faveurs.

À son retour, place du Théâtre-Français, elle fut assaillie par ses camarades curieux du résultat de son entrevue. Elle fut entraînée au café de L'Univers où on l'obligea à se nourrir au moins d'un sandwich, « Allez, tu n'es déjà pas bien épaisse, mange donc ! » Plusieurs amis de Nathan battaient le pavé du Palais-Royal dans l'espoir de lui parler, des musiciens s'échappaient de l'Opéra pour prendre des informations et remontaient l'avenue aussitôt après l'avoir assurée de leur soutien. Elle reçut même la visite d'Agnès Grangé qui était restée en bons termes avec Nathan et offrait de l'aider si c'était en son pouvoir. « C'est chic de sa part », admit-elle devant Bretty.

Parfois un comédien faisait un bon mot, elle riait avec les autres et se sentait coupable alors qu'elle ne savait pas dans quelles conditions vivait Nathan, s'il était bien traité, quel était son moral. Surtout, elle commençait à se rendre compte qu'au Français ils avaient été terriblement égoïstes. Mis à part la Brette, alertée bien avant la guerre de la gravité de la situation, qui s'intéressait sérieusement à la politique ? Elle s'en voulait de s'être moquée de Nathan et de sa manie de dévorer tous les journaux. Si par magie il se trouvait là devant elle, elle les lui lirait elle-même, ses journaux, elle prendrait exprès sa « voix Comédie-Française », comme il disait parfois pour la taquiner. Elle ne s'emporterait pas, elle ne se récrierait pas que la Maison s'était modernisée depuis Bourdet, qu'aujourd'hui les tragédiens n'avaient rien des Montfleury de *Cyrano*. Elle lui sourirait avec amour.

4

— Regardez par ici. Détendez la mâchoire. Voilà. *Clic.* Tournez le visage, non, dans l'autre sens. *Clic, clic.* Bien, c'est bien ça. *Clic.* Essayez la main sur votre bras, là, oui comme ça. Non, revenez comme avant, oui, c'est mieux. *Clic, clic, clic.* Moins triste, qu'est-ce que c'est que ce regard triste ? Une belle jeune fille comme vous ! Voilà, c'est mieux, je préfère ce petit sourire. Encore, non, juste avec les pommettes le sourire. Parfait. Très beau, très beau. Merci mademoiselle, nous avons fini.

Voilà, ça au moins c'était plié, elle pouvait retourner à la Comédie-Française.

— Au revoir, monsieur Lipnitzki.

— Au revoir mademoiselle, je fais porter un tirage chez vous demain en fin d'après-midi. Qu'est-ce que vous jouez mardi ? Ah ! *le Misanthrope*, « C'est ainsi qu'un amant dont l'ardeur est extrême Aime jusqu'aux défauts des personnes qu'il aime », très bien, je viendrai vous applaudir.

— Ce sera avec plaisir, au revoir monsieur Lipnitzki, vous avez une parfaite connaissance de Molière.

— Au revoir mademoiselle de Lignières, tout le plaisir est pour moi.

Tout compte fait, elle se félicitait d'avoir tant d'obligations qui l'empêchaient de broyer du noir. Allons, après le photographe, l'atelier costumes pour son premier essayage de Célimène. Quelle joie d'endosser la magnifique robe de velours noir et crevés d'argent qui avait fait sensation lors de la première en décembre 1936 ! Une robe de style cinéma, avait-on commenté à l'époque. Bérénice l'avait vue portée lors de la création par Marie Bell qui avait eu l'idée d'y ajouter une extravagante perruque rouge vif. On l'en avait tellement blâmée qu'elle l'avait ôtée dès la deuxième représentation. C'était il y a trois ans déjà. À cette époque elle commençait tout juste sa troisième année de Conservatoire et pestait contre Jouvet qui ne voulait pas la présenter au concours de juillet ! Ils en riaient aujourd'hui. « N'avais-je pas raison, ma p'tite mère ? » lui disait-il, heureux de ses succès, même s'il continuait à se moquer de sa passion pour la Maison de Molière : « Ça ne t'a pas encore passé maintenant que tu y es ? »

Dès que la porte de l'ascenseur s'ouvrit à l'étage Rachel, elle sut que quelque chose s'était passé. Ce n'était pas la première fois qu'elle remarquait cela. C'était comme si les murs de la Comédie-Française étaient vivants : ils respiraient, lui parlaient, lui révélaient ses secrets, la portaient, l'avertissaient. De quoi donc l'avertissaient-ils à cet instant ?

Ses pieds butèrent contre un obstacle. Elle se pencha pour regarder. Les violettes de Parme destinées à piquer son manchon de Célimène. Le bouquet traînait à terre – sinistre présage. Elle le ramassa et s'achemina dans le couloir. Arrivée dans l'atelier, elle laissa échapper un cri. Son costume ! Son beau costume de velours noir ! Il était lacéré, de grands coups de ciseaux avaient tailladé la robe, du corsage jusqu'à la traîne, même les glands d'argent avaient été déchiquetés. Bérénice eut la vision bestiale d'un viol, c'était comme si on s'était acharné sur son propre corps. Elle se recula, s'appuya au chambranle de la porte. Son visage était blême. Sensible aux signes, elle redoutait la signification de cet augure. Qu'allait-il donc se passer de plus terrible encore ? Les costumières ne comprenaient pas, la veille encore, le costume était en parfait état. Elles l'avaient posé sur le mannequin, comme d'habitude, vraiment c'était inouï, qui avait pu faire ça ? Des semaines de travail gâché, des centaines d'heures perdues en un instant de folie. Édouard Bourdet fut appelé en urgence, il ne put que constater l'ampleur des dégâts. La robe était inutilisable, on ne pouvait rien en récupérer. « C'est un véritable crime, je ferai tout pour trouver le coupable », dit-il d'une voix étranglée par l'émotion.

Accourue elle aussi, Béatrice Bretty enrageait. Elle n'avait aucune preuve bien sûr, mais elle se souvenait que le matin même, alors qu'elle venait donner une dernière recommandation à l'atelier pour son costume d'Arsinoé, elle était tombée sur Florence Hégué. Elle avait trouvé étrange sa présence dans le couloir à cette heure si matinale. La jeune fille lui avait expliqué qu'elle était venue rechercher une épingle à cheveux oubliée la veille chez Georges, le coiffeur. Bretty tut ses doutes : il lui répugnait de dénoncer une camarade malgré le tort fait à Bérénice.

« Ce n'est pas grave, ma mignonne, on n'a pas le temps de te refaire la robe pour la première, on ne trouvera jamais autant de velours aussi vite, mais on va bien te trouver autre chose », tenta de la consoler Mlle Magnard, la maîtresse costumière. On prendrait sa robe blanche XVIIe du *Malade imaginaire* qu'on arrangerait du mieux qu'on pourrait pour le rôle de Célimène. Le chef costumier lui expliqua que c'était encore plus réaliste, les veuves de l'époque portant alors le blanc au lieu du noir. Le pauvre homme se mordit la langue en constatant sa gaffe. Bérénice était au bord de la crise de nerfs, un atroce pressentiment lui disait que cette robe de deuil lui porterait malheur, qu'il arriverait malheur à Nathan si elle la portait. « Je ne veux pas de cette robe, je ne veux pas de cette robe », cria-t-elle. Sensible à la détresse de la sociétaire, Édouard Bourdet conduisit lui-même sa protégée dans sa loge, la priant de s'étendre, lui proposant même de se faire remplacer. Non, répondit-elle avec force. On voulait lui couper les ailes mais elle ne se laisserait pas faire. On la laissa se reposer pendant une heure, après quoi le régisseur vint la chercher pour la répétition où elle parut en robe de ville, bénissant sa technique qui lui permettait de jouer en de telles circonstances.

Le soir, épuisée, elle dormit pour la cinquième nuit consécutive dans sa loge. Vers quatre heures du matin, elle se réveilla en sursaut, terrifiée par un cauchemar. On avait enlevé Nathan, Florence Hégué lui téléphonait pour lui dire quelque chose que Bérénice n'arrivait pas à entendre et soudain son père apparaissait, pointant un doigt accusateur. C'est pendant l'insomnie qui suivit que lui vint l'idée. Tout ce velours noir impossible à trouver pour sa robe... Comme c'était bête ! Du velours, il y en avait partout ici, sur les sièges du théâtre, sur les banquettes des visiteurs, on s'en servait parfois pour recouvrir les tables... Elle irait voir demain Gouaillard, le chef tapissier.

Effectivement, on trouva dans les ateliers une grande pièce de velours rouge destinée à remplacer les pendrillons usagés. Allons, les pendrillons attendraient, la robe de Célimène passait en priorité. Et tant qu'à faire, quitte à changer complètement la couleur de la robe, on fixerait en lieu et place des glands d'argent du costume originel les glands dorés du rideau de scène. Vite, vite, au travail ! Pendant les trois petits jours qui restaient avant la représentation, les costumières s'affairèrent, travaillant même la nuit et le dimanche, pour confectionner son nouveau costume à Bérénice. C'est qu'elles l'aimaient bien, la petite sociétaire, elles avaient à cœur de réparer le mal qu'on lui avait fait. Et cette fois, on ne laisserait pas une seule minute l'habit sans surveillance.

C'est le jour de la représentation, tout est prêt. En enfilant son costume qui a tant coûté, Bérénice ressent l'étrange pouvoir de l'étoffe. Le velours la saisit, cela lui fait un peu mal d'abord, comme si des épingles avaient été oubliées dans la robe, mais ensuite le tissu épouse son corps et a la douceur d'une caresse, il ne fait plus qu'un avec elle, il fait partie d'elle-même, au même titre que ses bras, ses jambes ou ses cheveux.

Elle sut plus tard que dans la salle, Béatrice Bretty épiait les réactions de Florence Hégué. Si c'était bien la pensionnaire qui avait accompli le forfait, quelle ne dut pas être sa rage lorsqu'elle entendit le cri d'admiration du public à l'apparition de Bérénice dans sa robe rouge et or. Mais à ce moment, personne encore ne savait quels autres dégâts elle allait causer en distillant son fiel aux journalistes.

5

« Mademoiselle de Lignières brûle d'une flamme intérieure », publia *Le Jour* le lendemain tandis que Jean-René Daunat s'enthousiasmait : « Il a été donné hier soir une bien curieuse représentation du *Misanthrope*, très loin de celles données depuis 1936. C'étaient pourtant le même metteur en scène et presque les mêmes comédiens, à la notable exception de Célimène interprétée pour la première fois par Bérénice de Lignières. Si Aimé Clariond nous a présenté un Misanthrope aussi neurasthénique que lors de sa prise de rôle il y a trois ans, Bérénice de Lignières a renouvelé de fond en comble la conception du personnage. Dans le passé, Marie Bell nous donna une coquette, Florence Hégué une étourdie. Avec Bérénice de Lignières, Célimène est devenue une héroïne romantique. Ce faisant, elle heurte peut-être la tradition mais elle a instillé dans son personnage ce je-ne-sais-quoi de suicidaire qu'on ne lui connaissait pas. Sa voix grave, ses yeux cernés, son visage diaphane évoquent des nuits agitées, son éclat forcé à dessein indique une jeune fille marchant à sa perte. On la dirait prise dans une quête éperdue où il s'agirait de se punir ou de faire payer au monde une faute ontologique qu'il aurait commise. Littéralement possédée dès les premières scènes, Mlle de Lignières affirme d'incomparables dons. Elle est décidément un pilier de cette Maison, l'avenir de l'art théâtral français. »

À l'exception de ces deux journaux, les critiques s'acharnèrent sur Bérénice à l'unanimité. « Comment ne pas remarquer que sa voix de contralto, parfois rauque, ne correspond pas du tout au personnage de coquette ? C'est une grave faute de l'administrateur général de l'avoir distribuée dans cet emploi », « Mademoiselle de Lignières nous a montré hier soir les limites de son talent », « Bérénice de Lignières a créé un personnage très loin de la créature de Molière »...

Pendant que les journalistes écrivaient à la hâte leurs brûlots, se dépêchant de les terminer pour les transmettre à leur rédaction dans la nuit, Bérénice regagna sa loge, se mit à sa table à démaquiller. Elle-même était tout étonnée de son interprétation. Elle n'aurait su analyser précisément ce qui s'était passé. Il lui semblait que la matière avait déteint sur elle, que son costume rouge et or l'avait forcée à jouer autrement, l'étoffe était entrée en correspondance avec le plateau qui l'avait accueillie, reconnaissant qu'ils étaient de la même eau, délivrant alors son satisfecit, donnant son âme à Bérénice. L'impondérable avait fait advenir ce moment magique où votre intelligence, vos intentions, vos réflexions ne sont plus rien. Seul le théâtre avait parlé. C'était presque effrayant de se sentir ainsi possédé comme si le corps n'était plus qu'une enveloppe charnelle au service de l'art et qu'il ne vous appartenait plus vraiment.

C'est alors qu'elle le vit arriver dans le reflet de la glace. Paralysée par la surprise et la peur de s'illusionner, elle mit plusieurs secondes avant de se retourner et de se jeter dans ses bras, s'abandonnant alors complètement, faisant fi de sa barbe de huit jours, de ses habits sales et froissés, de ses cheveux en bataille, bénissant ce cadeau du ciel ou peut-être du théâtre qui la récompensait d'avoir si bien joué, de ne pas avoir renoncé malgré son inquiétude, de ne pas s'être fait remplacer par Florence Hégué ou Marie Bell qui en auraient été ravies, oui bien sûr c'était la Comédie-Française qui en échange du feu de son interprétation l'avait fait apparaître, beau malgré son allure de vagabond, ruisselant de vie et de force. Ils allaient pouvoir rentrer à la maison, elle le laverait, le caresserait, le couvrirait de baisers, son libéré chéri, son beau *yekke*, elle avait eu si peur mais maintenant tout rentrait dans l'ordre.

Parle-moi, dis-moi. Humant le parfum de ses cheveux, Nathan raconta à Bérénice qu'il avait été convoqué quelques heures auparavant. « Nous venons de recevoir du ministère de l'Intérieur votre ordre de sortie », lui avait-on annoncé. Il ne sut jamais ce qui contribua le plus à sa libération, les démarches de Bérénice et d'Alain Béron, l'intervention de Mandel, celles de ses nombreux amis hauts placés, intellectuels et artistes. Sur le coup il fut partagé entre la surprise, le soulagement et la culpabilité d'abandonner ses compagnons d'infortune. Il partit en leur promettant de rendre visite à leurs épouses. Il était libre.

Avant de rentrer chez eux, elle lui demanda s'il consentait à passer au foyer où était organisée une petite fête pour célébrer la première. Elle avait fait livrer trois caisses de champagne pour remercier les couturières. Elle lui raconta l'histoire, il la regardait s'enflammer, ôter ce costume de scène dont la couleur lui allait si bien, il s'enivrait de la voir passer sa combinaison, il s'agaçait de la voir repousser ses mains, « plus tard, plus tard, quand nous serons à la maison », malgré tout elle l'embrassait, passait un bas, l'embrassait de nouveau, dommage, elle était déjà rhabillée. Ils firent une entrée triomphale au foyer. Déjà on se précipitait vers eux, les accueillant chaleureusement, Édouard Bourdet avait perdu de sa froideur et serrait vigoureusement la main de Nathan, toute la maison félicitait les deux amants qui irradiaient de bonheur, plus amoureux encore depuis qu'ils avaient failli se perdre.

Ils quittèrent le théâtre à une heure avancée de la nuit, se pétrissant les mains dans le taxi qui les conduisait chez eux, profitant de l'obscurité pour s'embrasser à pleine bouche. « Rue Gay-Lus-sac, vous êtes arrivés, m'sieurs-dames. » Comme il n'avait plus d'argent sur lui, c'est elle qui paya sous le regard désapprobateur du chauffeur. Dans l'ascenseur, Nathan demanda à Bérénice si elle avait remarqué la mine sévère de l'homme, elle l'appela mon gigolo et ils entrèrent dans l'appartement en riant. Il devint sérieux tout à coup, tombant en arrêt devant le portrait de Bérénice jeté sur le lit. Sur la photographie de Lipnitzki, la jeune fille était de trois quarts, le visage tellement tourné vers l'objectif qu'il paraissait de profil. L'œil gauche translucide, l'oreille finement ourlée, la main droite posée impérialement sur le bras gauche, un grand sautoir de perles. Il retrouva dans ce portrait la grâce et la sensualité de Lou, la royauté de Doña Sol, la candeur de la débutante et déjà quelque chose de plus grave qui était en germe et venait de se préciser depuis son arrestation, sa femme plurielle, sa Bérénice.

6

Nathan sortit plus éprouvé qu'il ne l'aurait pensé de son internement. On l'avait assuré qu'il ne serait plus inquiété, que sa situation était protégée en haut lieu, mais il redoutait continuellement une arrestation. C'était même devenu sa hantise. Il écrivit à l'*American Guild for German Cultural Freedom* pour demander une aide à l'émigration. Plusieurs de ses compatriotes avaient pu s'installer aux États-Unis grâce au soutien de cette institution. Il envisageait de travailler au Metropolitan de New York où Bruno Walter était prêt à l'accueillir. Il n'en parla pas à Bérénice, se doutant qu'elle refuserait de quitter la Comédie-Française. Il était plus difficile à une actrice qu'à un musicien de s'expatrier, à cause de la langue, il en était bien conscient. Malgré tout, par mesure de précaution, il envoya cette lettre.

C'est de cette période que date son *Kaddish pour les parents morts*. À Roland-Garros, il avait intensément pensé à sa famille, assassinée pendant la Nuit de cristal. Les *Kindertotenlieder* de Mahler n'avaient cessé de l'accompagner durant son séjour, surgissant quotidiennement de sa mémoire musicale, peut-être parce que ses parents étaient morts depuis presque un an et que la perspective de ce terrible anniversaire lui en rendait le souvenir plus aigu. Ce lien entre musique et inconscient le frappait régulièrement : une mélodie lui traversait l'esprit et il s'apercevait qu'elle n'était pas venue par hasard. Quand c'était un lied ou un air d'opéra, le texte faisait écho avec ses pensées. Quand il s'agissait d'une musique sans parole, c'était souvent le contexte dans lequel il l'avait entendue pour la première fois, la personne ou la situation à laquelle elle était liée, qui faisait surgir ce morceau. Il arrivait même que la musique qui s'imposait dans sa tête le renseigne sur son état d'esprit. Par exemple, vers la fin de son histoire avec Agnès, c'est parce que lui venait continuellement à l'esprit le « Je ne t'aime pas » de Kurt Weill qu'il s'aperçut qu'il n'aimait plus la cantatrice et qu'il ne cessait de penser à Lou/Bérénice.

Penser que sa famille n'avait pas pu être enterrée religieusement avait tourmenté Nathan pendant ses nuits de solitude à Roland-Garros. « Je voudrais leur écrire un kaddish, annonça-t-il un jour à Bérénice. Mon père en a souvent chanté, c'était un chantre remarquable. Je crois que c'est lui qui m'a transmis l'amour de la voix, l'envie d'écrire des opéras. Ravel a écrit un kaddish, tu le connais ? » Non, elle ne l'avait jamais entendu. Il se mit au piano. « Toi aussi tu as une belle voix », lui dit-elle submergée par l'émotion. Il s'arrêta et la prit dans ses bras, un malheureux et une malheureuse, envahis tous les deux par la culpabilité, lui d'avoir survécu à ses parents, elle de leur avoir désobéi, conscients pourtant qu'ils n'auraient pu faire autrement, que si l'histoire, par miracle, pouvait se répéter, ils agiraient exactement de la même façon.

Le *Kaddish pour les parents morts* fut créé le 6 janvier 1940 au Théâtre des Champs-Élysées, lors d'un concert de bienfaisance en faveur des prisonniers de guerre. Bérénice avait sollicité et obtenu de l'administrateur général la permission de lire en ouverture la traduction des paroles du kaddish. Nathan avait préféré laisser un confrère prendre sa place dans la fosse. En écrivant cette partition, il avait eu le sentiment d'avoir payé une part de son tribut, mais il lui était impossible d'aller au-delà. L'interprétation du baryton – au timbre très différent de celui de son père – fut bouleversante. Longtemps, Nathan se souvint de la qualité du silence qui suivit la dernière note. Vous écrivez dans votre coin, vous avez une idée de ce que donnera l'interprétation, mais ça, ce silence, cette émotion non, on ne peut pas l'anticiper.

Au cours de la soirée, Daunat vint féliciter Nathan, notant « la richesse de son imagination musicale », « la poésie de son orchestration », trouvant qu'il avait sans doute atteint dans cette œuvre exigeante l'expression la plus juste de son style.

— Et votre nouvel opéra ? Il paraît que Rouché a accepté de le mettre au répertoire avant d'en avoir entendu une seule note ?

— Il m'a fait part d'un projet de contrat, en effet, mais rien n'est encore signé.

— Je me suis laissé dire que vous avez l'intention de renouveler complètement le genre de l'opéra ?

Une fois de plus, Nathan comprit que son projet, dont pourtant il parlait peu, peut-être justement parce qu'il en parlait peu, circulait à son insu et donnait lieu à des exagérations qui lui étaient désagréables.

— Je réfléchis effectivement à une façon différente de lier le texte et la musique.

— Ah ! l'éternelle question ! Beaumarchais s'y est cassé les dents avec son *Tarare*. Quant à Wagner, il n'a pas trop mal réussi, ce n'est pas vous qui me direz le contraire !

— C'est juste, mais lui a fait de l'opéra-drame, moi je voudrais atteindre le drame-opéra. Ne croyez pas que je sois en train de faire de la rhétorique, ce n'est pas du tout la même chose.

— Je crois que je vois ce que vous voulez dire et je suppose que la charmante mademoiselle de Lignières n'est pas étrangère à cette idée. Après tout, pourquoi pas ! Du reste, vous avez en Béron votre Da Ponte pour vous seconder. Prévenez-moi quand vous serez plus avancé. Je suis certain que cela intéressera nos lecteurs.

Est-ce que le librettiste était à cette première, profitant d'une permission spéciale de quelques jours ? Ce qui est certain c'est que peu de temps après, Nathan, Bérénice et Alain eurent tous les trois une conversation fondamentale sur le nouvel opéra de Nathan. Depuis plusieurs années, le compositeur réfléchissait à la relation entre musique et drame, comme il l'avait confirmé à Daunat. Jusque-là il s'était peu ou prou coulé dans les moules classiques, réservant ses audaces musicales à son orchestration. Son premier opéra, *Thésée*, avait fait grand bruit, lors de sa création à Berlin, en 1929, pour ses « aberrations rythmiques » et son « chaos orchestral ». Les nazis avaient d'ailleurs interdit sa musique dès leur arrivée au pouvoir en taxant ses partitions de « bolchevisme culturel » – il est vrai qu'à l'époque, Nathan était encore inscrit au parti communiste. Aujourd'hui, le musicien voulait aller plus loin. Son projet était censé résumer toutes ses idées esthétiques sur la musique lyrique. Les nombreux spectacles de tragédie classique auxquels il assistait depuis qu'il fréquentait Bérénice l'avaient amené à s'interroger sur la musique de scène et son rapport avec le texte. Rejetant le procédé consistant à introduire artificiellement une phrase musicale pendant que les acteurs continuaient à réciter, il rêvait au contraire d'une montée progressive de la parole au parlé-chanté puis au chant. Inspiré par la liturgie juive qui avait baigné son enfance, il était convaincu que l'opéra pouvait de la même manière mêler lecture, prosodie et chant.

— Qu'entends-tu exactement par prosodie ? demanda Béron soucieux de bien saisir la pensée de son ami.

— Je voudrais qu'un personnage ou mieux, plusieurs, un chœur par exemple, disent le texte en rythme, soutenus seulement par les percussions. J'imagine cela dans les passages particulièrement dramatiques, de manière à obtenir une sorte de plainte rythmée ou au contraire une joie immense qui monterait de plus en plus fort, comme fait la houle par un temps d'orage. Cela créerait le même effet de mélopée et de sanglot, on se retrouverait happé par cette matière sonore.

— Pour moi, la meilleure illustration de ce procédé serait de l'appliquer à un épisode biblique. En tout cas c'est l'image qui me vient à l'esprit en t'écoutant.

— Que dirais-tu de prendre pour sujet David à ses débuts, son combat contre Goliath jusqu'à son accession au trône ?

— J'y pensais à l'instant. La guerre contre les Philistins, voilà qui a une certaine résonance avec notre situation.

— Si je te comprends bien, Nathan, interrompit Bérénice, ton opéra est à la limite du théâtre.

— Exactement. C'est ce que j'appelle le drame-opéra. Je crois qu'il faut de véritables acteurs pour jouer cela, et pas nécessairement des chanteurs professionnels.

— C'est une idée magnifique. Je pourrais donc y participer !

— Tu pourrais faire Mikhal, la première femme de David. J'imagine quel air sublime cela pourrait donner. Pour constituer ce tissu sonore que j'évoquais tout à l'heure, il faudrait aussi introduire des instruments inhabituels pour un orchestre symphonique. Le *kinnor*, par exemple, cette lyre antique dont on dit qu'elle était la harpe de David.

— *La Harpe de David*, voilà ton titre !

— *La Harpe de David* ? Pourquoi pas...

Ils se mirent au travail, relurent le Livre de Samuel, décidèrent de la structure globale de *la Harpe de David*, de l'agencement des scènes, des coupes à apporter au texte originel, ils supprimèrent certains personnages pour rendre l'action moins complexe, ils travaillèrent la matière pour la rendre dramaturgique. En quatre semaines, Alain Béron écrivit un premier jet. Galvanisé par l'enthousiasme de Nathan, stimulé par le potentiel du projet, il cisela des vers qui lui vinrent presque d'un coup, comme si la grâce l'avait touché. « C'est étonnant, leur confia-t-il en leur présentant son travail, c'est comme si en m'endormant j'avais trouvé au réveil le texte écrit par quelqu'un d'autre que moi. » Après quoi ce devint véritablement une œuvre collective tant on ne pouvait séparer le texte de la musique, tant les difficultés d'interprétation, la diction, le passage du parlé au chanté décidaient de la direction à prendre. Cet opéra était devenu l'obsession de Nathan. C'était presque maladif. Il ne travaillait plus qu'à cela, négligeant ses cours de composition au Conservatoire, refusant les commandes pour se laisser du temps libre, s'agaçant si on lui parlait d'autre chose. Toute son énergie était concentrée pour faire advenir sur le plan formel la nouvelle esthétique qu'il avait commencée à développer dans son *Kaddish*. Son ambition était d'introduire dans *la Harpe de David* différents procédés allant de la gamme du dorien altéré aux répons, empruntant à la cantillation hébraïque, injectant dans l'opéra son héritage liturgique, entreprenant cette synthèse de façon bien plus importante que ce qui avait pu être tenté jusque-là par quelques musiciens occidentaux.

Réunir ces trois types d'art vocal, la prosodie, le récit et le chanté, constituait pour beaucoup une utopie. Avant même que la partition ne fût connue, des articles parurent dans des revues spécialisées, dénonçant la folie du projet. Les plus conservateurs poussaient déjà des cris d'orfraie, « Après Wagner, Stravinsky et Schoenberg, quand allons-nous enfin revenir à de la vraie musique ? » À quoi Nathan, sur proposition de Jean-René Daunat, répliqua dans *Ars nova* par un article théorisant son esthétique musicale : « Sur le drame-opéra, par Nathan Adelman ». Qui aurait prédit que ce texte deviendrait une référence pour des générations d'étudiants en musicologie ? Malgré son retentissement, les critiques ne s'arrêtèrent pas là, prenant même pour certaines un tour qui dépassait le propos musical. Ainsi put-on lire dans *Je suis partout* : « De la liturgie judaïque sur notre scène de l'Opéra ? Jusqu'où ira l'impudence des escrocs juifs ? Non contents d'infester le milieu musical, les youtres veulent désormais gangrener notre Opéra national en le transformant en synagogue. Leur volonté de domination n'a plus de bornes. Poursuivant les brisées du juif Halévy, monsieur Hadelmann (sic) étend l'emprise de sa race en... »

— Écœurant, commenta Alain Béron en froissant le journal. Ils ne respectent même plus la loi Marchandeau.

Tout cela ne faisait qu'amplifier les angoisses de Nathan et renforcer sa hâte de terminer au plus vite son opéra. La réponse de l'*American Guild for German Cultural Freedom* à sa lettre avait été positive, il n'attendait plus que le moment opportun pour en parler à Bérénice.

— Qu'y a-t-il Nathan ? Ton opéra avance bien, je vais bientôt jouer dans mon premier film, et tu n'as pas l'air content... Nathan ? Que se passe-t-il ? Pourquoi me regardes-tu comme ça ?

— Mademoiselle Bérénice de Lignières, voulez-vous m'épouser ?

7

Elle ne pourra pas raconter comme le chauffeur venait la chercher très tôt, à six heures du matin sonnantes, pour l'emmener jusqu'aux studios de Joinville. Ils mettaient presque trois quarts d'heure pour arriver. Elle s'installait aussitôt dans sa loge pleine de courants d'air, on la maquillait, l'habillait, la coiffait avant d'entrer sur le set. Plusieurs mois auparavant, elle était allée trouver l'administrateur général :

— Asseyez-vous, mademoiselle, vous avez demandé à me voir ?

— Oui monsieur, je voulais vous demander... Monsieur Duvivier m'a proposé de tourner dans un film en février prochain.

— Cela vous ferait plaisir ?

— C'est-à-dire que je n'ai encore jamais joué dans un film et il m'offre le premier rôle avec Jean Gabin.

— Mon enfant, je vous félicite mais un premier rôle est absolument inenvisageable. Vous savez que la moitié de la troupe part en février dans les Balkans. Il faut bien qu'il me reste des comédiens à Paris pendant cette tournée. J'ai trop besoin de vous.

— Je comprends, monsieur, je vais donc refuser.

— Allons, allons, ne pourrait-on pas réduire votre rôle, de sorte que vous puissiez tourner le matin et revenir l'après-midi ?

C'est ainsi que pour garder Bérénice, qu'il tenait absolument à faire débuter au cinéma, le réalisateur révisa complètement son scénario : il réduisit les apparitions de la sociétaire et modifia la fin du film. L'histoire était celle d'une vengeance sur fond de lutte sociale. Bérénice interprétait une anarchiste mystérieuse qui poussait un modeste greffier (Jean Gabin) à assassiner le garde des Sceaux. À la fin, tous deux étaient fusillés. La morale était sauve, une autre issue n'aurait pas passé le cap de la censure.

« Silence, on tourne ! » Le dernier jour de tournage était arrivé. Comme tous les jours depuis que le film avait commencé, Nathan vint la chercher dans son auto. Alors qu'il ne sortait presque plus depuis son retour de Roland-Garros, par peur de se faire arrêter dans la rue, il prétendait vouloir lui épargner le désagrément d'un long trajet en taxi. Elle soupçonnait que ce n'était qu'un prétexte à sa jalousie. Il est vrai qu'elle jouait avec le comédien le plus séduisant de France qui, guerre ou pas guerre, était loin d'avoir oublié l'ensorcelante Lou du Chat-huant. C'était d'ailleurs lui qui avait soufflé son nom à Julien Duvivier pour interpréter la sulfureuse nihiliste.

— Tiens voilà ton fiancé, dit Gabin à Bérénice en apercevant le musicien.

— Eh, les amoureux, vous venez ce soir, pour la fête de fin de tournage ? les héla un autre comédien.

— Il faut en profiter, c'est votre dernier jour en célibataires ! renchérit un technicien.

Et d'autres encore de les interpeller :

— Mes pauvres, demain c'est fini la belle vie !

— Bérénice, il est encore temps ! Marie-toi avec moi, ma belle, tu seras plus heureuse qu'avec cet écorcheur de sons !

Ils s'apprêtaient à se rendre à la fête de fin de tournage, il avait déjà revêtu son smoking, elle avait passé sa robe longue en soie et tulle pailleté, il ne lui restait plus qu'à choisir ses bijoux. C'est alors qu'ils apprirent l'accident d'Édouard Bourdet. L'administrateur général dînait chez lui avec sa femme quand il fut prévenu par téléphone que Jean Meyer, qui devait jouer dans *Chacun sa vérité*, était souffrant. Voulant encourager Antoine Balpêtré qui reprenait le rôle au pied levé, Bourdet prit son vélo pour retourner au théâtre, mais en traversant l'avenue des Champs-Élysées que le black-out obscurcissait, il fut fauché par une voiture. On le transporta à l'hôpital où le diagnostic révéla une triple fracture de la jambe gauche.

— Mes amis, fit-il le lendemain en voyant arriver Nathan et Bérénice, je ne pourrai malheureusement pas être des vôtres à votre mariage tout à l'heure. Croyez bien que je le regrette fort. Vous voyez que le cinéma a une mauvaise influence sur les gens de théâtre : c'est un producteur de cinéma qui m'a renversé !

Bérénice et Nathan se marièrent à la mairie du cinquième. Une cérémonie qu'ils avaient voulue intime, seuls y assistèrent madame de Lignières qui avait donné son consentement au mariage de « sa fille » encore mineure, Alain Béron, Colette, Véra Korène, Béatrice Bretty, Louis Jouvet, quelques amis de Nathan et puis Denise Bourdet, venue sans son mari toujours à l'hôpital. C'était tout.

Eux deux, graves et beaux en échangeant leurs alliances, les yeux resplendissant d'amour, main dans la main, scellant leur union, sachant qu'ensemble ils étaient le monde, les deux orphelins qui s'étaient fait eux-mêmes ou presque, modelés par l'art à qui ils se vouaient tout entier, ne sachant vivre dans la seule réalité qu'il leur fallait absolument transcender, ne faisant plus qu'un, ne doutant pas de l'importance de leur rencontre, de la nécessité de leur mariage, se reconnaissant comme les deux moitiés enfin retrouvées du mythe de Platon, furieusement avides de vivre et de créer, se sentant à eux deux la force de dix Samson, persuadés de la puissance tellurique de leur mariage, et l'assistance autour d'eux les regardait avec admiration et crainte, tant d'amour démesuré n'appellerait-il pas le courroux des dieux ?

Comme pour donner raison aux sinistres pressentiments de leurs amis, il se passa le soir même au Français d'étranges incidents. Bérénice reprenait son rôle de Célimène. Lorsque l'habilleuse laça le corset de sa robe de velours rouge, la comédienne eut la sensation que l'étoffe couleur de sang se contractait, se refermait sur elle comme les mâchoires d'une plante carnivore. Oppressée, inquiète, elle tenta de se raisonner – en vain : toute la soirée, il y eut des accrochages sur scène. Sa robe lui meurtrit le dos à cause d'une agrafe mal placée, son partenaire glissa, un autre eut un trou de mémoire, le souffleur envoya mal, la salle se montra rétive... Elle se forçait à mettre tout cela sur le compte de l'accident d'Édouard Bourdet, qui avait mis en émoi l'ensemble de la Maison. Mais au fond d'elle, elle savait que ce n'était pas cela. Une terreur l'habitait, si étrange que jamais elle n'osa la révéler à Nathan. Bérénice craignait que la Comédie-Française, jalouse de son infidélité avec le cinéma, se fût vengée en renversant son administrateur. Et maintenant qu'elle s'était mariée avec Nathan, qu'elle avait manqué à son serment d'épouser exclusivement le théâtre, quels éléments allaient encore se déchaîner ?

Sa superstition n'était pas infondée, comme en témoigne ce qu'elle écrivit à Yonnel alors en tournée dans les Balkans :

« Mon cher Jean,

J'espère que cette lettre vous trouvera au Ritz avant que vous ne repartiez pour la Bulgarie. J'ai eu grand plaisir à apprendre vos succès à Zagreb dans *Andromaque* et *le Carrosse*, cela fera taire la propagande allemande qui colporte un peu trop complaisamment que nos camarades jouent souvent devant des salles vides.

Vous me dites que vous n'avez plus de relations avec Aimé Clariond sinon par le billet de service que vous faites chaque jour. Vous savez que je m'efforce de me tenir à l'écart des clans qui sont une plaie de cette Maison, mais si l'on veut soutenir efficacement notre cher Bourdet, on est bien obligé cette fois de s'engager. Vous connaissez l'adage : On ne tire pas sur une ambulance. Ce n'est pas le cas de Clariond qui a envoyé au ministre un rapport critiquant la gestion de l'administrateur général. À peine deux semaines après son accident !!! Clariond a rallié à lui plusieurs camarades. Naturellement, la petite Hégué en est, trop heureuse d'épingler la "mise en scène somptuaire" de *Cyrano* dans laquelle notre ami Pierre Dux a eu le front de ne pas la distribuer ! Vous savez comme moi que les dépenses de ce spectacle ont été largement compensées par les recettes. Tout cela n'est que pure jalousie.

J'ai peine pour Bourdet, sa guérison me semble compromise par tous ces tracas. Savez-vous qu'il a proposé à Jouvet de le remplacer pendant six mois ? Le patron a refusé, l'Athénée l'accapare trop... De sa caserne où il me semble parfois mieux informé que moi, Dux me fait savoir que Bourdet a demandé la même chose à Copeau par télégramme. On attend sa réponse d'Ankara où il donne en ce moment des conférences.

Comme j'ai hâte de vous revoir. Ici, la tragédie sans vous, ce n'est pas tout à fait la même chose et je me sens moitié moins de talent sans mon partenaire préféré... Au revoir, cher Jean, Nathan vous fait ses amitiés et moi je vous embrasse bien affectueusement.

Bérénice. »

Elle ne savait pas que Bourdet avait ajouté dans son télégramme à Copeau, pour le décider plus sûrement : « De vous à moi, ce provisoire pourrait devenir définitif. » La réponse de Copeau ne tarda pas :

« Avril 1940 – Bourdet – Clinique Alma – Paris 8e

Accepte 6 mois. Rentrerai 15 mai. Télégraphiez Istanbul si d'accord et donnez nouvelles.

Jacques Copeau. »

Tout était changé. Édouard Bourdet fut remplacé par Jacques Copeau dès le 14 mai 1940, le lendemain de l'invasion de la France et un jour avant la capitulation de l'armée néerlandaise. La tournée dans les Balkans terminée, Yonnel retrouva sa place au comité d'administration qui décida d'avancer les spectacles et d'en modifier le genre pour mieux s'adapter au temps de guerre.

Premier discours de Copeau au personnel, le 15 mai 1940 : « C'est la guerre, et nous avons ici un devoir à remplir. Si je suis ici aujourd'hui, c'est que M. Édouard Bourdet me l'a demandé ; mais je n'y resterai qu'à une condition : qu'on ne dise plus de la Comédie-Française, *c'est une terrible Maison, mais une grande Maison*. Cela dépend de vous tous et c'est sur vous tous que je peux compter. » Le soir, Bérénice s'indignait de ces propos devant Nathan. « Quel culot, cela sonne comme un désaveu de tout ce qu'a fait Bourdet. C'est pourtant grâce à lui qu'il est à ce poste et qu'il a monté des spectacles à la Comédie depuis trois ans ! » Nathan l'écoutait d'une oreille distraite. « Il faut que je te parle », lui dit-il. Son air grave alarma Bérénice. « Les nouvelles sont mauvaises. Les Allemands se rapprochent de plus en plus, s'ils continuent ainsi, ils seront bientôt à Paris. Ne proteste pas, écoute-moi. Je dois partir d'ici coûte que coûte. Regarde quel genre d'affiches on trouve sur les murs depuis quelques jours, oui tu lis bien, on demande aux ressortissants allemands du département de la Seine, âgés de dix-sept à cinquante-cinq ans, de rejoindre sans délai le centre de rassemblement du stade Buffalo. Si je ne le fais pas, ils vont m'arrêter. Laisse-moi parler. Je ne t'oblige pas à partir avec moi, je sais que tu ne supporterais pas de quitter le théâtre de façon si précipitée. Tu vas rester ici. Toi, ils ne peuvent rien te faire, tu es Bérénice de Lignières, fille d'une Française chrétienne, personne ne sait que tu es juive, il ne faut surtout pas qu'ils le sachent. Laisse-moi parler. J'ai un visa pour l'Espagne. Selon les événements, tu me rejoindras ou je reviendrai ici. » C'est en larmes qu'elle écouta le discours de son époux, n'arrivant pas à croire ses prophéties de pythie, en larmes qu'ils firent l'amour une dernière fois, en larmes qu'ils s'endormirent agrippés l'un à l'autre. Ils se dirent adieu le lendemain, 17 mai 1940, le jour où la Radio nationale annonça que Bruxelles était abandonnée aux Allemands.

8

Elle se réveilla les yeux comme blessés par un coup de soleil. La brûlure était toujours présente, sensation cuisante. La veille, en allant à la Comédie-Française, la rue de Rivoli déserte. Et ce drapeau qui claquait au vent, trop neuf, trop rouge. Ce n'était pas le rouge qu'avait espéré Nathan, le rouge des lendemains qui chantent, du grand soir. Dans ce rouge une hideuse araignée noire s'était logée, pile au centre. Ce rouge que les façades arboraient désormais, avivé par le soleil de juin, lui avait meurtri les yeux. Les Boches étaient là.

En route pour l'Espagne, Nathan n'avait pas vécu cette semaine folle où leur monde s'était déréglé chaque jour un peu plus. Avec combien de rouages enrayés une horloge peut-elle encore fonctionner ? Le dimanche 9 juin, le théâtre avait affiché sa clôture annuelle après la dernière matinée d'*On ne saurait penser à tout* de Musset. La gravité des saluts, le silence inhabituel du public au moment de quitter la salle.

Ensuite les comédiens avaient reçu leur congé illimité et l'autorisation de se rendre individuellement là où leurs intérêts les appelaient. Tous partaient.

— Et toi, que vas-tu faire ? demanda Bretty à Bérénice, tu ne vas pas rester ici ?

— Où voulez-vous que j'aille ? Je ne sais même pas où est Nathan.

— Mais en Touraine, chez ta mère ! Bérénice tressaillit :

— Non, je préfère rester ici. Au moins Nathan sait où me joindre. Et vous, Béatrice, que comptez-vous faire ?

— Oh ! moi, mon sort est lié à celui de Georges. Je l'accompagne partout où il va.

Tout s'enchaîna très vite. Le lundi, le comité d'administration donna sa dernière séance et décida que chaque artiste, aussitôt atteint son lieu de refuge, aviserait de son adresse le trésorier Fleury, à Toulouse. Ce même jour, on apprit le décès du frère aîné de Robert Manuel, lieutenant d'infanterie mort pour la France à Climbach dans le Bas-Rhin. Le mardi, Reims fut occupé et des millions de Français se dispersèrent sur les routes de l'exode. Parmi eux, Yonnel et Bourdet qui partirent pour Bordeaux. Le mercredi, la campagne de France était perdue, Pétain et Weygand proposaient l'armistice tandis que Georges Mandel prônait la résistance à outrance. Copeau quittait Paris avec sa fille dans une petite Simca prêtée par un général. Le jeudi, Paris était déclarée « ville ouverte ». Le vendredi, les Allemands envahissaient la capitale tandis que Jean-Louis Barrault et Madeleine Renaud se mariaient à la mairie de Billancourt.

« C'est le cœur serré que je vous dis, aujourd'hui, qu'il faut cesser le combat... » C'était fini. Le vieillard à la voix chevrotante avait capitulé. Bérénice se rappelait ses larmes de joie quand il avait été nommé à la tête des armées : « On est sauvé », s'était-elle exclamée comme des milliers d'autres, confiante dans le vainqueur de Verdun. Mais il n'avait rien arrêté du tout, l'imprenable ligne Maginot n'avait protégé de rien, comme Munich n'avait pas protégé de la guerre, il n'y avait pas eu de miracle de la Marne, l'un des plus grands empires du monde s'était effondré en trois semaines à peine. Voilà. Les Allemands étaient là. La drôle de guerre était terminée. Désormais, on irait de mal en pis. Les panzers. L'impuissance. La débandade, Rethondes, les terribles et infamantes conditions posées par Hitler. Bérénice pensa à son père si heureux le jour du Traité de Versailles qui était aussi celui de sa naissance. Rethondes 1918. Rethondes 1940. C'était la même clairière mais maintenant c'étaient eux qui étaient faits comme des rats. C'étaient eux les humiliés à qui on faisait boire la coupe du déshonneur jusqu'à la lie en répétant l'histoire à l'envers. Comment avaient-ils pu avoir foi en Pétain ? Il suffisait d'écouter attentivement sa voix à la radio, cette voix tremblotante ne pouvait pas convaincre, voyons, cette voix ne passait pas la rampe !

Bérénice se sentait très seule dans son appartement. Ce n'était pas possible qu'ils aient perdu, qu'ils vivent désormais dans un monde où les Nathan n'avaient pas droit de séjour... Bretty avait embarqué deux jours avant à bord du *Massilia* avec Mandel et vingt-six autres parlementaires dont Jean Zay, qui avait tant fait pour la Maison. « Je pars avec eux, lui avait annoncé la Brette en embrassant Bérénice. – Mais où ? – Nous

nous rendons à Alger. Nous ne voulons pas de l'armistice – Mais pourquoi en Afrique ? – Nous continuerons la lutte depuis l'Empire. Nous formerons un nouveau gouvernement à Alger. Es-tu certaine que tu ne veux pas partir avec nous ? On ne peut plus rien ici. Crois-moi, l'indépendance de la Comédie-Française sera tôt ou tard menacée », prophétisa Béatrice Bretty avant de faire ses adieux à sa jeune amie. Bérénice ne voulait pas croire à une telle hypothèse, même après avoir affronté un autre départ, celui de Véra Korène, qui voulait offrir ses modestes services au gouvernement français prêt à se former en Afrique du Nord ou à Londres.

Bérénice resta donc seule à Paris. Elle fut l'une des premières à son poste, prévenue par le frère d'Édouard Bourdet, Michel Bourdet-Préville, resté chef du personnel, que l'état-major allemand voulait rouvrir le théâtre rapidement. Fin juin, ce n'était toujours pas le cas. On attendait le retour de Copeau et on ne disposait encore que de faibles ressources : six machinistes, quatre électriciens, un tapissier, trois habilleuses, quatre sociétaires. Un peu maigre pour une réouverture.

Dans cette période d'incertitude, la comédienne eut la joie de retrouver Alain Béron déjà démobilisé.

— J'avais des affaires à régler ici, expliqua-t-il à la jeune femme étonnée de le revoir dans la capitale alors que tout le monde fuyait Paris.

— Où logerez-vous ?

— Je possède un petit pied-à-terre à L'Isle-Adam, en Seine-et-Oise, à quelques kilomètres d'ici seulement.

— Ah ! sinon vous auriez été le bienvenu à la maison. Cet appartement est devenu trop grand pour moi... Je suis contente que vous soyez revenu, vous savez, nous pourrons parler de Nathan, de *la Harpe*, de vos écrits...

C'est par le poète qu'elle apprit l'échec du *Massilia*. Ils avaient perdu ces nobles cœurs, ces courageux héros qui avaient tenté de sauver l'honneur de la France, ne voulant pas capituler, ne voulant pas perdre espoir, croyant qu'on pouvait encore se battre, lutter depuis les colonies, persuadés qu'en quittant la France on pouvait mieux la servir, que tout n'était pas fini. Ils avaient pourtant perdu ces chevaleresques d'une IIIe République en train de mourir, ces Don Quichotte se battant contre les moulins à vents nazis, ils avaient perdu, Georges Mandel, Jean Zay, Édouard Daladier, Pierre Mendès France, Pierre Vienot, Alexis Wiltzer... Ils avaient été arrêtés à Casablanca, accusés d'« abandon de poste devant l'ennemi », premiers ennemis désignés, prétendus fuyards. Désormais Mandel traînerait de résidences surveillées en prisons, Bretty le suivrait dans toutes ses nouvelles demeures : Chazeron, Pellevoisin, Vals, fort de Portalet, terrible litanie des lieux de détention, elle, s'efforçant d'améliorer les conditions de vie de l'ancien ministre, intervenant constamment en sa faveur, bête noire de Vichy jusqu'à la fin, cette fin que Bérénice ne pourra pas raconter, alors il faut bien dire ici son sort à ceux qui l'ignoreraient, qui ignoreraient que Mandel fut assassiné par la Milice le 7 juillet 1944 dans la forêt de Fontainebleau.

9

À la terrasse de L'Univers où elle se rendait désormais chaque matin pour fuir au plus tôt le silence angoissant de la rue Gay-Lussac, Bérénice fut rejointe par des camarades. Ce 12 juillet 1940, plusieurs étaient de retour à Paris : Le Roy, Chambreuil, Alexandre, Brunot... Elle se rendait compte qu'ils apprenaient à regarder le monde de biais : lever la tête, c'était s'exposer à voir la tour Eiffel surmontée de l'horrible araignée noire et rouge. Et pourtant, elle refusait de baisser la tête. La défaite était déjà suffisamment humiliante comme cela. Apprendre, s'adapter à la situation, était-ce déjà capituler ? Elle faisait partie de ceux qui mettaient un point d'honneur à ne pas se laisser aller. Ce jour-là, elle était aussi élégante que possible dans son tailleur strict rendu moins sévère par son petit canotier orné de roses-thé. Ce jour-là, il n'est pas exclu qu'elle se fût mis du rouge.

Qu'importe si c'était dérisoire au regard du sinistre été qui continuait : après le départ de Nathan, l'échec du *Massilia*, voilà qu'était dénoncé « l'enjuivement » de la Comédie-Française. Un torchon venait de paraître :

Au pilori, « hebdomadaire de combat contre la judéo-maçonnerie ». Pour faire honneur au premier numéro, un poème tout en finesse s'attaquait à la Comédie :

« Quand tu vois jouer sur la scène,
Alexandre, Véra Korène,
Hiéronimus et Ventura,
Tania Navare et cetera,
Que c'en est comme une guirlande
De Youdis, sans parler d'Escande,
Qui se partagent les succès,
Avec Bell (Marie) et Robinne,
Ne dis plus "Ça, c'est le Français",
Dis plutôt : "C'est la Palestine." »

Au café, la feuille de chou passa de main en main jusqu'à ce qu'un comédien s'en empare, se lève et déclame les vers avec des sanglots dans la voix, ironiquement, à la manière des tragédiens de jadis, très grand style. Autour d'elle, Bérénice entendait les commentaires : « Mais Marie Bell n'est pas juive ! ni Escande ! — Oh t'en fais pas, c'est juste pour la rime.

— Il en manque, non ? Meyer, il n'est pas juif ?

— Mais non, il est alsacien ! » Elle quitta rapidement la table. Qu'est-ce que c'était que cette conversation ? Juif, juif, juif, on n'entendait plus que ça ! Elle monta dans sa loge où elle découvrit une lettre de Nathan. Il était bien arrivé à Barcelone, elle pouvait lui répondre par poste restante. Enfin une bonne nouvelle !

Hélas, tout heureux événement semblait devoir systématiquement se doubler d'un malheur. C'est la réflexion que Bérénice se fit en voyant quelques jours plus tard un uniforme allemand débarquer dans le bureau de Copeau enfin de retour à Paris. Réprimant son haut-le-cœur, elle se renseigna auprès du secrétaire général, Cardinne-Petit. L'uniforme vert-de-gris appartenait au lieutenant Radenmacker, un ancien acteur chargé du service théâtral à Paris par la Kommandantur. Blond, comme il se devait. Les yeux bleus, naturellement. Qu'est-ce qu'il vient faire ici ? se demanda-t-elle, ne pouvant s'empêcher de penser aux dernières paroles de Bretty sur l'indépendance de la Comédie-Française. Sous le sceau du secret, un sociétaire indiscret lui confia la raison de la présence de l'Allemand dans la Maison :

— Tu te rappelles l'article du *Pilori*, il y a dix jours ?

— Bien sûr.

— Eh bien, Radenmacker est venu demander qui était juif ici.

— Qu'a répondu Copeau ?

— Qu'il n'était pas renseigné sur la question, qu'il devait bien y avoir quelques israélites dans la Maison mais qu'il ne connaissait ni leur nom ni leur nombre.

Que de bruits couraient alors. On sut que René Alexandre avait eu un entretien avec l'administrateur dans l'après-midi. Était-ce à cause de l'article dans *Le Pilori* ? On dit qu'il avait exposé à Copeau sa situation, c'est-à-dire qu'il s'était converti au catholicisme en 1918, que lui et ses trois frères avaient pris part à la guerre de 1914-1918, que l'un y avait trouvé la mort, qu'un autre y avait laissé une jambe et que lui-même y avait reçu des blessures.

On disait tant de choses durant ces jours de pagaille. On disait que la Comédie-Française allait rouvrir en septembre. On disait que le personnel en zone non-occupée allait obtenir des sauf-conduits des Allemands pour pouvoir revenir à Paris. On disait que Béatrice Bretty avait demandé au directeur des Beaux-Arts à Vichy de lui transmettre les instructions de Copeau la concernant. On disait que son retour faisait l'objet de réserves dans les sphères officielles. On disait que Véra Korène avait failli être arrêtée à Casablanca avant d'embarquer pour Rio de Janeiro. On disait que Mary Marquet avait assisté avec son fils au vote des pleins pouvoirs à Vichy du haut des cintres du Grand Casino. On disait que tout Français ayant quitté le territoire métropolitain entre le 10 mai et le 30 juin 1940 sans motif légitime serait déchu de sa nationalité. On disait que Radenmacker habitait avec une petite comédienne l'appartement vide de Bourdet.

Le 24 juillet, Copeau fit une communication à la presse pour annoncer la réouverture du théâtre. Il n'y avait là que les journaux que méprisait Nathan : *Le Matin*, hostile au Front populaire, *Paris-Soir* et tous les brûlots antisémites et pronazis qui pullulaient désormais comme *La France au travail* ou *La Gerbe*... Bérénice en voulut à Copeau de parler de « la visite courtoise qu'il avait reçue du représentant de la Kommandantur ». Le 28 juillet, le comité d'administration décida que le cas de Mme Bretty serait « soumis ultérieurement par M. l'administrateur au ministre ». Tout cela ne disait rien de bon. Bérénice se sentait paralysée : les acteurs ne rentraient pas, la perspective de jouer Chimène dans *le Cid* s'éloignait de plus en plus.

Pendant ce temps, les rumeurs se poursuivaient. On annonçait la nomination de Copeau à la direction de Chaillot. On rectifiait l'information. On prétendait que Pierre Bertin avait affirmé dans *L'Ouest-Éclair* son « espérance en une paix totale qui nous permettrait de fonder dans l'oubli des rivalités anciennes l'âme de l'Europe nouvelle ». On disait Dux démobilisé et de retour à Paris. On disait que Jean-Louis Barrault allait signer son engagement au Français. On disait que Marie Ventura ne pourrait pas jouer dans *l'Impromptu de Versailles* parce qu'elle était israélite. On disait que Copeau l'avait rétablie dans la distribution après qu'elle eut produit le certificat de mariage de ses parents célébré à l'église orthodoxe. On disait que Copeau avait rendu visite à Hautecœur, le secrétaire général des Beaux-Arts, pour lui demander son avis sur la question des israélites. On disait que la directive officielle, émanant du ministre de l'Instruction publique et des Beaux-Arts, Émile Mireaux, était de temporiser et de ne pas distribuer de Juifs trop voyants dans les premiers spectacles.

Des Juifs trop voyants, ricana Bérénice. Qu'est-ce que ça voulait dire des Juifs trop voyants ? Des Juifs au physique sémite, tels qu'on les représente dans les caricatures : nez crochu, lèvres épaisses, cheveux crépus ? Ou des Juifs de premier plan comme Yonnel, *le* tragédien de la Maison ? En tout cas la rumeur devait être fondée car Copeau et son régisseur Mathis remanièrent le programme de spectacles qu'ils avaient déjà composé pour les dix premiers jours en éliminant les tragédies. Habile tour de passe-passe : supprimer les tragédies permettait de ne pas distribuer Jean Yonnel.

Yonnel, ou plutôt Estève Schachmann dit Jean Yonnel : Juif trop voyant. Peu importait que le comédien eût joué avec Sarah Bernhardt à Londres, qu'il se fût engagé dans la Légion étrangère pendant la Grande Guerre, qu'il se fût converti au catholicisme en 1935. Juif n'était plus une confession mais une race. Nathan avait raison. Bérénice s'était moquée de ses alarmes, elle n'avait pas voulu croire que ce qui se passait en Allemagne depuis la montée des nazis pouvait être transposé en France. On n'était pas comme les Allemands, nous, les Français, n'empêche que Yonnel n'était plus distribué, et ça, c'était la France.

10

Quand va rouvrir la Comédie-Française ? entendait-on de plus en plus. Les répétitions avaient pourtant commencé : le 26 août avait eu lieu la première lecture du *Cid* au foyer des artistes. Bérénice avait retrouvé Jean-Louis Barrault déjà rencontré après un spectacle à l'Atelier et qu'elle admirait pour sa fougue, sa dévotion au théâtre et ses idées. Il venait d'être engagé comme pensionnaire, ce que beaucoup dans son entourage avaient mal pris. On l'accusait de traîtrise, lui, l'avant-gardiste qui rejoignait le temple de la tradition, on le traitait de lâche, on lui expliquait qu'il avait peur de cette liberté qu'il proclamait, même si on comprenait que Madeleine Renaud, désormais sa femme, ne comptait pas pour rien dans sa décision. Bérénice se rendait compte que le rôle de Rodrigue ne lui convenait pas tout à fait, il était trop fluet pour le personnage mais quel partenaire stimulant... De vrais moments de grâce pendant lesquels la jeune sociétaire arrivait à oublier la guerre et les nazis.

Pourtant tous les matins, elle voyait partir le secrétaire général Cardinne-Petit pour la Propaganda-

Staffel, au 52 avenue des Champs-Elysées. À son retour, elle réussissait à obtenir des informations – il était assez bavard pour peu qu'on s'y prît bien. Selon ses rapports, le moral de Bérénice fluctuait. Les Allemands semblaient vouloir favoriser le retour à une vie culturelle normale. Parfois tout concourait à une réouverture rapide : les comédiens revenaient, Copeau paraissait plus confiant. Parfois au contraire, les événements s'enlisaient.

Un jour, le secrétaire général lui rapporta un propos particulièrement alarmant. À la Propaganda-Staffel, il avait rencontré le lieutenant Lucht qui lui avait confié quelque chose comme : « Lorsque nous vous aurons débarrassés de vos Juifs – ce que vous êtes bien incapables de faire vous-mêmes – vous serez bien obligés de reconnaître le service que nous aurons rendu à votre pays. » Il avait ensuite ordonné à Cardinne-Petit de lui apporter la liste des acteurs juifs de la troupe.

Mais pourquoi ? demanda Bérénice, que veulent-ils en faire ?

— Ils prétendent qu'on ne doit plus en voir un seul sur scène.

— Que lui avez-vous répondu ? s'enquit la jeune femme en allumant fébrilement une cigarette.

— Vous fumez ?

— Un peu, depuis le départ de Nathan. Son absence me rend nerveuse. Que lui avez-vous répondu ?

— Que nous ne connaissions pas les israélites, bien évidemment. Chez nous, ces questions de religion n'entrent pas en ligne de compte !

— Évidemment. Et comment ont-ils pris votre déclaration ?

— Mal, répondit le secrétaire général en se grattant le menton. Ils veulent la liste et m'en tiennent responsable à titre personnel, dit-il en essayant de paraître détaché.

Devant son air crâne, Bérénice comprit qu'il était fier comme Artaban de l'importance de son rôle auprès des « autorités d'occupation ». Une grande fatigue la saisit.

— À tout à l'heure, Cardinne, j'ai besoin de me reposer dans ma loge.

Ne pouvant se confier à Nathan ni à personne, fatiguée de tourner en rond, n'ayant pas de répétition dans la journée, elle appela Alain Béron, convenant d'un rendez-vous chez lui à L'Isle-Adam en début d'après-midi. Si seulement tout pouvait revenir comme avant, à l'époque du Chat-huant, tout semblait tellement plus facile alors, on pouvait prendre le train sans crainte d'être assise à côté d'un Allemand, on pouvait rentrer aussi tard que l'on voulait sans s'inquiéter du couvre-feu, on ne voyait pas ces panneaux écrits en lettres gothiques, on se sentait chez soi, on n'y pensait même pas.

— C'est coquet chez vous, dit-elle en pénétrant pour la première fois dans l'intérieur du poète. Un peu monacal mais coquet. Je vous dérange peut-être, vous travailliez ?

— Très mal, je n'arrive plus à écrire depuis la défaite. Je me sens souillé... Parlons plutôt de vous. La Comédie va-t-elle rouvrir bientôt ?

Bérénice lui raconta sa conversation avec le secrétaire général. Alain secoua la tête.

C'est très mauvais. Si on ne leur donne pas ce qu'ils veulent, ils vont réquisitionner le théâtre. Vous imaginez, Bérénice ? le Français allemand ? Mais leur donner cette liste, quelle honte... À moins...

— À moins ? demanda-t-elle avec empressement en espérant que l'avocat allait trouver une astuce juridique qui les sauverait.

— Je doute que les Allemands connaissent les statuts de la Comédie-Française. Peut-être se contenteront-ils de la promesse de ne pas employer d'artistes israélites dans les distributions sans exiger d'eux qu'ils quittent la Société.

— Ne pas jouer ?

— Bérénice, puis-je vous demander pourquoi tout cela vous affecte autant ? Vous n'êtes pas juive et d'habitude la politique vous concerne peu, je me trompe ?

— Moi ? Mais je pense à mes camarades, Yonnel surtout, qui est juif à ce qu'on dit et qui est mon principal partenaire.

Le regard du poète la transperça. Bérénice se troubla.

— Nathan ne vous a rien dit ? Vous êtes si droit, j'ai honte de vous mentir... Vous me jurez que cela reste entre nous ? Alors voilà. Mon père s'appelle Moïshe Kapelouchnik...

C'est par la bande qu'opérèrent Copeau et son secrétaire général. Ils communiquèrent bien aux Allemands une liste de noms de comédiens, mais ils donnèrent celle de toute la troupe. Oui, la troupe entière, avec ses cinquante-six pensionnaires et sociétaires !

« Monsieur le Lieutenant Lucht,

Après sa fermeture annuelle, qui a été anticipée et qui s'est prolongée en raison des événements, la Comédie-

Française, d'accord avec le Ministre dont elle dépend, reprendra ses représentations le 7 septembre 1940.

Elle jouera provisoirement cinq fois par semaine : le jeudi et le dimanche en matinée, les mardi, vendredi et samedi en soirée.

La soirée d'ouverture se fera avec un programme composé d'une conférence de M. Abel Bonnard, de l'Académie française, sur la « Valeur de l'Homme ordinaire » et de la récitation de textes de : Hésiode, Charles Péguy, Joinville, Montaigne, Racine, Mistral, etc.

Les premiers spectacles seront :

8 septembre : *Un caprice, le Misanthrope.*

10 septembre : *le Légataire universel.*

12 septembre : *Un caprice, l'Avare.*

13 septembre : *les Proverbes* de Carmontelle, *les Fausses Confidences.*

14 septembre : *le Misanthrope.*

15 septembre : *la Valeur de l'Homme ordinaire.*

17 septembre : *l'Avare.*

19 septembre : *Georges Dandin, le Misanthrope.*

On se propose, au cours de la saison, de donner les chefs-d'œuvre classiques qui constituent le répertoire de la Maison, et de remettre à la scène notamment : *le Cid* de Corneille, *Dom Juan* de Molière, *la Nuit des Rois* de Shakespeare, *le Carrosse du Saint-Sacrement* de Prosper Mérimée, *le Paquebot Tenacity* de Charles Vildrac, *Léopold le Bien-Aimé* de Jean Sarment, *les Troyennes* d'Euripide.

La Société des Comédiens-Français est constituée de MM. Alexandre, Bacqué, Bertin, Brunot, Chambreuil, Clariond, Debucourt, Denis d'Inès, Donneaud, Dux,

Escande, Hervé, Lafon, Ledoux, Le Roy, Martinelli, Weber, Yonnel et de Mmes Barreau, Bell, Bovy, Bretty, Casadesus, de Chauveron, de Lignières, Fonteney, Korène, Marquet, Renaud, Rouer, Sully, Ventura, sociétaires ; de MM. Balpêtré, Barrault, Bertheau, Bonifas, Deninx, Échourin, Le Goff, Le Marchand, Manuel, Meyer, de Rigoult, Seigner, Valcourt, et de Mmes Brillant, Clair, Dalmès, Delamare, Delille, Faber, Faure, Fromet, Gabarre, Hégué, Marziano, pensionnaires.

M. Cardinne-Petit, secrétaire général de la Comédie-Française, est accrédité comme seule personne ayant à entretenir des relations avec les autorités occupantes. »

Comme Bérénice s'amusa avec Cardinne-Petit de la réaction du lieutenant Baumann de la Propaganda-Staffel, quand il lut cette lettre qu'il était censé transmettre au lieutenant Lucht. Elle ne pourra évoquer le sourcil effaré du Feldgrau à mesure qu'il lisait la liste, son « *Juden ?* » affolé en s'imaginant que cinquante-six comédiens pouvaient être juifs. La suite fut moins cocasse : lorsque l'Allemand comprit que Copeau avait donné les noms de l'intégralité de la troupe, il s'emporta, trépigna, cracha son cigare, hurla en réclamant le nom des Juifs. C'en était fait du secrétaire général sans l'arrivée in extremis du lieutenant Lucht qui l'emmena manger des œufs brouillés au Colisée, en le félicitant d'être un « bon Français ».

Tous le savaient : c'était reculer pour mieux sauter. Les Allemands n'en resteraient pas là. En attendant, la Maison était en émoi : Cardinne-Petit était allé crier sur les toits que Copeau l'avait accrédité auprès des autorités occupantes. Tout gonflé de son importance, il n'avait pas saisi que les comédiens s'offusquaient de ce prestige trop grand accordé au secrétaire général.

Finalement, Copeau en personne dut capituler. Il rendit visite à Lucht pour lui affirmer qu'il était l'unique responsable auprès de la Propaganda-Staffel. Désormais, Bérénice eut beaucoup plus de peine à obtenir des informations. Elle comprit cependant qu'« on » avait communiqué au lieutenant Lucht les statuts des Comédiens-Français. Ce « on » était devenu bien commode, la même source affirmait avoir vu « des comédiens » au 52 avenue des Champs-Élysées. Comme par hasard, les Allemands furent alors parfaitement informés que la Société des Comédiens-Français était gérée par un comité d'administration et qu'y siégeaient des personnalités « indésirables ». Les occupants serraient leur étau de plus en plus fort. Il ne leur suffisait déjà plus de ne plus employer d'artistes juifs sur scène, ils exigeaient leur exclusion du théâtre : « Lorsque vous aurez éliminé tous les Juifs, alors seulement nous pourrons donner notre accord pour la réouverture. Si Berlin y consent ! »

11

Elle manqua le début. Il avait été plus difficile que prévu de trouver un prétexte pour que le brave Émile sortît de sa loge, lui permettant de se faufiler en catimini dans l'étroit espace laissé par la double porte de la salle du comité. Si elle était découverte, que se passerait-il ? Comment expliquer qu'elle écoutait aux portes ? Quelle honte ! Tant pis, elle se débrouillerait, elle improviserait, elle ne voulait pas anticiper les conséquences, il lui fallait coûte que coûte savoir ce qui se disait à ce comité d'administration. Ils allaient parler de la situation des Juifs, de la réouverture de la Comédie-Française, c'était certain. Elle voulait entendre la discussion mot pour mot. Toute la nuit, elle avait eu beau se raisonner, se dire qu'il n'était pas digne d'une sociétaire d'écouter aux portes, son besoin d'information était aussi incontrôlable que celui d'un alcoolique en manque. Elle était donc là, cachée entre les deux seuils, retenant son souffle, l'oreille et les sens aux aguets pour ne rien perdre de la séance. À travers la porte, le son lui parvenait étouffé, les voix n'étaient pas toujours reconnaissables et certaines paroles n'arrivaient pas jusqu'à elle mais elle reconnut la voix de Copeau qui ouvrait la séance :

Copeau : mes chers sociétaires, maintenant que le Comité a autorisé le Théâtre de l'Œuvre à donner une série de représentations de *Hedda Gabier* avec Mme Bogaert, j'ai à vous faire état d'une situation extrêmement pénible au sujet de la réouverture de la Maison. L'heure est grave. Vous connaissez comme moi la situation. La programmation de la rentrée est prête mais nous attendons toujours que la Kommandantur nous délivre l'autorisation d'ouverture. Je me suis rendu récemment à la Propaganda-Staffel. Le lieutenant Lucht s'est montré parfaitement clair : la Comédie-Française ne pourra rouvrir si le comité d'administration n'est pas purgé de ses éléments juifs. Je m'excuse auprès de vous, Jean, et de vous, René, de m'exprimer aussi crûment, mais telle est la position de l'occupant.

Pierre Dux : Monsieur l'administrateur, la demande des Allemands est très claire. La nôtre doit être tout aussi tranchée : renonçons à jouer. Nous ne pouvons sacrifier nos camarades aux exigences nazies.

... C'est très généreux, Pierre, mais vous savez ce que cela veut dire : le théâtre sera réquisitionné. Pillé peut-être. Y songez-vous ? Nos admirables collections, les costumes, les décors, notre patrimoine en danger d'être pillés ! C'est inenvisageable. Molière ne peut être ainsi massacré.

... Tous, nous sommes émus par le sort de nos camarades israélites. Mais... et ... car peut-on sacrifier tout le personnel de la Maison au nom de quelques-uns ? Songez bien que le personnel en son entier se retrouvera au chômage.

Pierre Dux : Que proposez-vous ? Accepter ce chantage indigne des Allemands ? Nous comporter comme les barbares qu'ils se montrent ? C'est notre honneur qui est en jeu. La Comédie-Française ne peut se mettre à la botte de Berlin.

... Allons, messieurs, il doit... solution intermédiaire qui ne compromettrait pas notre honneur,... tout en permettant à la Maison de rouvrir.

Copeau : Nous avons déjà essayé de proposer que les sociétaires soient maintenus dans la Société tout en n'étant pas affichés pendant la période de l'Occupation. Cette solution a été refusée. Quoi qu'il en soit, il n'est pas de mon ressort de statuer sur la condition de ces comédiens en tant que sociétaires. La question relève du ministre qui ne me donne aucune instruction... et même encore ne suis-je pas certain qu'elle relève du ministre, puisque les israélites, s'ils étaient exclus, seraient en droit, dans l'état actuel de la législation française, d'avoir recours au Conseil d'État et de demander des indemnités.

Jean Yonnel : Messieurs, messieurs, cette situation est impossible. Je ne peux supporter l'idée d'être cause d'un dommage grave pour la Maison... Puisque la réouverture est à ce prix, je subirai la violence qui m'est faite et je remettrai ma démission de sociétaire à monsieur l'administrateur.

René Alexandre : À mon tour de parler. J'ai été baptisé en 1918, ma fille l'est également, ma famille a eu l'honneur de servir la France et, dût ma modestie en souffrir, je rappellerai à cette assistance que j'ai été moi-même blessé en 1916, que je suis Croix de guerre, président de l'association des anciens combattants, maire de Grosley. Je crois que je n'ai à prouver à personne mon patriotisme. Comme mon camarade Yonnel, j'aime trop cette maison pour accepter de lui porter préjudice. Il faut que la Comédie continue de..., cela seul est important. Monsieur l'administrateur, je vous remettrai aujourd'hui même ma démission de sociétaire.

Exclamations, regrets, assurance unanime de sympathie. Bérénice quitta son poste. Les événements des derniers mois avaient porté suffisamment pour qu'elle n'eût plus aucun doute sur la suite. Tout était plié. Exclamations, regrets, assurance unanime de sympathie. On en resterait là. Au fond, cela n'arrangeait-il pas tout le monde? Quelle meilleure solution que les Juifs s'excluent d'eux-mêmes? Ils n'étaient pas si nombreux: Véra Korène avait quitté la France depuis le début de la guerre, Yonnel et Alexandre se sabordaient. Robert Manuel n'était que pensionnaire, du reste il songeait de plus en plus à s'en aller lui aussi pour ne pas causer de tort à la Maison. Il restait son propre cas, dont personne n'était au courant. Mademoiselle Bérénice de Lignières, mademoiselle Bérénice Capet, mademoiselle Kapelouchnik, qu'allez-vous faire?

Elle fit semblant de découvrir avec les autres les lettres de démission écrites par René Alexandre et Jean Yonnel.

« Le 5 septembre 1940.

Monsieur l'administrateur général,

Chers camarades,

L'autorisation de rouvrir la Comédie-Française étant soumise par les autorités occupantes à la condition *sine qua non* de mon retrait de la Société et ne voulant occasionner aucune difficulté à une Maison que je sers avec dévouement et amour depuis 32 années, je vous prie de bien vouloir accepter ma démission de sociétaire de la Comédie-Française.

Je vous prie d'agréer, Monsieur l'administrateur général, mes chers camarades, l'assurance de mes sentiments profondément dévoués.

René Alexandre

Sociétaire de la Comédie-Française.

Président de l'association des comédiens combattants

Officier de la Légion d'honneur, Croix de guerre 1914/18 »

« Le 5 sept 1940

Monsieur l'administrateur,

Chers camarades,

L'autorisation de rouvrir la Comédie-Française étant soumise par les autorités occupantes à la condition *sine qua non* de mon retrait de la Société, et ne voulant occasionner aucune difficulté à une Maison que je sers avec dévouement et amour depuis presque 14 ans, je vous prie de bien vouloir accepter ma démission de sociétaire de la Comédie-Française.

Agréez, je vous prie, Monsieur l'administrateur, chers camarades, l'assurance de mes sentiments dévoués.

Jean Yonnel

Membre de l'association des comédiens anciens combattants 1914-1918

Chevalier de la Légion d'honneur

Croix de guerre »

Moins nombreux furent ceux qui purent lire le procès verbal du comité d'administration du 5 septembre 1940 :

« Les membres du Comité, en acceptant cette solution à laquelle ils ne peuvent se soustraire, sont unanimes à exprimer le regret profond qu'elle leur cause, et une sympathie émue pour les deux artistes, tous deux anciens combattants de la guerre de 1914, tous deux titulaires de la Croix de guerre et membres de l'ordre de la Légion d'honneur, et qui tous deux, pendant de nombreuses années, ont contribué, avec talent et avec piété, à l'éclat et à la prospérité de la Comédie-Française. »

Quant au discours de Jacques Copeau à la presse, il ne porte nulle trace du sacrifice qui venait d'avoir lieu dans la Maison.

12

Elle était remontée dans sa loge. Les mains glacées. Abasourdie. Que faire ? Elle n'en revenait toujours pas que cela fût possible, qu'une telle chose pût arriver en France, à la Comédie-Française, que deux des meilleurs comédiens, qui avaient tout donné à leur pays et au théâtre, leur sueur, leur sang, au sens propre du mot, pussent être exclus sans que le ciel ne leur tombât à tous sur la tête, que ce scandale pût advenir sans que cela ne choquât vraiment personne car si cela avait vraiment choqué cela ne serait pas advenu, cela n'aurait pu advenir. Il y avait bien eu les dignes tentatives de Dux pour ne pas plier devant l'occupant au risque de fermer le théâtre mais la majorité avait préféré laisser partir les brebis galeuses pour pouvoir continuer leurs petites vies. Étaient-ils si blâmables ? que valait la vie de deux hommes contre des centaines, celles de tout le personnel de la Maison, comédiens, décorateurs, régisseurs, machinistes, maquilleurs, coiffeurs, habilleuses... Même Yonnel et Alexandre avaient estimé que leur sort ne pouvait peser plus lourd dans la balance que celui de familles entières. Sont-ils si blâmables ? aurait-elle voulu questionner Nathan. Elle savait ce qu'il aurait répondu. Il aurait répondu qu'on est perdu quand on commence à sacrifier les principes.

Sacrifiés Yonnel et Alexandre, sacrifiés, déclarés juifs même s'ils s'étaient convertis depuis longtemps, même si comme elle ils n'avaient d'autre vraie religion que le théâtre. Ni juifs ni catholiques, simplement des artistes, mais considérés comme nuisibles parce que nés de parents juifs, et de ce fait, devant être exclus. S'ils ne l'avaient pas fait d'eux-mêmes, on aurait fini par les chasser. Et Elle qui ne disait rien, Elle qui laissait faire, n'avait-Elle donc aucune reconnaissance pour la gloire qu'ils Lui avaient apportée ? Ils étaient une famille, peut-être même une communauté sacrée par les liens qui s'étaient noués entre eux, de la Champmeslé à Adrienne Lecouvreur, en comptant les Clairon, Lekain, Préville, Molé... tous ils descendaient en droite ligne de l'auguste Molière. Bérénice avait cru que la solidarité de la troupe était sacrée. Où était-elle aujourd'hui cette belle valeur ? On chassait deux des plus brillants sociétaires parce qu'ils étaient juifs et aucune réaction ne se manifestait. Que faisait-Elle ? Toutes les religions ont leurs martyrs, aurait ironisé Nathan.

Le soulagement, le soulagement qu'elle avait perçu jusqu'à travers la porte à l'annonce de leur démission, on s'était récrié pour la forme mais cela arrangeait tout le monde. Le geste de Yonnel et d'Alexandre avait de la grandeur, il était théâtral, on pouvait même dire qu'il était tragique, ce renoncement. Parfaites, ces démissions, elles contentaient tout le monde, tout le monde s'y reconnaissait. On était au théâtre ? Oui bien sûr, alors on se comportait comme tel. C'était beau le sacrifice, c'était puissant, c'était quelque chose que tous les comédiens comprenaient : les larmes aux yeux, les protestations véhémentes, le sentiment de grandeur, la faute de la fatalité, oh oui, ils avaient tous parfaitement joué leur rôle.

Après tout, est-ce que le tragique n'était pas l'ordinaire de la Comédie-Française, bien au-delà de la scène ? Il suffisait de voir les fameux comités de décembre, ces comités où des sociétaires peuvent se faire exclure par leurs pairs, pour des raisons plus ou moins artistiques. Combien avait-elle rencontré de ces illustres gloires dont les services rendus ne comptaient plus assez pour que leurs têtes ne tombent ? Les cyniques prétendent même que pour qu'une troupe vive il faut que certains éléments meurent. Les comités de décembre, c'est le malthusianisme appliqué au théâtre, en quelque sorte. C'est seulement maintenant qu'elle comprenait ce qu'ils avaient dû souffrir, ces pauvres sociétaires exclus à qui on faisait « valoir leurs droits à la retraite », expression pudique pour masquer leur mise à mort. Cela permettait aux bourreaux de se sentir moins Atrides, parfois même on leur accordait, pour soulager leur culpabilité collective peut-être, le titre de sociétaire honoraire qui leur permettait de revenir jouer sur la scène du Français. Qui sait, peut-être même qu'Alexandre et Yonnel avaient fait partie des bourreaux, peut-être eux aussi avaient-ils décrété, un jour, lors d'un comité de décembre, qu'untel devait partir, après tout c'est la règle du jeu, on sait en signant son acte de Société qu'on risque le renvoi tous les dix ans, simplement on n'y croit pas, on sait la chose comme on sait qu'on va mourir, l'idée reste abstraite, on pense même que ça n'arrive qu'aux autres. Là pourtant, c'était différent, ce n'était pas la procédure normale, c'était au contraire tout ce qu'il y avait de plus anormal et pourtant cette anormalité venait d'être transcrite noir sur blanc sur le procès verbal du comité d'administration comme un fait banal, à égalité avec l'annonce de la série de représentations de *Hedda Gabier*, à égalité avec les faits ordinaires de la vie du théâtre, et personne ne criait au scandale.

Et Robert Manuel, pardon, Robert né Bloch, le cher Robert, le camarade des premiers jours, le bon copain, celui qui le premier avait affirmé à Bérénice qu'elle faisait partie de la famille, lui aussi était sur le départ. Il avait été prévenu de la situation de ses camarades. « Je suis catholique, baptisé, néanmoins j'ai du sang juif dans les veines », dit-il tristement en faisant ses adieux à sa camarade. Son regard en partant, chargé de tant de choses, une espèce d'envie à son égard, « Tu as de la chance de ne pas être juive », de la nostalgie aussi qui était une forme d'adieu à leur jeunesse. On ne pouvait plus rester jeune après ce qui s'était passé.

À tout moment, elle s'attendait à être démasquée. Passé l'émotion de ce dramatique comité d'administration, Copeau semblait en avoir pris son parti. C'était comme la rechute d'un alcoolique qui a fait des efforts terribles pour ne pas boire le premier verre mais qui, une fois qu'il a cédé, ne compte plus les verres : autant avaler des litres puisque de toute façon demain, promis, il redeviendra sobre. D'après Cardinne-Petit, Copeau aurait demandé à Deninx, un jeune sociétaire qu'il soupçonnait d'être juif, de se débraguetter. Était-ce possible ? Était-il possible que Marie Ventura eût remis à l'Administrateur une lettre à destination de la Propaganda-Staffel attestant qu'elle n'était pas juive :

« Monsieur l'Administrateur,

Ainsi que vous me l'avez demandé, je viens vous réitérer les déclarations que je vous ai faites de vive voix concernant ma situation raciale, en même temps que je vous ai montré l'acte de mariage de mes parents prouvant qu'ils avaient été unis par un prêtre orthodoxe selon la foi chrétienne.

Vous n'ignorez pas que, dans la religion orthodoxe, les juifs ne peuvent recevoir les sacrements de l'église.

La famille de mon père étant l'une des plus anciennes familles de Roumanie – sa mère était née princesse Rosetti – je puis vous affirmer que son ascendance aussi loin que l'on remonte, et jusques aux croisades, est de race purement aryenne.

Il y a, dans une des principales artères de Bucarest, la statue d'un de mes oncles – Lascar Catargi – considéré comme l'un des grands hommes du pays.

Mon père est mort ayant reçu les sacrements de l'église orthodoxe ainsi qu'à son baptême et est enterré en terre chrétienne.

Il y a en Roumanie des cimetières spéciaux pour les juifs.

Ma mère, née Vermont, était d'origine plus modeste, ainsi que je vous l'ai dit. Je ne puis donc remonter aussi loin dans son ascendance pour affirmer la pureté de sa race. J'avais sept ans quand elle est morte, mais je me souviens toutefois qu'elle a été enterrée en terre chrétienne ayant reçu les sacrements de l'église orthodoxe ainsi qu'à son baptême... »

Et cetera. C'était à vomir. Est-ce que les choses se seraient passées ainsi sous Bourdet ? Se serait-il comporté ainsi, son cher administrateur ? Le pire était sans doute le triomphe qu'elle croyait déceler dans certains regards. Difficile de discerner la part de cette joie mauvaise. De quoi se réjouissaient ces comédiens : du départ de rivaux ou du départ de confrères israélites ?

Au soir du 5 septembre, il ne restait plus de comédiens juifs à la Comédie-Française. Yonnel avait démissionné, Alexandre avait démissionné, Véra Korène n'avait pas reparu depuis le début de la guerre, Robert Manuel, Henri Échourin et Paul Bonifas avaient quitté le théâtre. Tous, c'est à peine s'ils avaient conscience d'être juifs. Ils n'avaient pensé qu'à leur art, ils n'avaient vécu que pour cette Maison, pour servir les textes et la plus française des scènes de théâtre. Tout cela ne valait rien. Eux chassés, les affiches jaunes et noires refleurirent sur les colonnes Morris. Copeau annonça la réouverture à la presse. Les bureaux de location vendirent les billets à tour de bras. Aucune réaction. Aucune protestation. Aucune démission par solidarité. La Comédie-Française allait enfin rouvrir ses portes.

Il ne restait plus d'artistes juifs sauf elle. Oh ! cette tentation de partir, de se montrer solidaire de Yonnel et Alexandre, solidaire du peuple juif. Oh ! cette tentation de faire un coup d'éclat, de révéler sa véritable identité. Eh oui, moi aussi, la grande sociétaire, la tragédienne de la Maison, la jeune première qui fait l'honneur du Français, Mlle de Lignières est juive, ha ha, ha, ça vous en bouche un coin, ça, hein ? La caresse de cette idée. Le panache de ce coup d'éclat. La tête de Copeau, leur tête à tous. La distribution remaniée une nouvelle fois. Bien fait.

« Tu oublies que ça ne se choisit pas d'être juif, ça se porte. » Elle se rappelait les paroles de son père ce jour terrible où il l'avait reniée. C'était vrai : il suffisait de voir le sort de Yonnel et d'Alexandre dont la conversion au catholicisme et le statut d'anciens combattants ne leur avaient été d'aucun secours.

« Tu oublies que ça ne se choisit pas d'être juif, ça se porte. » Mais non, Maurice Kapelouchnik avait tort. On a le choix. On a toujours le choix. Yonnel et Alexandre avaient fait le leur, celui de démissionner, mais ils n'y étaient pas obligés. C'était leur affaire. Elle, elle resterait. Elle avait trop de projets qu'elle ne voulait manquer pour rien au monde. Sa prise de rôle de Chimène avec Jean-Louis Barrault. Ce projet de Claudel dont le jeune homme lui avait parlé : jouer Dona Prouhèze dans *le Soulier de satin* s'il arrivait à convaincre le poète de le mettre en scène. Elle ne pouvait pas dire non à cela. Elle ne pouvait pas refuser les promesses que la vie lui offrait. Elle ne pouvait pas dire non. Elle ne dirait pas non.

Voilà, maintenant elle savait. Elle n'était pas Abraham. À la place d'Abraham, elle n'aurait pas sacrifié Isaac. Elle n'aurait pas placé sa judéité au-dessus de tout, elle ne l'aurait pas érigée en valeur suprême. Sa valeur suprême à elle c'était le théâtre. Elle s'était donnée corps et âme à la Comédie-Française. C'est là qu'était sa place. Tant pis pour ses origines. Au diable tout ce qui entravait sa passion, au diable tous les obstacles. Au nom de Thalie, elle avait abandonné son père et sa mère, menti sur son âge et sur son nom, laissé son mari fuir seul en Espagne, elle n'était plus à un sacrifice près. Tant pis pour sa judéité, elle n'avait jamais choisi d'être juive, elle n'avait jamais demandé à naître dans une famille juive. Elle ne sacrifierait pas ce qu'elle aimait le plus sur cette terre. C'était le théâtre qu'elle avait élu une fois pour toutes, c'était la Comédie-Française qui était sa mère nourricière et toute sa famille réunie, elle ne se sacrifierait pas comme Yonnel et Alexandre, elle ne se sentait pas l'âme d'une victime. Elle devait jouer, c'était vital, c'était la seule valeur qui importait, elle devait continuer à honorer la Maison qui l'avait accueillie dans son sein. Je m'appelle Bérénice de Lignières, je suis de pure race aryenne.

13

On était le samedi 7 septembre 1940. Deux jours avaient passé après ce jour terrible du comité d'administration. La Comédie-Française rouvrait officiellement à 19h30. Depuis trois quarts d'heure, les invités et le public affluaient au contrôle, heureux de retrouver leur théâtre. Le péristyle resplendissait, affichant la forme éclatante des malades revenus de leur convalescence, ravis de renouer avec le monde et la vie. Les contrôleurs en habit arboraient la mine solennelle des grands jours, le secrétaire général s'affairait dans le brouhaha, multipliant sourires, poignées de main et bons mots.

Ce soir-là c'était relâche pour Bérénice. Seuls les hommes participaient à la lecture des textes réunis par l'auteur Edmond Pilon pour le spectacle de réouverture. La sociétaire s'installa dans la salle aux côtés d'Alain Béron. Le lendemain, ce serait à son tour de monter sur scène. Elle regarda son ami, devina d'un regard ses sombres ruminations à la vue des uniformes allemands qui prenaient place à l'orchestre. En signe d'amitié, elle serra sa main qu'il lui retira aussitôt.

Le noir se fit. Dans le silence recueilli, le poète et la comédienne perçurent des murmures de désapprobation. Les traditionnalistes de la Maison blâmaient Copeau de monter sur scène – ce qui était contraire aux usages. L'administrateur, très pâle, prit la parole :

— Les Comédiens-Français vont reparaître devant vous.

— Pas tous, chuchota rageusement Bérénice à l'oreille d'Alain.

— Cette grande Maison, dont la fondation remonte à trois siècles...

— S'il nous fait l'historique complet, on n'est pas rendu, mon colon, s'exclama un vieil abonné à côté de Bérénice.

— Cette Maison de Molière, comme on la nomme, a toujours surmonté, depuis qu'elle existe, les crises de la Nation. La dernière de ces crises, dont je ne dirai pas que nous l'avons traversée, dont il faut dire plutôt que nous y entrons, est l'une des plus sévères, des plus graves, des plus radicales de notre histoire.

— *Die Französen*, toujours bavards ! persifla un Allemand.

— D'où vient que, même chez les plus éprouvés, quelque chose tressaille, quelque chose dès maintenant s'éclaire et se soulève, que nous hésitons à nommer, mais qu'il faudra bien appeler demain, l'Espérance ? C'est premièrement, que nous reconnaissons nos erreurs et nos fautes, que nous les confessons, que nous les condamnons...

— Après le mea culpa, ma main à couper qu'il va parler de patrie et d'esprit français, murmura Alain à Bérénice.

Elle ne put s'empêcher de sourire en entendant prononcer les mots attendus mais changea de couleur lorsque l'administrateur en vint à évoquer la Comédie-Française comme « gardienne d'idéal, de haute culture et d'honneur professionnel ». Elles étaient bien bafouées, ces valeurs, depuis l'exclusion de Yonnel et d'Alexandre. Voilà qu'après une longue tirade sur « l'ordonnance française », le privilège des comédiens, la perfection de leur art, Copeau sembla enfin sur le point de conclure :

— Il m'a paru que les malheurs de la Patrie ne m'interdisaient pas, qu'ils me commandaient au contraire de renouveler ce soir, en présence du public, au nom des sociétaires et des pensionnaires, au nom de tous ceux qui travaillent ici, notre serment de rendre cette Maison, que les siècles ont formée et qu'ils nous ont léguée, plus belle, plus saine, plus vivante.

Alain et Bérénice se regardèrent tandis qu'une salve d'applaudissements suivit l'allocution. Étrange discours, étrange culpabilité, « relents pétainistes », commenta Béron, « hypocrisie », bougonna Bérénice. Et puis ce fut la conférence de l'Académicien Abel Bonnard sur « La Valeur de l'Homme ordinaire », puis la lecture par les Comédiens-Français et Copeau lui-même, de textes d'Hésiode, de Montaigne, de Marmontel, de Mistral, de Rétif de la Bretonne, de Péguy, et encore de Péguy. Ils quittèrent le théâtre à l'entracte, mal à l'aise, écœurés par ces textes à qui l'on faisait dire trop de choses et qu'on voulait manifestement rattacher à la Révolution nationale.

Le lendemain, dimanche 8 septembre, en matinée, Bérénice devait jouer sa chère Célimène dans *le Misanthrope*. Enfin, elle allait reparaître sur scène, enfin elle allait revivre, oublier dans le décor du salon Grand Siècle les ignominies du XXe. Elle retrouva sa chère robe rouge. Cette fois, tout de suite, avant même d'être revêtue, l'étoffe se révéla docile. Bérénice y lut une approbation de sa décision, l'acquiescement au théâtre. Sur scène, la comédienne se montra incandescente, offrant un mélange de gravité et de légèreté, reflet de ses émotions à la ville tant elle était heureuse de rejouer en même temps qu'elle était bousculée par les événements. Son public lui fit un triomphe, enthousiaste de retrouver sa jeune sociétaire qu'il avait vue grandir. En somme, il suffisait d'oublier les uniformes vert-de-gris pour se persuader que rien n'avait changé.

Lorsqu'elle sortit du théâtre, une foule d'admirateurs l'attendait au pied de la porte.

— Mademoiselle, quand rejouez-vous ?

— Vendredi prochain, dans *les Fausses Confidences*.

— J'ai réservé mes billets pour vous voir dans *le Cid*.

— S'il vous plaît, un autographe !

Par-delà la foule, Bérénice reconnut Alain Béron qui battait le pavé sur la place sans public. Elle réussit à se frayer un chemin pour le rejoindre : « Enfin je me dérobe à la joie importune / De tant d'amis nouveaux que me fait la fortune », lui débita-t-elle en riant, prenant son bras pour qu'il l'emmène loin des fâcheux, l'entraînant à pas rapides hors du Palais-Royal. Elle était presque heureuse. Nathan lui manquait, cette guerre bouleversait sa vie mais tant qu'elle pouvait continuer à jouer, le monde, même défait, même absurde, même injuste, était supportable.

— Pourquoi me regardez-vous comme cela ? demanda-t-elle à Alain qui l'observait fixement.

— Parce que quand je vous vois ainsi, tellement ardente et heureuse d'avoir joué, vous êtes presque inhumaine. Et pourtant, pour jouer comme vous le faites, il faut être la plus humaine des humains.

— Vous me trouvez monstrueuse ?

— Presque, au sens étymologique du mot en tout cas, comme quelqu'un qui n'est pas dans la norme. Surprenante en tout cas, mais c'est un euphémisme...

Surprise, c'est elle qui le fut le matin du vendredi 13 septembre en trouvant à son arrivée dans sa loge une convocation de l'administrateur général. Que lui voulait-il ? L'encourager pour sa prochaine prise de rôle d'Araminte ? L'informer qu'une comédienne était malade et qu'il fallait la remplacer au pied levé ? Elle ne s'attendait pas à cela. Elle ne s'attendait pas à ce qu'il lui demande tout de go s'il était vrai que son véritable nom était Bérénice Kapelouchnik. Elle n'avait pu nier. Tout était découvert, quelqu'un l'avait trahie. L'administrateur avait refusé de lui dire comment il avait découvert ses origines, elle avait cru comprendre qu'il avait reçu une lettre anonyme. Il la priait de démissionner pour ne pas mettre la Maison dans l'embarras. Jamais, répondit-elle, jamais. Mettez-moi à la porte, chassez-moi, passez-moi sur le corps si vous le voulez car moi, je ne serai pas aussi disciplinée que Yonnel et Alexandre, je ne démissionnerai pas. Vous voulez que je parte ? Faites-moi partir, je ne le ferai pas de moi-même. Elle quitta le bureau de Copeau en claquant la porte.

Le soir, la furie s'était calmée. Bérénice fit comme d'habitude : maquillage dans sa loge, costume avec l'aide de Raymonde, concentration avant de rejoindre les coulisses. Sur scène elle se donna tout entière dans cette représentation qui était peut-être la dernière. Aux saluts, elle sentit qu'elle était brûlante, sans doute avait-elle de la fièvre, elle s'inclina par automatisme, se calant machinalement sur ses camarades, elle agissait dans un brouillard, la transe qui l'avait saisie au début de la représentation la poursuivait jusque dans les coulisses. Déshabillage, démaquillage, les gestes étaient mécaniques, comme en dehors d'elle-même. Une fois dans ses habits de ville, elle reprit peu à peu conscience de la situation. Sa colère reflua, contenue mais bien présente. Elle s'observa dans le miroir : ses pommettes étaient rouges et ses yeux brillants. Elle but près d'un litre d'eau tant sa soif était intense.

Ses paupières pesaient des tonnes, elle devait avoir quarante de fièvre. Elle fit semblant de partir puis revint dans sa loge, répétant l'astuce utilisée pendant l'arrestation de Nathan. Elle voulait savoir qui l'avait trahie, qui avait découvert son nom et l'avait dénoncée. Quand tout fut calme dans la Maison, que les lumières furent éteintes, quand plus aucun bruit ne perça, elle se glissa sur la pointe des pieds dans le couloir de l'administrateur et força la porte du bureau de Copeau avec une épingle à cheveux. La serrure était vieille, ce ne fut pas difficile. À la lueur d'une faible lampe électrique qu'elle avait pensé à emporter avec elle, elle fouilla le bureau. Ne trouvant rien, elle ouvrit les tiroirs, ne trouvant toujours rien, elle regarda sous le sous-main, la lettre était là, non signée, évidemment, écrite au moyen de lettres découpées dans des journaux. Qui avait envoyé cette dénonciation ? Rien ne permettait de le savoir. Pendant qu'elle la rangeait à sa place, sans pouvoir empêcher le papier de gondoler à cause de la moiteur de ses mains, son regard tomba sur un petit cahier entrouvert. « 10 septembre : J'ai apporté ce matin ce petit cahier à mon bureau de la CF, afin de pouvoir y noter succinctement, chaque jour, ce qui passera sous mes yeux, choses et gens. » Elle comprit qu'il s'agissait du journal intime de Copeau. Elle tourna vite les pages jusqu'au 13 septembre : « Toute la journée vertiges de bile, formidable tentation de m'en aller. » Il avait dû écrire cela dans la matinée, après leur entretien. Tentation de s'en aller ? Oui, il pouvait avoir honte. Mais qu'avait-il décidé de faire exactement ? Il n'en écrivait rien et elle ne l'avait pas vu de la soirée.

Le lendemain elle avait toujours de la fièvre mais elle revint au théâtre comme si rien ne s'était passé. Elle ne put franchir la porte. Le concierge lui en refusa l'accès. Il n'osait pas la regarder, n'arrêtait pas de répéter : « Je suis désolé, mademoiselle, je suis désolé, j'ai reçu des ordres. » Elle n'éprouva aucune compassion pour cet homme obligé de suivre les consignes infâmantes. La haine avait pénétré son cœur. Voilà donc où on en était, voilà donc où *elle* en était. Bannie, excommuniée, *herem*. Elle retint son envie de gifler le concierge, retourna sur ses pas, se plantant face à la Comédie-Française, La regardant longtemps puis se mettant à genoux, toujours La regardant, sa mère chérie, sa mère nourricière qui l'assassinait, qui la rejetait hors de son sein. Jetant son chapeau à terre, clamant soudain, toujours La regardant, ne cessant de La regarder, luttant contre Elle, rebelle implorante, fille en colère devant sa mère qui la tuait après l'avoir nourrie et lui avoir donné et la vie et la gloire, Médée, tu es Médée, cria-t-elle – doublement orpheline désormais, maudite par son père et maudite par sa mère, doublement *herem*, maudite le jour, maudite la nuit, maudite pendant son sommeil et pendant qu'elle veille, maudite à son entrée et maudite à sa sortie, l'entrée de sa maison à jamais fermée, veuille l'Éternel ne jamais lui pardonner, veuille l'Éternel allumer contre elle toute Sa colère et déverser sur elle tous les maux mentionnés dans le livre de la Loi : que son nom soit effacé dans ce monde et à tout jamais et qu'il plaise à Dieu de le séparer de toutes les tribus d'Israël en l'affligeant de toutes les malédictions que contient la Loi. Et vous qui restez attachés à l'Éternel, votre Dieu, qu'Il vous conserve en vie.

Une foule s'était réunie autour d'elle tandis que des comédiens, des membres du personnel la regardaient depuis les balcons, les fenêtres. Lorsqu'elle se tut, tous applaudirent, croyant qu'elle répétait un nouveau rôle, ne comprenant pas qu'ils applaudissaient à une mise à mort, qu'ils applaudissaient Médée égorgeant ses enfants, qu'ils applaudissaient la Comédie-Française la tuant pour quelle obscure trahison. Bérénice se releva, taureau blessé se ruant contre les murs de la façade, poussant un cri sauvage elle partit en trébuchant, égarée, visage livide, défaite, sentant la vie sortir de son cœur, ses longs cheveux noirs se dénouant dans l'air devenu glacé. Elle ne jouera pas Araminte. Elle ne jouera pas Chimène avec Jean-Louis Barrault.

14

Le retour à l'appartement, la tentation de se tuer, écrire une dernière lettre à Nathan et puis en finir, partir en se jetant par la fenêtre ou en s'ouvrant les veines avec une préférence pour s'ouvrir les veines, sentir la vie s'écouler peu à peu, vivre pleinement cette expérience ultime, comprendre ce que c'est que de mourir, se rendre compte, même trop tard, que peut-être elle n'avait pas si bien joué les agonies quand elle incarnait Doña Sol ou Ophélie. Mouvement d'humeur, voilà qu'elle pensait encore et toujours théâtre, rôles, personnages, à quoi bon maintenant ? Jouer ailleurs ? Mais où ? Qui prendrait le risque d'engager une Juive aujourd'hui ? Est-ce que tous les autres théâtres n'allaient-ils pas eux aussi liquider leurs Juifs ? Du reste, peu de théâtres avaient rouvert. La Madeleine, l'Odéon depuis peu, mais sans son directeur, Paul Abram, qui était juif. Juif, juif, juif. On en revenait toujours là. C'était à Copeau qu'on avait confié la direction de l'Odéon. Aucune chance de ce côté-là, donc. L'Athénée, peut-être... Il n'avait pas encore rouvert mais Jouvet était rentré à Paris en août. Oui bien sûr, le patron.

Elle se précipita sur le téléphone, composa le numéro du 24 rue Caumartin. En entendant cette voix familière au bout du fil, elle paniqua et raccrocha brusquement. Comment était-ce possible ? Que s'était-il donc passé ? Cette voix... Elle avait reconnu la voix de Jean, le concierge de la Comédie-Française. Elle mit plusieurs minutes avant de comprendre ce qui avait dû se produire. Mais oui, machinalement, Richelieu 22-70, machinalement, sans réfléchir, elle avait composé le numéro de la Comédie-Française, automatisme ou acte manqué, les doigts trop entraînés à faire ces chiffres, ça s'était fait tout seul. Elle regarda ses mains avec effroi, comme si cette partie de son corps la trahissait, lui faisait un coup bas. Son corps entier respirait Comédie-Française, vivait Comédie-Française, pensait Comédie-Française. Richelieu 22-70. Elle était entièrement possédée par elle. C'était à se gifler. Comment se faire exorciser ? Elle saisit son répertoire téléphonique et barra de plusieurs traits le numéro fatal, transperçant la fine feuille tant elle appuyait fort sur le crayon à papier. Sors de ma mémoire Richelieu 22-70, dégage, fous le camp ! Si seulement on pouvait effacer de son esprit un numéro aussi facilement qu'on pouvait le rayer d'un carnet. Elle fit voler le petit répertoire à travers la pièce et s'abattit sur le lit en tapant des poings contre les oreillers.

Ce coup de fil avorté accrut sa fièvre. Semaine léthargique au lit, sans énergie pour rien. Et puis la jeunesse, l'instinct de vie furent plus fort, elle réussit à se ressaisir, à appeler l'Athénée, à composer le bon numéro cette fois, après mille précautions et les chiffres écrits bien gros devant elle pour ne pas risquer de se tromper de nouveau. Au bout du fil, une voix qui n'était pas celle de Jean, le concierge de la Comédie-Française. Ouf, elle était bien à l'Athénée. Elle se fit passer Pierre Renoir : « Bérénice, mon p'tit cœur ! Ça fait plaisir de t'entendre. Quel dommage, le patron vient juste de partir pour son cours au Conservatoire. Mais oui, vas-y, à toi il ne dira rien ! »

Rue de Madrid. Quelle émotion étrange de retourner dans un lieu autrefois familier et passionnément aimé. Dans sa géographie parisienne intime, certaines rues n'étaient plus neutres. En lisant sur la plaque du 14 le nom autrefois si désiré, en repassant dans cette rue où elle avait eu ses habitudes, ses joies, ses superstitions, avant de donner une scène difficile devant Jouvet par exemple, son cœur battit plus fort, ses mains devinrent aussi moites qu'autrefois. Elle n'était pas retournée au Conservatoire depuis sa sortie en 1937. Dans les yeux des élèves qu'elle croisa et qui la reconnurent, la sociétaire mesura le chemin parcouru. Elle n'était plus l'étudiante anonyme, certes pleine de promesses mais encore incertaine elle-même de son destin. Elle était maintenant Bérénice de Lignières, la tragédienne de la Comédie-Française, qu'on regardait avec une révérence craintive teintée d'envie et de fascination. Elle prit conscience de ce qu'elle représentait maintenant qu'elle était passée de l'autre côté de la barrière. La tentation de transmettre ce qu'elle savait la traversa pour la première fois.

Elle monta le grand escalier et entra doucement dans la classe qui par bonheur n'était pas fermée à clef. Rien n'avait changé. L'estrade, le piano, le coin des auditeurs libres, et lui, Jouvet, le regard encore plus inquiet peut-être, la cigarette plus nerveuse, les yeux encore plus globuleux. En retrouvant la silhouette familière, elle eut une grande bouffée de tendresse pour son professeur, se rappelant son « Quel âge as-tu ? » du premier jour, retrouvant tout, l'odeur de son parfum mêlée à celle du tabac, la lèvre inférieure ironique, le haut front dégagé, le débit saccadé. Même maintenant, il l'impressionnait toujours un peu. Elle se glissa en silence au fond de la salle, faisant un signe au patron pour qu'il n'interrompe pas ses explications. Elle reconnut la scène d'Elvire. Acte III, scène 7. « Ne soyez point surpris, Don Juan, de me voir à cette heure et en cet équipage... » Elle ferma les yeux, s'imprégnant de la mécanique de Molière, le texte qu'elle n'avait pas joué depuis l'école revenait intact. Elle était à la maison. Tout était bien. Et puis tout à coup la voix de Jouvet, commentant la scène :

— Je trouve que tu as fait sur l'autre fois de très gros progrès, en particulier tout ce que tu as enlevé dans « Je vous ai aimé ». Quand tu dis sans émotion : « Je vous le demande avec larmes » c'est infiniment plus émouvant. Tandis que si tu te soulages : « Je vous ai *aimé* avec une *tendresse* extrême », c'est l'actrice qui fait du trémolo, de la virtuosité.

Bérénice rouvrit les yeux. Brusquement elle ne savait plus si elle était en 1940 ou en 1934. La voix, le discours étaient familiers mais il lui semblait qu'elle comprenait mieux aujourd'hui. Depuis sa première année d'école, il y avait eu l'entrée à la Comédie-Française, les années d'expérience, les nombreux rôles et même si elle n'avait jamais joué Elvire sur scène, s'étaient ajoutés l'enrichissement de son expérience personnelle, sa connaissance de l'amour, et même la découverte de l'opéra de Mozart grâce à Nathan. Elle n'avait pas envie de partir. C'était tellement rassurant de se retrouver là, dans ces bruits et ces situations qu'elle connaissait parfaitement, retrouvant ses fondamentaux, troublée comme quand on écoute adulte un air qui a provoqué la première émotion musicale enfant. Elle eut la certitude qu'elle avait frappée à la bonne porte.

15

« Barcelone, 18 septembre 1940, onze heures du matin,

Ma môme,

Tu me demandes de t'écrire ce que je fais heure par heure. Le temps s'écoule lentement, je suis rivé aux journaux, je m'informe de la situation et j'enrage de ne pouvoir rien faire. Par-dessus tout, tu me manques, chaque jour j'ai l'impression de t'aimer davantage même si cela me paraît chaque jour impossible. Je me couche après avoir conversé de longues heures avec ta photo sur ma table de chevet. Je me réveille en l'embrassant mais... c'est ton corps que je voudrais serrer contre moi.

Au café où je me suis installé pour t'écrire, je descends tous les jours et je prends un verre avec Ruben qui reçoit et m'apporte ma correspondance. Je l'attends, peut-être qu'aujourd'hui il y aura une lettre de toi et alors ma journée sera ensoleillée. Quel cafard depuis cinq jours. Plus aucune lettre de toi, que fais-tu donc ? Je relis les bulletins de service que tu m'as envoyés mais j'aimerais recevoir les nouveaux. Où en sont les répétitions du *Cid* ? Quand la Comédie va rouvrir ?

Ici, la cohorte des réfugiés me semble s'allonger chaque jour. Le port me fait l'effet d'un antre de clochards tant nous sommes nombreux à attendre un visa, un mandat, un bateau. L'argent file pour tous ces pauvres gens. J'avance sur notre *Harpe*, je crois que j'en viendrai à bout. Depuis hier je travaille aussi à un grand choral. C'est sans doute ce paysage marin qui me l'inspire. L'horreur que nous vivons est parfois belle tant elle est tragique. Tu te souviens de ce film qu'on avait vu à Montparnasse, en 37 je crois ? On y voyait ce couple tué dans un accident de voiture. Dans la réalité ce drame aurait été affreux, mais avec la musique de Schubert par-dessus, cela devenait beau précisément parce que c'était dramatique.

Je suis face à la mer, cette mer et ce soleil te ressemblent, ils ont une ampleur homérique qui me fait penser à toi sur scène, ma sauvage, ma belle tragédienne grecque. Tout à l'heure je rentrerai pour retrouver ta photo. Mon petit voisin m'a demandé qui était cette belle madone. Ce gosse est charmant, il a huit ans et ses réflexions naïves feraient la fortune d'Alain. Je n'arrête pas de lui parler de toi, j'oublie parfois qu'il n'est qu'un gamin.

Midi.

Mon trésor chéri, je viens de recevoir coup sur coup une carte et deux lettres de toi. J'étais si heureux, mais j'ai lu celle du 14 et ma joie se mue en tristesse et en honte. Ainsi on en est là ! Yonnel, Alexandre... et maintenant toi ! Quelle époque vivons-nous ? Et toi mon petit cœur qui es seule à vivre cela, *dein Mann ist nicht da*. Je veux, *j'exige* que tu viennes immédiatement.

Ensemble nous trouverons une solution. Rejoins-moi, partons pour l'Amérique, il est temps. Je suis persuadé que tu pourras jouer là-bas, j'ai entendu parler de tournées en Amérique du Sud, on trouvera, même si cela prendra du temps, mais viens. Cesse d'espérer, tu ne sais pas ce dont ils sont capables encore. Ne crois pas que tu sois protégée parce que tu n'es pas une *greener* comme moi, pense à ce qui t'est arrivé, crois-moi, ce n'est qu'un début, que tu sois Française n'aura bientôt plus d'importance. Fuyons ! Je te ferai passer par Alain des instructions pour que tu puisses partir. Je ne serai rassuré que quand tu seras près de moi. Sois forte, je m'occupe de tout. Des baisers, des baisers, des baisers.

Nathan »

Il a raison, je dois le retrouver. Du reste, Jouvet ne peut rouvrir l'Athénée faute d'avoir ses comédiens sous la main. Il me l'a confirmé. Il n'est pas sûr de pouvoir faire quelque chose pour moi, il dit que je suis trop connue. Lui-même se demande s'il va rester en France. Alors... pourquoi pas partir, retrouver Nathan ? Si Jouvet organise une tournée à l'étranger, il trouvera comment me joindre, il me l'a promis. Vous savez qu'à la Comédie ils ont donné le rôle de Chimène à Marie Bell ? Ha ha ! Elle a deux fois l'âge du rôle. Je la connais, elle va la jouer bourgeoise, elle va dévorer tout cru ce pauvre Jean-Louis... Et Florence, si c'est elle qui m'a trahie, la voilà bien attrapée, elle n'a même pas obtenu le rôle. Vous me trouvez amère et méchante, n'est-ce pas ? Si vous saviez comme Copeau m'a déçue, il n'est plus que l'ombre de lui-même, le fondateur du Vieux-Colombier n'est plus que le « Très Vieux-Colombier »... Ainsi parlait Bérénice à Alain Béron, ainsi déversait-elle sa rancœur devant le poète qui souffrait de ne pouvoir l'aider.

Voilà, elle allait partir. Nathan et Alain avaient tout prévu, en une semaine ils avaient réussi à lui procurer, Dieu sait comment, de faux papiers. Pour la deuxième fois de sa vie elle allait circuler avec une carte d'identité qui était au nom d'une autre. Elle avait retiré le plus d'argent qu'elle pouvait à la banque, elle avait caché des liasses de billets dans une toile cousue à l'intérieur de son corset, elle avait annoncé à la bonne qu'elle partait se reposer deux semaines pour ne pas éveiller ses soupçons, elle avait laissé les clefs de l'appartement à Alain Béron, elle avait pris avec elle les bijoux auxquels elle tenait le plus, elle avait dû sacrifier la plupart de ses livres et de ses vêtements en attendant des jours meilleurs. Elle devait gagner Bordeaux où l'attendait un passeur, elle devait retrouver Nathan à Barcelone et ensuite ils prendraient un bateau pour les États-Unis, il avait fait jouer ses relations, tout était arrangé, une nouvelle vie allait commencer.

16

Elle ne pourra pas raconter la suite d'une voix brisée, la sonnette de la porte au moment où elle s'apprêtait à partir, et derrière la bonne l'apparition de sa mère, oui, sa mère, aussi pâle que la statue du commandeur, refusant son embrassade, le visage figé, se décidant enfin à desserrer les dents pour annoncer d'une voix chargée de reproches Ton père est malade, il te réclame. Et les sanglots de Bérénice tout à coup, sans savoir si elle pleurait de retrouver sa mère, d'apprendre la maladie de son père ou de comprendre qu'il voulait la revoir, les sanglots de Bérénice, elle qui depuis toutes ces années n'avait pas versé une larme en pensant à ses parents, essayant de ne pas y penser puisqu'elle avait désormais une autre famille, une famille qu'elle avait choisie, et la honte de s'avouer que cette famille l'avait comblée, égoïstement comblée.

— Allons, c'est bien le moment de pleurer. C'est ton mari ? demanda sa mère en montrant du menton Alain Béron.

— Non c'est un ami. Maman, je te présente Alain Béron. Alain, ma mère.

— Ah ! fit sa mère sans saisir la main du poète qui lui tendait la sienne.

Ce « Ah » plein de dédain, comme si la présence de ce goy qui n'était pas son mari dans l'appartement de Bérénice confirmait l'évidence que son enfant n'était qu'une fille perdue.

— Allons dépêche-toi, s'impatienta madame Capel, tu vas faire attendre ton père.

— Permettez-moi de vous conduire en voiture, vous irez plus vite, proposa Alain.

Contre toute attente, sa mère ne manifesta pas son désaccord, de sorte qu'ils montèrent tous dans l'auto du poète, faisant le trajet jusqu'à la rue d'Hauteville où habitait toujours le couple Capel. Assise à l'arrière de la voiture, Bérénice scrutait à la dérobée le profil de sa mère, notant que la peau du visage avait perdu de sa fermeté, qu'un double menton commençait à se former, que les mains avaient grossi, que l'alliance s'était enfoncée dans la chair, qu'il devait être difficile de l'enlever désormais, peut-être même était-ce devenu impossible. Personne ne parlait, Bérénice sentait sa mère préoccupée et désapprobatrice, elle-même ne savait que dire tant elle était bouleversée par cette situation imprévue. Alain Béron se taisait, par délicatesse sans doute, s'appliquant à conduire sans heurts pour ne pas effrayer la mère de son amie. Comment allait-elle retrouver son père ? se demandait Bérénice. Avait-il vieilli lui aussi ? De quelle maladie s'agissait-il ? Sa mère n'en avait rien dit, la laissant se perdre en conjectures : cancer, attaque cardiaque ? Le retrouverait-elle changé, paralysé, gâteux ? Y avait-il quelque espoir ? S'il l'avait fait appeler, c'est qu'il devait être bien mal, à l'agonie peut-être. Sa mère la laissait dans l'angoisse – à dessein sans doute, pour lui faire payer un peu plus sa décision d'avoir quitté la maison. Et maintenant qu'elle avait tout perdu, comme elle se sentait coupable. Qu'allait lui dire son père ? Des reproches, encore ? La maudirait-elle de nouveau avant de mourir, lui laissant le remords comme héritage ?

— Je vous attends là, Bérénice, dit Alain Béron à la jeune femme, prenant doucement mais fermement sa main pour lui rappeler qu'ils devaient prendre le train le soir même pour Bordeaux.

— À tout à l'heure, répondit-elle de sa voix grave.

Elle aurait voulu allumer une cigarette mais elle n'osait pas fumer devant sa mère. La rue était telle que dans son souvenir, peut-être lui parut-elle moins étroite maintenant qu'elle s'était dégagée de cette routine familiale qui lui avait tant répugné. Quelle impression étrange de se retrouver de nouveau ainsi, à monter l'escalier derrière sa mère : elle l'avait fait tant de fois ce trajet, après des courses ou après l'école, petite fille trottinant derrière ses parents, mais aujourd'hui elle se sentait adulte et étrangement plus grande que sa mère, malgré son air dur et son mutisme. Comment allait-elle trouver son père, elle qui ne pensait plus revenir dans cette maison dont elle avait été chassée ?

Sa mère ouvre la porte, l'odeur âcre de médicaments lui saute au nez. Bérénice suit machinalement, elle met quelque temps avant de se rendre compte qu'elles se dirigent non pas vers la chambre parentale mais vers sa propre chambre. Qui n'est plus sa chambre. Peut-être en raison de la maladie de son père, elle a été transformée en chambre de malade, à moins que la transformation ait été faite bien avant, dès son départ peut-être, pour annuler tout ce qui pouvait l'évoquer, elle, la fille maudite. Il ne reste rien de ses poupées, de ses petits livres, de ses affiches de théâtre – sans doute tout ce fatras adolescent a-t-il été mis au rebut depuis longtemps. Dans le lit qui n'est plus le sien est allongé son père. Elle ne distingue pas bien ses traits masqués par la pénombre.

— Laisse-nous seuls.

Sa mère part, après un imperceptible temps d'hésitation.

Bérénice sent les larmes pointer en retrouvant intacte la voix de son père, qui lui semble toujours aussi impressionnante malgré les années passées.

— Approche-toi.

Son haleine a changé, ce n'est plus l'haleine neutre qu'elle a toujours connue mais un souffle plus aigre, comme venant d'entrailles en décomposition – l'haleine d'un vieillard. Elle s'en veut de ses réflexions qu'elle ne peut s'empêcher de se formuler. Tais-toi, mais tais-toi a-t-elle envie de crier à son cerveau, ne gâche pas cet instant, ne remarque pas sa barbe de trois jours, ne remarque pas le voile qui s'est posé sur ses yeux rougis et qui les rend presque larmoyants...

Ce gros album qu'il cache sous le matelas, qu'il lui fait sortir de sa cachette, péniblement parce que le poids de son corps en entrave l'accès, ouvre-le, lui dit-il, et elle n'arrive pas à déceler ce qu'il y a dans sa voix, tant elle est inquiète, tant elle redoute une deuxième malédiction, une troisième si on compte le *herem* de la Comédie-Française, toute bouleversée elle n'imagine pas une seconde ce qu'elle va trouver là, dans ce gros album que lui montre son père, tremblante elle essaie de se préparer au monstre qui va surgir de cet album.

Elle ne peut pas y croire. « Bérénice de Lignières, un nom à retenir», «Triomphe de Bérénice de Lignières dans *Hernani* », « Les impressions de Mlle de Lignières », « Comment je vois Andromaque », par Mlle de Lignières, « Sociétaire au bout d'un an ! » Toute sa biographie théâtrale était là, les coupures de presse soigneusement collées dans l'ordre chronologique, à partir de l'été 1937, les articles depuis son entrée à la Comédie-Française et même la brève relatant son mariage avec Nathan. Il n'y avait pas seulement *Le Populaire*, le journal que lisait quotidiennement son père, mais d'autres titres qu'elle n'avait jamais vus à la maison, comme *Le Figaro* ou *Ars nova*... Elle s'imaginait son père descendre en cachette au kiosque à journaux, peut-être même faisait-il un long détour pour rejoindre un autre kiosque que celui qui était en bas de la maison, afin d'éviter les questions ou les remarques du vendeur « Ah ben m'sieur Capel, vous n'envoyez pas votre commis aujourd'hui ? » ou encore « *Le Figaro* ? Ben alors, vous n'y croyez plus à votre Blum ? », et rapporter en tapinois, comme un petit trésor, les titres qui parlaient d'elle. Quand trouvait-il le temps de les lire, quand trouvait-il le temps de sortir colle et ciseaux, à quel moment pouvait-il faire son petit travail à l'abri des regards ? Bouleversée, elle était bouleversée, n'osant même pas le regarder tant l'émotion était forte, mettant du temps à s'apercevoir que du doigt il lui désignait une page, dont s'échappèrent deux billets de la Comédie-Française : *Bérénice* de Racine – 12/11/1939, *Bérénice* de Racine – 26/11/1939, stupéfaite, le regardant incrédule, comprenant qu'il était venu, qu'il l'avait vue dans *Bérénice*, la pièce entre toutes, celle dont lui avait parlé Louis l'instituteur, et qui avait été à l'origine de son prénom, il l'avait vue, il avait payé sa place un dimanche en matinée, quel prétexte avait-il donné à sa femme pour s'absenter pendant plusieurs heures ? Il l'avait vue jouer, il l'avait entendue, et il était revenu, un autre dimanche, le dimanche suivant, il avait été dans la salle et elle n'en avait rien su. Elle le serra dans ses bras, ne pouvant plus parler, suffoquée par les sanglots, jamais elle ne s'était sentie aussi proche de lui, il lui dit « *noch besser als* Sarah Bernhardt », faisant en yiddish cette comparaison suprême, encore mieux que Sarah Bernhardt, et ce furent ses dernières paroles.

TROISIÈME PARTIE

1

« Comment fait-on pour vivre sans être comédien ? Toute ma vie a été tendue vers ça, je n'ai jamais envisagé que ma vie puisse être autrement », ne cessait-elle de répéter à Alain Béron. Bérénice n'était pas partie, elle était restée à Paris pendant les sept jours de *shivah*, dans l'appartement qui fut le sien de sa naissance à ses quinze ans. Elle était restée pour l'inhumation de son père, sanglotant quand elle vit le dais de velours bleu orné de l'étoile juive sur le cercueil, à vif quand le rabbin déchira son vêtement en signe de deuil, hébétée le plus souvent, perdue.

Et maintenant elle logeait chez Alain Béron, dans son petit pied-à-terre situé à L'Isle-Adam, à quelques kilomètres de Pontoise. Il avait découvert la ville dans les années trente grâce à une lettre de Balzac à sa sœur Laure Surville : « Tu sais que L'Isle-Adam est mon paradis terrestre. » Un jour il avait voulu voir de ses propres yeux ce petit coin de France dont l'auteur de la *Comédie humaine* faisait un si grand cas. Il était alors tombé sous le charme d'une gentille maison à vendre, rue Poupart, et l'achetait quelques semaines après. La proximité du parc de Cassan, les baignades dans l'Oise et surtout le calme de cette ville bourgeoise convenaient mieux à l'Aixois que l'agitation de Paris.

Jour et nuit, Bérénice restait alitée dans la pénombre de la chambre du haut où il l'avait installée, sans avoir la force de se lever, écrasée par le sort qui s'acharnait sur elle depuis la débâcle. Elle avait tout perdu : Nathan, son travail, son père. Ne se soignant plus, ne se fardant plus, se nourrissant à peine, avalant avec effort quelques gorgées de soupe que lui apportait le patient poète. Léthargique – à l'image de la France depuis qu'elle était occupée par les Allemands – souffrant d'une « maladie nerveuse et organique », selon le diagnostic du médecin.

Parfois, quand de sa main rassurante Alain Béron prenait la sienne, elle trouvait la force de parler et ses paroles se déversaient alors, en un flot obsessionnel où il n'était question que de théâtre, se rappelant sa première année au Conservatoire, quand elle disait au téléphone de sa logeuse « Je vais à mon cours de diction » trop fort, trop fort exprès, tellement elle était fière de sa nouvelle vie d'étudiante et, assise dans le métro, ressemblant à tous les apprentis comédiens, reconnaissable comme eux au mouvement perpétuel des lèvres qui ressassent les répliques à apprendre tandis que les yeux fixent le texte posé sur les genoux puis montent au ciel, comme s'il fallait aller si haut pour mieux attraper la mémoire.

Elle avait baissé les bras, incapable de se lever, à quoi bon puisque ce n'était pas pour jouer, puisqu'il n'y avait plus personne, ni Nathan ni son père, ni Yonnel ni Alexandre, ni Bourdet ni Jouvet. Je suis là, moi, murmurait Alain Béron de sa voix grave aux harmoniques apaisantes. Pourquoi vous occupez-vous de moi, laissez-moi donc mourir, je ne sers plus à rien désormais, et lui la prenant au mot, lui expliquant très sérieusement, presque doctement, qu'il l'aidait parce qu'elle-même aidait les gens par la lumière qui se dégageait d'elle. Elle était trop épuisée, trop vaincue pour comprendre. Il prêchait dans le vide et pourtant la douce mélopée de ses paroles lui faisait du bien.

Nathan lui écrivait chaque jour, inquiet, jaloux de la savoir seule avec Alain, malheureux qu'elle ne le rejoigne pas de sorte qu'il allait s'imaginer les trahisons les plus affreuses, ce en quoi il n'avait sans doute pas tout à fait tort car il n'avait jamais été aveugle au point de ne pas remarquer l'attirance du poète pour Bérénice, quand bien même le poète bridait cette attirance par amitié pour Nathan mais bien plus sûrement pour d'autres raisons, plus profondes, qui lui échappaient à lui-même et faisaient qu'à plus de quarante ans il n'avait jamais vécu avec d'autre femme que sa mère.

Savez-vous à quoi je pense ? Je pense à tout ce que je n'ai pas encore joué. Tous ces rôles qui me tendaient les bras. Dans les classiques, tenez, la Comtesse du *Mariage*, Silvia dans *le Jeu de l'amour et du hasard*, ou Agrippine. Et surtout, peu de monde le sait, je voudrais jouer du contemporain. On m'a si souvent reproché d'appartenir à la Comédie-Française au lieu de faire partie de « l'avant-garde ». Mais moi j'avais besoin de l'institution parce que je venais de si loin. L'institution, c'était le moyen de me légitimer en tant que comédienne. À mes yeux et aux yeux des professionnels. C'était si loin de ma destinée naturelle, cet univers, vous avez bien vu la rue d'Hauteville quand vous m'avez accompagnée l'autre jour. Pourtant je n'ai jamais joué de façon « classique », je crois. Et si j'aime bien Jean-Louis Barrault, malgré ses défauts, c'est qu'il avait compris que je voulais jouer du Claudel et qu'il m'y encourageait. Il me l'avait présenté pour préparer *le Soulier de satin* mais à quoi ça sert tout ça maintenant ? Claudel ne voulait pas de Véra Korène, il trouvait qu'elle était belle mais qu'elle avait une voix de bois, et moi, lâche que j'étais, je voulais tant le rôle que je ne l'avais pas défendue, alors que je me demande encore ce qu'il entendait par « voix de bois ». Vous voyez, je ne vaux pas mieux que Florence. Le jour où mon père m'a reniée, malgré mon déchirement, vous ne devinerez jamais à quoi je pensais. Je pensais au *Roi s'amuse*, à la malédiction de monsieur de Saint-Vallier, je me disais : comme je jouerais bien ce rôle si j'étais un homme. C'est horrible, n'est-ce pas ? Mon père me bannissait de la maison, en déchirant sa veste il m'annulait, et moi j'étais là et j'entendais cette voix, pas la sienne, non, ma voix à moi, qui me disait : regarde, regarde, écoute, tu t'en serviras plus tard, pour jouer. Est-ce que c'est la même chose pour écrire ? Est-ce que vous aussi vous vous nourrissez des gens ? On se croit plus humains, plus grands, parce qu'on crée de l'art, et que seuls les hommes créent de l'art, mais on en vient à oublier toute notre humanité, on devient pire que des vautours. Mon cœur n'arrive plus à être simple, mes parents avaient raison quand ils disaient que les livres m'avaient rendue bizarre.

Calmez-vous Bérénice, essayez de vous reposer. Non non, il faut que je parle, il faut que je vous dise ce qui m'a traversé l'esprit la première fois que j'ai rencontré Véra Korène dans son appartement... Vous allez me trouver bien bête, bien naïve, mais je n'avais que quinze ans. Bien sûr je l'avais trouvée magnifique mais ce qui m'avait coupé tous mes moyens, ce qui m'avait littéralement rendue muette au tout début de notre rencontre, vous savez ce que c'était ? C'étaient ses mains. Elle les avait très fines, très distinguées, mais leurs veines étaient particulièrement saillantes. C'est là que j'ai pris conscience – c'est apparu de façon fulgurante – qu'elle était un être humain, une vraie femme de chair et de sang. Jusque-là je crois que j'avais dans l'idée que les comédiens étaient des dieux. Vous me trouvez puérile, n'est-ce pas ? Je voyais ses mains, une veine en particulier qui devait ressortir un peu plus que les autres ou qui devait battre un peu plus fort, et j'avais l'impression d'un sacrilège : cette comédienne faisait partie du Théâtre-Français et malgré cela, elle était une femme comme les autres, qui respirait comme les autres, avait les mêmes besoins vitaux que les autres, qui devait manger comme les autres, aller aux toilettes comme les autres et ne pas sentir la rose comme les autres !

Il prit sa paume et d'un doigt en dessina les veines, tout doucement, une par une, terminant son geste par un long baiser sur le dos de sa main avant de sortir de la chambre pour la laisser dormir, et aller écrire, peut-être.

2

Maintenant elles étaient là toutes les deux sur le quai, embarrassées, ne sachant trop quoi se dire. Alain avait accompagné Bérénice encore faible et pâle à la gare de Lyon et assistait aux adieux de la mère et de la fille. Quelle différence de rapports entre sa propre mère et madame Capel. Sa mère à lui était son pilier, ils étaient complices depuis qu'il était en âge d'avoir des souvenirs, ils étaient devenus l'un pour l'autre des confidents aussi précieux que nécessaires, s'appelant presque chaque jour, suscitant parfois l'étonnement de leur entourage qui s'épuisait en ragots malveillants sur ce couple étroit qu'ils formaient, si étroit que les autres à côté faisaient rapidement figure d'étrangers. Il regardait donc ce couple mère-fille si dissemblable. Aucun point commun physique si ce n'était la finesse des attaches et cette détermination dans le regard. Mais il y avait chez Bérénice une perfection de traits qu'on ne retrouvait pas chez sa mère marquée par un front haut qui lui mangeait le visage. Il n'y avait pas à s'y tromper pourtant : la disharmonie excessive de leur relation indiquait le lien filial.

Il observait leurs traits marqués. La perte récente de Maurice Capel se lisait sur leurs visages fatigués même si les vingt-deux ans de Bérénice rendaient moins visibles ses cernes. Sa mère semblait nerveuse, elle tenait serrée dans sa main sa carte d'identité et son *ausweis* obtenu grâce à la maladie de la grand-mère Mathilde retournée en Provence depuis l'exode – « grâce à » et non « à cause de », car cette maladie l'avait autorisée à décrocher ce laissez-passer de la Kommandantur. Elle ne comptait pas retourner à Paris ensuite. La Valabrègue retournait parmi les siens dans son pays natal. Sa famille l'aiderait à faire le deuil de son époux, c'est du moins ce que tout le monde prétendait et que, pour ne pas faire d'histoires, elle faisait semblant de croire.

Par discrétion il s'était posté un peu à distance des deux femmes. Tout en fumant une Gitanes, il observait la mère de Bérénice qui paraissait plus que son âge. Malgré sa froideur ou peut-être à cause d'elle, à cause de son regard fermé, de la distance entre les deux corps de la mère et la fille, il pouvait lire avec clarté dans ses pensées. À l'heure des adieux avec Bérénice, la voilà qui faisait le bilan, un bilan assez amer en somme, celui d'une mère qui a manqué tous ses rendez-vous avec sa fille.

Qu'est-ce que je peux lui dire ? J'aurais dû venir moins en avance, me voilà plantée sur ce quai à devoir lui dire adieu alors que je n'attends qu'une chose : m'installer dans le compartiment pour choisir la meilleure place. Lui dire qu'elle va me manquer ? Elle sait que c'est faux. Au fond pendant toutes ces années, ça ne m'a pas fait grand-chose de ne pas la voir. Ça m'aurait fait plaisir si elle avait été une fille normale, si elle avait été comme tous les enfants que je connais : un métier, un mari avec une bonne situation, pas un musicien, un saltimbanque comme elle, je ne sais même pas à quoi il ressemble, il n'était pas là pour l'enterrement, de toute façon je n'aurais pas accepté qu'il vienne alors qu'il n'a pas demandé sa main à Maurice, qu'est-ce que c'est que ces manières ? Depuis le début elle n'a jamais rien fait comme les autres. Même son prénom... pourtant c'est Maurice qui l'a choisi, Dieu ait son âme, mais je ne m'y suis jamais faite, chez nous on s'est toujours appelées Sarah, Myriam, Rebecca, ça c'est des noms *kosher*, pas Bérénice. Ça a tout gâché. De toute façon j'aurais préféré avoir un garçon, les fils c'est plus gentil avec leur mère. Je ne sais pas... ils les aiment plus, ils sont reconnaissants. Moi je n'ai eu qu'elle, Dieu n'a pas voulu m'accorder d'autres enfants, et celle-là m'a toujours déçue. Je voulais une fille aux cheveux blonds, elle les a noirs, je voulais qu'elle ait une voix douce, elle a une voix grave, je voulais qu'elle soit avenante juste ce qu'il faut, mais elle est trop belle, on n'est pas comme ça chez les Valabrègue, j'étais gênée à chaque fois que quelqu'un s'extasiait sur sa beauté, les gens, ils croyaient qu'ils me faisaient plaisir mais ça me mettait mal à l'aise, on se fait remarquer quand on est trop beau, qu'est-ce qu'on a besoin de ça ? Comme disait ma grand-mère, il vaut mieux avoir un visage ingrat mais un bon destin. Alors que là, qu'est-ce que ça lui a apporté ? Ça lui a donné ses idées de théâtre, elle a voulu faire comme ces actrices qu'on voit au cinéma, et tout ça pour quoi ? Elle m'a dit qu'on l'avait renvoyée de sa Comédie-Française de malheur, pas étonnant, ce n'est pas un métier pour les Juifs, comédien, *tssss*, on lui a toujours dit, mais non, mademoiselle ne nous a pas écoutés, elle n'en a toujours fait qu'à sa tête, et Maurice, il a eu beau la chasser, ça ne lui déplaisait pas qu'on parle d'elle, qu'il y ait sa photo dans les journaux, il faisait son petit album en cachette et il pensait que je ne m'en apercevais pas, qu'est-ce qu'il croyait, qu'une Valabrègue ne se rend pas compte de ce genre de choses ? Les hommes, ce que c'est naïf parfois, il croyait vraiment qu'en faisant le ménage tous les jours, je ne tomberais pas sur sa cachette ? je n'ai rien dit, ce n'est pas aux femmes de faire des histoires, et je ne voulais pas qu'il se sente humilié, l'heure tourne, je vais avoir une mauvaise place dans ce train, pourquoi est-ce qu'elle a voulu venir, moi je n'y tenais pas, elle ne serait pas venue je serais déjà montée dans le train, maintenant je suis sûre que je ne trouverai plus de place près de la fenêtre, ce sont les meilleures places, tout le monde les veut, elle aurait été normale, il n'y aurait pas eu de problème, elle continuerait son métier, elle serait venue m'accompagner avec son mari et pas avec cet inconnu, d'accord il a l'air d'un monsieur bien mais c'est un étranger, elle ne fréquente que des goyim, Dieu sait ce qu'elle fabrique avec eux, Pétain a raison, il n'y a plus de morale, c'est pour ça qu'on en est là, elle serait venue ici avec ses enfants, au moins j'aurais pu parler avec eux alors que là je ne sais pas quoi lui dire, quel âge elle a déjà, vingt-deux ans et toujours pas d'enfants, ce n'est pas normal, qu'est-ce que doivent penser les gens ? ils doivent dire qu'elle est stérile, il paraît qu'elle est mariée depuis plus d'un an alors pourquoi elle n'a pas d'enfant ? On a toujours eu des enfants chez nous. Qu'est-ce qu'elle ressemble à Maurice, ils ont les mêmes yeux, exactement la même couleur... À l'heure qu'il est, je devrais déjà être grand-mère, et Maurice le pauvre, jamais il n'aura eu de petits-enfants lui qui en aurait tellement voulu, bon cette fois c'est presque l'heure, je peux lui dire que je dois monter dans le train...

Sur le quai de la gare, la mère et la fille se font face. Bérénice semble toute perdue sous son petit chapeau, elle attend les paroles qui ne viendront pas, qui ne viendront jamais, les paroles de reconnaissance que son père a prononcées avant de partir et qui les ont réconciliés. Alain Béron aimerait crier à la jeune femme : arrête de croire que ces paroles viendront un jour, il voudrait le lui crier pour qu'elle cesse de perdre le peu d'énergie qui lui reste dans cette quête impossible, c'est pourtant si évident pour des yeux extérieurs que la mère qui se tient en face d'elle exprime – par son attitude et ses embrassades du bout des lèvres et jusqu'à cette façon forcée de la tenir serrée contre elle avant de monter dans le wagon – « Je ne t'ai jamais aimée ». Je ne t'ai jamais aimée crie toute l'attitude de sa mère, mais Bérénice se refuse à se l'avouer, pourtant elle sait, comme en témoignent ses épaules voûtées au sortir de la gare. Il a envie de la prendre paternellement dans ses bras. Peut-être par pudeur il s'en empêche et c'est elle qui en larmes trouve refuge contre sa poitrine, se raccrochant à lui qui la comprend, pendant quelques secondes elle trouve du réconfort dans ses bras jusqu'à ce que la vue d'un uniforme allemand la fasse se redresser, soudain toute droite et de nouveau prête à affronter le monde comme elle peut.

Dans la voiture qui les ramena à L'Isle-Adam, Alain jugea qu'il était temps de parler à la comédienne.

— Bérénice, j'aimerais vous présenter quelqu'un.

3

« Le drame des démocraties, c'est leur faiblesse. La France et la Grande-Bretagne ont laissé tomber la Tchécoslovaquie, comme Léon Blum les Républicains espagnols. » Cela fait dix minutes que Bérénice écoute en souriant le gamin blond aux yeux bleus débiter d'un air extrêmement sérieux ses analyses politiques. Constatant son succès, il ne lui laisse rien ignorer de ce qui a conduit à la défaite, depuis l'angélisme de Wilson, premier responsable, jusqu'aux mensonges de Hitler. Au fond, Chamberlain était excusable : comment un Anglais de la gentry pouvait-il imaginer une seconde que monsieur Hitler n'était pas un gentleman !

— Ce gosse est épatant, dit-elle à Alain. Quel âge as-tu ?

— Je viens d'avoir onze ans, je passe en sixième à la rentrée. Je suis arrivé troisième à l'examen d'entrée !

Voilà, elle vient de faire la connaissance de son voisin de la rue Poupart, Guy, petit parisien juif au nom d'origine hollandaise, blondinet aux yeux bleus, réfugié à L'Isle-Adam avec sa famille depuis le début de l'Occupation. Il avait d'abord sympathisé avec Alain Béron parce que comme lui, il voulait devenir avocat.

— Mais mon père ne veut pas, il trouve que c'est un métier de crève-la-faim.

— Ton père me paraît plein de bon sens ! répliqua l'avocat-poète.

À partir de la rentrée, chaque jour après l'école, de retour du collège municipal de Pontoise, après un long trajet à pied et en micheline – l'autorail qui faisait le trajet de Beaumont-sur-Oise à Pontoise –, le gamin venait rendre visite à Bérénice.

— Regarde mon livre d'allemand. Bien sûr, tu connais cette poésie de Heine :

Ich weiß nicht, was soll es bedeuten,
Daß ich so traurig bin ;
Ein Märchen aus alten Zeiten,
Das kommt mir nicht aus dem Sinn...

Bon, regarde la signature : « *Unbekannt Dichter* » (poète inconnu). Ah ah ! comme si aucun Allemand n'ignorait que la Lorelei était de Heine ! Mais Heine est juif, alors...

Alain avait eu raison de lui présenter le petit, ses anecdotes amusaient la comédienne. Quelle leçon, ce gamin arrivait à rire des événements, à ne pas se laisser terrasser par la noirceur du monde où ils se retrouvaient. À son âge, l'appétit de vivre était le plus fort. Cette rencontre fut salutaire. Elle s'en voulut de son défaitisme, elle devait se secouer et prendre une décision. Une ordonnance allemande venait de paraître, imposant le recensement des Juifs de Paris et de la Seine. Que faire ? Selon la loi de l'occupant, elle devait se déclarer : était considéré comme juif quiconque avait plus de deux grands-parents juifs. Comme la plupart des israélites, le père du petit Guy était allé au commissariat remplir la déclaration. Pourtant, alors que tous ses ascendants sans exception étaient juifs, il avait décidé de ne pas déclarer une de ses grands-mères, après quoi il s'était retourné vers sa femme et ses deux enfants : « Elle doit se retourner dans sa tombe. » Son mensonge était sans doute absurde, les Allemands occupant la Hollande, ils pouvaient facilement vérifier que c'était faux, mais n'était-ce pas encore plus absurde d'obliger les Juifs à rapporter leurs postes de T.S.F. à la gendarmerie ? N'était-ce pas plus absurde de leur interdire la bicyclette et jusqu'au téléphone, *même d'une cabine* ?

Encore une fois, comme après le comité d'administration du 5 septembre, Bérénice se trouvait dans l'obligation de faire un choix : se faire recenser comme juive ou refuser cette loi inique. Cette fois le choix fut plus évident. Réfractaire à tout ce qui portait l'uniforme allemand ou la marque nazie, elle sut presque tout de suite qu'elle ne se soumettrait pas. Sans doute était-ce plus facile pour elle de décider ainsi dans la mesure où le nouveau diktat émanait d'une autorité étrangère. Il est vraisemblable aussi qu'elle n'aurait pas pu transgresser la loi sans le soutien d'Alain Béron. Bérénice ne sut jamais si son réseau était constitué de relations dans l'Administration ou d'anciens « clients » au passé un peu louche qui étaient reconnaissants à l'avocat d'avoir remporté leur procès. En tout cas, les amis d'Alain avaient bien fait les choses : en plus d'une nouvelle carte d'identité, elle disposait même d'un certificat de baptême et de tous les tickets de rationnement nécessaires. Elle s'appelait maintenant Béatrice née Pascal, épouse Béron. Leur voisinage étant déjà convaincu qu'ils étaient mariés, tout était plus simple ainsi.

En octobre 1940, la loi porta un nouveau coup contre les Juifs. La Radio nationale annonça que le gouvernement allait prendre des mesures, des textes devaient paraître très prochainement au *Journal officiel*. On expliquait que partout, et spécialement dans les services publics, l'influence des Juifs s'était fait sentir, « insinuante et décomposante ». On en aurait presque plaint le gouvernement à qui incombait « la tâche pathétique de restauration française ». On assurait que « le gouvernement entier, dans une absolue sérénité, s'est défendu de faire œuvre de représailles. Il respecte les personnes et les biens des Juifs. Il les empêche seulement d'assumer certaines fonctions sociales, d'information, de gestion, de formation des intelligences, l'expérience lui ayant prouvé comme à tous les esprits impartiaux, que les Juifs les exerçaient dans une tendance individualiste jusqu'à l'anarchie », bla bla bla, Bérénice avait coupé la radio. Elle eut une pensée pour le petit Guy : son père avait préféré casser sa T.S.F. plutôt que de la livrer aux autorités.

Maintenant c'était officiel, les Juifs étaient exclus de certaines fonctions. Cela ne concernait pas (encore ?) les comédiens, mais décidément, mieux valait se faire passer pour Béatrice Béron.

Nathan, toujours bien informé des événements, transmettait à sa femme des messages de plus en plus inquiets et la pressait de venir le rejoindre : « Alain m'écrit que tu vas mieux, je t'en supplie, viens, je n'en peux plus de t'attendre. La situation m'inquiète de plus en plus, je ne serai tranquille que quand nous serons arrivés en Amérique. » Elle savait désormais qu'il avait raison, depuis le début il avait eu raison de se montrer alarmiste. Elle s'était si souvent moquée de lui, de ses prophéties, de sa manie de décrypter chaque phrase dans les journaux en lui attribuant un sens sinistre. Elle s'était crue épargnée. Jamais elle n'aurait pu imaginer qu'un jour le plus grand théâtre de France et la France elle-même pourraient opérer des discriminations entre Français. Ils font de vous des sujets de second ordre, comme sous l'Ancien Régime, constatait avec amertume Alain. Je ne parle même pas des Allemands : savez-vous que la liste Otto, qui a censuré les auteurs juifs, francs-maçons, communistes et j'en passe, a interdit Pirandello ? Il n'est pourtant pas juif, il n'est pas non plus franc-maçon ni même communiste, mais son traducteur est juif donc *verboten* !

Pour la première fois, Bérénice se réjouit que son père fût décédé. Au moins ne voyait-il pas cela. Au moins ne pouvait-il lire dans les journaux : « Les Juifs ne pourront plus accéder aux fonctions publiques ni les exercer », suivi de l'énumération des professions interdites comme s'il s'agissait d'un fait normal, comme s'il n'y avait rien là qui devait susciter l'indignation. Peut-être son père avait-il senti ce qui était en germe et était-il parti pour ne pas voir cela, en arrivait-elle à considérer. La France qu'il aimait et qu'il lui avait appris à aimer, où était-elle maintenant ? On en était à dénaturaliser des gens. Bérénice pensait à tous ces Juifs d'Europe de l'Est, venus en France comme lui pour échapper aux pogromes, certains de trouver dans la patrie des droits de l'homme une terre d'asile, vouant un culte à la France, fiers de verser leur sang pour elle. Elle pensait à cet ami de son père, Michel Hoffeld, juif russe lui aussi, qui avait fait les quatre ans de la Grande Guerre pendant que sa femme subsistait avec l'allocation des femmes de militaire, et qui à son retour, quand il avait commencé à gagner un peu mieux sa vie, avait retourné à l'État sa pension d'ancien combattant en expliquant qu'il était tiré d'affaire et que sans doute d'autres en avaient plus besoin que lui. Même son père, qui était l'intégrité même, avait trouvé ça exagéré ! Michel Hoffeld avait été un des premiers à être déporté Dieu sait où, les Allemands avaient tiré du lit « les Juifs Hoffeld » et avaient tout saccagé dans leur appartement, jusqu'à une édition princeps de Schiller qui était le joyau de leur bibliothèque, ne laissant derrière eux qu'un vase de nuit.

Même pour ceux qui étaient nés en France comme elle, voire pour ceux qui comme les Valabrègue, descendaient de familles de vieille souche, fiers de n'avoir rien en commun avec les immigrés mal dégrossis des quartiers populaires de Paris, qui baragouinaient le français et se perdaient dans le métro, voilà qu'on les dégradait professionnellement. On avait arraché à Dreyfus ses épaulettes, on avait brisé son épée, tous les petits enfants de France avaient en mémoire l'image de cet homme humilié, tous avaient vu ce dessin paru dans *Le Petit Journal* du « traître Dreyfus », droit comme un I dans la cour de l'École militaire, l'uniforme dépouillé de ses ornements militaires tandis qu'en face de lui un officier caparaçonné de distinctions honorifiques rompait son arme avec une rage qui confinait à la délectation. Maintenant ils étaient nombreux à ressentir ce qu'avait pu éprouver sous l'éclat impassible du dôme des Invalides cet homme innocent. Tous, innocents comme lui sauf de la faute d'être juifs, ils étaient frappés au cœur. Dans quelle Île du Diable allait-on maintenant les traîner ?

Elle regardait le petit Guy si brillant à onze ans, qui ambitionnait d'être avocat et manifestait des prédispositions évidentes : déjà il avait le verbe haut, le sens de l'argumentation et la prestance. Il y avait peu encore, son destin aurait été tout tracé. Il aurait passé son bachot, se serait inscrit à la faculté de droit et aurait prêté serment après sa licence. Aujourd'hui, si les choses allaient ce train, il pouvait bannir de son esprit toute ambition de ce genre. Bérénice avait le cœur tellement serré pour lui, elle se sentait si coupable de faire partie de ce monde des adultes qui ne laissait aucun espoir aux enfants qu'elle le gâtait comme elle pouvait, lui donnant du pain pris sur sa carte de rationnement ou les dernières tablettes de chocolat qui restaient dans les placards de la cuisine. De quoi améliorer l'ordinaire auquel avaient droit les petits « J2 ».

Elle n'avait plus aucun espoir de rejouer en France et l'Amérique de Nathan ne la tentait pas. Son pessimisme englobait le monde entier depuis que son propre monde si plein de certitudes et de joies, celui du théâtre, s'était écroulé. Partir ? Rester ? Bien sûr à Barcelone il y avait Nathan, mais quelles perspectives offraient les États-Unis ? Ici il y avait encore la langue française et puis ce petit garçon à qui elle enseignait la diction, envers qui elle se sentait un tout petit peu utile. Nathan, lui, c'était différent : sa musique formait son monde. Même emprisonné, même déraciné, même privé de papier et de crayon, il pouvait toujours composer dans sa tête, son esprit était plein de notes. Tandis qu'elle, sans scène et sans public, comment exercer son art... Elle n'était plus qu'un arbre stérile. *Yerma*, déserte, comme disent les Espagnols et le plus poétique d'entre eux, Federico Garcia Lorca. Encore un qu'elle ne jouerait plus.

4

Alain Béron n'écrivait plus sinon son journal qu'il tint plus régulièrement à partir de l'automne 1940. La défaite avait sapé son moral, l'Occupation paralysait sa muse. Cette France vaincue et abattue le laissait littérairement désarmé, coupable, peut-être, à l'idée de s'offrir le luxe d'écrire de la poésie. Restait le barreau. La rentrée judiciaire avait eu lieu le 1er octobre (« On retourne à l'école le même jour », avait-il plaisanté avec Guy). Ce jour-là, le bâtonnier Jacques Charpentier avait réuni magistrats et avocats devant la plaque de bronze énumérant les noms des membres du barreau tués pendant la Grande Guerre. Oh ! certes, il avait fait un beau discours, le bâtonnier, tout empreint de l'esprit sacrificiel qui semblait devenu le nouveau credo de la Révolution nationale, décrivant une France idéale et bucolique. Comme il avait bien tourné sa conclusion : « Apprenez-nous, comme on l'apprenait autrefois aux petits enfants dans les écoles, à chérir le pays que nos pères ont rassemblé et pour lequel vous êtes morts, nos vignes et nos forêts, nos prairies et nos terres à blé, le pays qui s'étend depuis le Rhin jusqu'à l'Océan et depuis la mer du Nord jusqu'aux Pyrénées, la France une et indivisible, qui ne veut pas mourir. »

En vérité l'avocat n'avait plus guère confiance en ses pairs, lui qui avait porté si haut son métier et l'honneur d'endosser la robe. La loi du 10 septembre 1940 réglementant l'accès au barreau venait d'interdire l'exercice de la profession à quiconque ne possédait pas « la nationalité française à titre originaire comme étant né d'un père français », loi xénophobe qui excluait du barreau des Français nés en France. « Lu le *Journal officiel*, consigna-t-il dans son carnet. Je ne supporte déjà plus ce "Nous, Maréchal de France, chef de l'État français". Ainsi c'était vrai le bruit qui avait couru hier. Je ne voulais pas y croire. Quelle honte, le racisme érigé en loi. Ce qui me serre le cœur, c'est qu'au Palais, personne ne s'en émeut. Même nos plus grands ténors du barreau, d'habitude si prompts à s'enflammer, restent muets comme des carpes. Comme j'étais naïf de croire que la basoche allait se répandre en protestations. Le statut des Juifs est passé dans le droit positif comme une lettre à la poste, je m'attends à ce qu'il soit bientôt enseigné dans les facultés de droit par nos éminents professeurs. »

Il n'était pourtant pas un lapereau de l'année Alain Béron, il savait que la xénophobie et l'antisémitisme avaient toujours été de bon ton au Palais. Ce n'était pas un hasard si jamais aucun Juif n'avait été élu bâtonnier au barreau de Paris. L'avocat n'aurait pourtant pas parié sur le silence de ses confrères. À croire que la défaite militaire pétrifiait tout le monde, contaminait même le barreau, pourtant rempart naturel des libertés. Il n'excluait pas que beaucoup fussent secrètement soulagés par l'entreprise de régénérescence de la France que promettait Pétain. Alors si quelques deux cents avocats étaient le prix à payer...

Contre quoi marchandaient-ils ainsi leur honneur? Où étaient passés leur morale, leur idéal de la justice, leur foi en l'égalité républicaine? On parlait d'une lettre de l'avocat Pierre Masse, officier de la Légion d'honneur, Croix de guerre, sénateur de l'Hérault, qui aurait écrit au maréchal Pétain, son ancien camarade au Comité de guerre de 1917, pour lui demander, après qu'un décret eut déclaré que les israélites ne pouvaient plus être officiers, même ceux d'ascendance strictement française, s'il devait retirer ses galons à son frère tué à Douaumont en 1916, à son neveu, tué à Rethel en mai 1940, s'il pouvait encore laisser à son frère la médaille militaire avec laquelle il fut enseveli, son galon à son fils blessé à Soupir en juin 40 et jusqu'à la médaille de Sainte-Hélène de son arrière-grand-père? Lettre insolente sans doute. Pour l'écrire et ne pas hésiter à l'envoyer, il fallait s'appeler Pierre Masse et posséder son indépendance seigneuriale, il fallait surtout la force de l'indignation face à l'outrage d'une loi inique. Quelle réponse recevrait-il? Lui répondrait-on seulement? Sans doute Pierre Masse lui-même ne se faisait-il pas d'illusion sur l'efficacité de sa démarche, malgré les liens d'amitié qui l'avaient uni à Pétain. Celui-ci, au mieux, ferait rédiger une lettre convenue par un scribouillard de seconde zone en maugréant devant cette paperasse supplémentaire. Le digne avocat ne méritait pas cela, s'attristait Alain qui l'avait rencontré à plusieurs reprises lorsqu'il était stagiaire. L'homme lui avait paru l'incarnation même de la Troisième République, il l'avait impressionné par son autorité et ses qualités de juriste. À l'époque, Pierre Masse avait à peu près l'âge qui était le sien aujourd'hui.

De fil en aiguille, l'homme de loi revenait sur ses années d'apprentissage, sa montée à Paris pour entrer à la faculté de droit. L'arrachement avec sa mère avait été difficile, il avait passé avec elle toute sa vie d'alors, jamais séparé d'elle plus d'un jour. Ses rapports avaient toujours été plus froids avec son père qui n'avait jamais soutenu sa vocation de poète et dont l'absence pendant la Grande Guerre avait achevé de distendre leur relation – avant qu'il ne trouvât la mort en 1917. À Paris, le jeune Béron s'était révélé un bon étudiant, il avait rapidement obtenu sa licence de droit, avait poussé jusqu'au doctorat, ce qui ne l'avait pas empêché d'écrire en parallèle des poèmes dont certains avaient été publiés dans *Les Cahiers du Sud* et salués par Paul Eluard, son aîné de dix ans. Des deux moments les plus émouvants de sa vie de jeune homme, il y eut sa prestation de serment sous le regard bienveillant de son mentor, l'avocat Albert Willm, et la découverte de son nom imprimé sur son premier recueil de poésies.

Pierre Masse. Bérénice. Il semblait à l'avocat que la France était comme une boussole affolée dont l'aiguille, au contact de l'aimant nazi trop puissant pour elle, devenait inapte à indiquer la route. Les lois françaises étaient certes dictées par l'envahisseur, mais fallait-il les subir avec autant de résignation ? S'il n'arrivait plus à écrire, au moins lui fallait-il parler de tout cela avec des compagnons sûrs qui partageaient son désarroi et sa révolte. Alors peut-être, si l'inspiration lui revenait, publier sa révolte dans une revue, celle de Pierre Seghers par exemple, *Poètes casqués*, qui l'avait édité au moment de la mobilisation, et qui était en train de devenir, sous la houlette de quelques écrivains, *Poésie 40*.

En attendant, même s'il le décevait, le barreau lui semblait le seul endroit où il pouvait défendre ceux qui en avaient besoin. Jusqu'à quand ? il l'ignorait. Peut-être dans cette cacophonie en viendrait-on à refuser aux victimes le secours d'un avocat, peut-être n'assisterait-on bientôt qu'à des procès sommaires, pour la forme, voire se passerait-on de toute forme de procès. Le naturel mélancolique d'Alain Béron trouvait un puissant combustible dans le monde qui l'entourait. S'enfermer dans sa tour d'ivoire aurait été plus conforme à son instinct mais cette pente lui semblait aujourd'hui impraticable. Alors envoyer au bâtonnier la preuve demandée à tous ses confrères que leur père était français le jour de leur naissance et ensuite travailler, plaider, aider ceux qu'il pouvait, au premier titre Bérénice. Pour le moment la fin justifiait les moyens mais il savait que la formule atteindrait rapidement ses limites, que bientôt elle risquait de ne plus être d'aucun secours sous peine de se compromettre.

5

C'était une journée qui commençait mal. Le matin, en revenant du centre-ville où elle était allée chercher des journaux, feuilles infectes qu'elle achetait, malgré leur propagande éhontée, pour connaître les dernières informations concernant le ravitaillement – quand seraient distribuées les nouvelles cartes de lait, quels coupons de la carte d'alimentation « denrées diverses » pouvaient être honorés... –, elle était tombée pour la première fois sur une affiche rouge. On y annonçait qu'à la suite d'un attentat commis à Paris contre un officier allemand, des otages avaient été fusillés. Un sombre pressentiment l'avait traversée.

De retour dans la petite maison de L'Isle-Adam, elle avait trouvé, posée sur le radiateur en fonte du vestibule, une lettre de Nathan. C'était tout un parcours pour que le courrier parvînt jusqu'à elle : les relations postales entre l'Espagne et la zone occupée étant interrompues, il fallait user de stratagèmes. Postée de Barcelone, la lettre sous double enveloppe était arrivée en zone libre à l'adresse d'une poste restante où l'avait récupérée un ami. Il l'avait passée à un autre camarade pourvu d'un *ausweis*. Cet homme l'avait remise en main propre à Alain Béron qui l'avait réceptionnée pour Bérénice avant de partir pour le Palais. La lettre était maintenant entre ses mains, bien épaisse. Pourquoi la jeune femme eut-elle de nouveau ce pressentiment sinistre en palpant la lettre ? D'habitude, elle ouvrait sans tarder l'enveloppe, si heureuse quand elle recevait une lettre au lieu d'une carte. La carte se lisait trop vite alors qu'avec une lettre, il y avait d'abord le plaisir de la soupeser pour évaluer le nombre de feuilles, la contemplation des timbres et des cachets postaux, l'ouverture de l'enveloppe avec un coupe-papier, bien proprement, le doigt qui caressait les bords du triangle qui avaient scellé l'enveloppe, en pensant : « Là-dessous, il a passé sa langue pour faire adhérer la colle. » Et puis sortir le papier, deviner à la calligraphie de Nathan son état d'esprit du moment : écriture très penchée avec de grands espaces entre les mots = fatigue. Régulière = tranquillité. Nombreuses ratures = nervosité… Là, l'écriture était serrée, les marges nettes et droites. C'était une lettre mûrement réfléchie, c'était un ultimatum.

« Bérénice,

Cela fait quatre mois que je t'attends et je ne sais plus quoi penser. Quand tu as dû annuler ton voyage parce que ton père se mourait, j'ai naturellement compris ta décision, elle était légitime. Tu avais besoin de temps, je te l'ai accordé. Mais aujourd'hui, qu'est-ce qui t'attache à la France ? Tu ne peux plus exercer ton métier, ton père n'est plus, ta mère est loin et n'a pas besoin de toi, ta vie est menacée en zone occupée, alors quoi ?

As-tu envie de mourir ou même de souffrir pour une France antisémite qui t'a chassée comme une malpropre ? As-tu envie de rester dans cette France qui n'a pas trouvé mieux que de foutre ton mari dans un camp au lieu de le protéger des nazis ?

Je sais ce que tu penses, ton père t'a bourré le crâne avec ses idées républicaines, sa vision romantique de la France. S'il était encore là il me traiterait d'embusqué parce que je ne m'engage pas à Londres ou dans les rangs de la France libre, et peut-être le penses-tu toi aussi. Mais je ne suis pas un héros, moi, je suis un musicien. Mes années de service militaire ont été des années perdues, ce métier de soldat était contraire à ma constitution physique et morale. Mon travail sur cette terre, c'est de composer de la musique. Marcher en rang, faire le troufion, éplucher les patates, j'ai déjà donné. Rempiler ? très peu pour moi. Je ne veux pas qu'on t'annonce que je suis mort au combat, je ne veux pas que tu mettes ma photo sur le manteau d'une cheminée en marbre comme ont fait toutes ces familles qui ont perdu un époux, un fils ou un frère pendant la Grande Guerre, je ne veux pas que ma dernière œuvre soit déjà écrite et non à venir, je ne veux pas mourir à trente-cinq ans pour réparer les lâchetés des politiques qui n'ont pas su mesurer à temps la folie d'Hitler alors qu'il suffisait de lire *Mein Kampf* pour tout comprendre, je ne veux pas alimenter ce délire meurtrier alors que je n'aspire qu'à vivre tranquillement de ma musique. Est-ce un crime que de vouloir accomplir ce pour quoi on est né ? L'Histoire est trop grande pour moi, je ne suis pas de taille.

Communiste, on m'a exclu de mon parti. Allemand, on m'a chassé de mon pays. Il n'y a guère que deux étiquettes qu'on ait bien voulu me laisser sur le dos : Juif et musicien. Juif, parce qu'on nous renvoie chaque jour à cette appartenance et que j'aurais beau me convertir ou renier la loi de mes pères, je ne pourrais effacer ma circoncision ou biffer les générations de Juifs qui me précèdent. Musicien, parce que même en interdisant ma musique, même en me déclarant "musicien dégénéré", on me reconnaît encore cette identité : musicien. Mon discours n'aurait sans doute pas été le même en 36 ou 37, quand j'étais encore porté par l'idéal communiste, mais aujourd'hui, je ne crois plus qu'en ces deux choses : l'antisémitisme et la musique.

Contre l'antisémitisme la seule solution me paraît aujourd'hui l'Amérique et si un jour cet asile se révélait aussi un leurre alors il resterait peut-être la Palestine où je n'hésiterais pas à me rendre s'il le fallait. Quant à la musique... je la place plus haut que tout parce que je connais son pouvoir, parce qu'elle est ma raison de vivre, parce qu'on peut tout m'enlever, sauf cela, parce que si on me l'enlevait je ne pourrais plus vivre, de cela je suis certain.

Bérénice, ma femme de musique, j'arrête d'attendre. Un cargo part dans deux mois pour l'Amérique. C'est largement le temps que tu reçoives cette lettre et que tu fasses le voyage pour me rejoindre.

Un mot de toi et nous partons ensemble comme nous aurions dû le faire depuis le début. Après il sera trop tard, mon visa de transit expire bientôt. J'ai suffisamment de relations encore pour le faire prolonger, mais quel sens cela aurait-il ? Je ne reste ici que parce que je t'attends. Je ne veux plus attendre.

Allons, rejoins-moi, pardonne le ton de cette lettre qui peut te sembler impératif, mais imagine mon état, loin de tout, loin de toi. Tu me manques, tu ne peux savoir comme j'ai envie de voir tes yeux bleus, comme j'ai envie de te toucher, de te... Je ne comprends plus ce qui te retient. Cela me rend fou d'imaginer que toi, avec Alain... Non, je ne veux pas m'aventurer sur ce terrain-là. Tu vois, ton absence me fait divaguer, viens ma belle tragédienne, rejoins-moi. Songe à la vie que nous aurons en Amérique. Nous ferons le trajet plein d'espoir comme les pionniers des temps passés. La statue de la Liberté nous ouvrira généreusement ses bras. L'apercevoir du bateau fera couler nos larmes de joie. Nous habiterons New York ou Los Angeles, nous fréquenterons les artistes qui ont déjà gagné l'Amérique : Darius Milhaud, Lion Feuchtwanger, Pierre Monteux, Otto Klemperer, Bruno Walter. Nous reconstituerons le Paris que nous aimons, celui d'avant la guerre où chaque café était la promesse de rencontrer un frère, où l'on pouvait partager entre artistes un beau soleil, une idée poétique au lieu de parler restrictions, bombardements et abris. Tout sera comme avant dans cet Éden aux gratte-ciel infinis, nous maîtriserons rapidement l'américain, nous autres sommes si habitués à nous adapter au gré des persécutions, nous fêterons le 4 juillet et nous mangerons de la dinde pour l'Action de grâce, je finirai *la Harpe de David* qui est déjà achevée dans ma tête, nous la créerons au Met ou à l'Opéra de San Francisco, les chefs d'orchestre ne manqueront pas pour la diriger, ce sera ton premier rôle en Amérique, tu te feras connaître et acclamer, personne là-bas n'aura vu jouer comme toi, tu seras la nouvelle coqueluche des Américains, tu effaceras le souvenir de Sarah Bernhardt, tu seras la reine des planches, si le cœur t'en dit tu pourras même chanter à Broadway, chanter

Kurt Weill comme au Chat-huant, te souviens-tu, ma Lou, tu avais le *mi* parfait, ton *mi* aigu sur le “pas” de “Je ne t’aime pas”, ô mon amour, notre rencontre au Chat-huant, tu précipitais un peu tes croches dans le premier couplet, ça rendait Agnès malade mais c’est toi qui avais raison, c’était plus théâtral comme ça, et moi le succès de *la Harpe* me fournira des commandes, on me confiera la direction d’un orchestre, je serai libre de composer comme je l’entends, j’enregistrerai l’intégrale des opéras de Mozart ou mieux encore, tout Wagner pour emmerder les nazis, j’aurai une chaire à l’Université, je donnerai des conférences, je me mettrai à écrire de la musique de film si ça me chante, nous deviendrons riches peut-être mais surtout nous serons libres, loin de la guerre, loin de l’Europe qui n’a plus rien à nous offrir et qui ne veut plus de nous, nous pourrons même fonder une famille si tu le veux, nous donnerons naissance à de vrais petits Américains, ils seront beaux comme leur maman et nous en serons fiers, nous apprendrons à conduire, nous achèterons une Ford et nous partirons en vacances au Canada ou au Mexique, nous serons libres, nous serons heureux comme jamais. »

6

Depuis deux jours que lui était parvenu l'ultimatum de Nathan, Bérénice n'arrivait pas à prendre sa décision. Elle avait montré la lettre à son ami mais elle l'avait trouvé étrangement distrait, indisponible. À chaque fois qu'elle essayait de lui en parler, le moment semblait inopportun. Soit l'avocat devait se rendre au Palais, soit il recevait des visites ou s'enfermait dans son bureau – un gros dossier, une affaire compliquée, lâchait-il en guise d'explication. L'après-midi du deuxième jour, ou plutôt en fin de journée, à force de tourner et de retourner le problème dans sa tête sans lui trouver de solution, elle éprouva le besoin de lire à nouveau la lettre de Nathan. Où était-elle passée ? Elle n'était ni dans sa chambre, ni dans le salon, ni dans la cuisine. Bérénice finit par se souvenir que son ami l'avait emportée avec lui dans son bureau en attendant un moment favorable pour la lire plus attentivement.

Après un petit temps d'hésitation, elle se décida à pénétrer dans le sanctuaire. C'était la première fois qu'elle y entrait seule. Le salon excepté, c'était la pièce la plus vaste sinon la plus lumineuse de la maison. Un élégant secrétaire Empire, sans doute hérité avec la vente, composait la table de travail de l'avocat-poète. Des chaises, une banquette et un lutrin Thonet offraient un contrepoint plus moderne. Les murs tapissés de lambris et de panneaux en cuir vert bouteille apportaient une note chaleureuse quoique un peu sombre à la pièce. C'était un bureau d'hiver, fait pour être éclairé à la lampe électrique et se recueillir à l'abri des bruits de la rue.

Bérénice appuya sur l'interrupteur. Le secrétaire était rangé impeccablement, à l'image du méthodique Alain Béron. Quelques dossiers étaient posés non loin du pot à crayons, du buvard et de l'éphéméride, mais pas de lettre. À droite, sur une large table étaient empilés d'autres dossiers qui côtoyaient un amas de livres non coupés. Quelques papiers, quelques lettres aussi, des timbres, des cartes interzones, de la menue monnaie, des journaux, des épreuves annotées, des revues de la NRF. Cette table était le seul élément de désordre dans cet univers net, « Flaubert avait son gueuloir, moi j'ai mon foutoir », aimait à dire Alain Béron, déclenchant chez Bérénice la réminiscence d'une phrase qu'affectionnait Jouvet : « L'œuvre du poète est un désordre. »

Où diable pouvait-il avoir rangé cette lettre ? Elle était trop récente pour avoir eu le temps d'être ensevelie sous le fatras de la grande table. Peut-être l'avait-il serrée dans un tiroir du secrétaire ? Bérénice répugnait à fouiller, tant pis, elle attendrait son retour. Elle se laissa tomber sur la banquette, un peu découragée. Ses mains réclamaient d'être occupées.

Machinalement, elle se saisit d'un livre puis d'un autre, le temps de consulter le titre, histoire d'essayer de calmer sa nervosité. En haut de la pile de dossiers, une grosse chemise jaune était intitulée « Bergeret c/ de Staël ». S'en échappaient des coupures de journaux, des sous-chemises. Ce devait être l'affaire qui donnait tant de fil à retordre à l'avocat. Continuant à soulever des livres pour voir leurs titres, elle tomba sur *l'Épilogue* des *Thibault*. Le dernier tome de la série de Roger Martin du Gard venait de paraître. Comme elle avait lu les précédents, elle eut envie de parcourir les premières lignes de ce nouvel opus :

« "Pierret ! T'entends pas le téléphone ?"

Le planton au secrétariat, profitant de l'heure matinale où les médecins et les malades, occupés par le traitement, laissaient le rez-de-chaussée vacant, humait l'odeur des jasmins, penché à la bal... »

— Que faites-vous ici Bérénice ?

Plongée dans sa lecture, elle n'avait pas entendu Alain Béron arriver. Elle se redressa :

— Oh pardon, rougit-elle à l'idée qu'il pût imaginer qu'elle avait été indiscrète. J'étais venue chercher la lettre de Nathan, je vous attendais et...

— Vous fouilliez dans mes affaires ?

— Non voyons !

— Personne ne doit pénétrer dans mon bureau, s'emporta-t-il, vous le savez, vous savez que c'est la seule pièce à laquelle personne n'a accès en dehors de ma présence, ni la femme de ménage, ni personne ! À Aix, même ma mère n'entre pas dans mon bureau. Qui croyez-vous que vous soyez ?

— Je suis désolée, balbutia-t-elle, désarçonnée. C'était la première fois qu'elle voyait son ami en colère. Elle pouvait comprendre sa réaction, si quelqu'un était entré dans sa loge au moment où elle se préparait, au moment où elle faisait advenir le personnage, elle n'aurait pas apprécié cette intrusion, mais jamais il ne lui avait parlé sur ce ton, jamais il ne s'était montré blessant.

— Je vous assure que je ne le ferai plus, se défendit-elle en battant en retraite.

Pour toute réponse, il claqua la porte.

Seule dans le couloir, elle en resta bête. Qu'est-ce qui lui prenait ? Malgré toute sa bienveillance, Bérénice ne pouvait s'empêcher de trouver la colère du poète disproportionnée et même injuste. Elle lui avait juré qu'elle n'avait pas ouvert de dossier, ni rien déplacé à part le volume des *Thibault*, il pouvait bien la croire, tout de même. Elle n'avait voulu que récupérer la lettre de Nathan... et avec tout ça elle ne l'avait toujours pas !

— Bonsoir, c'est moi ! J'ai apporté des pommes de terre et peut-être que demain il y aura de la viande au marché, c'est Corinne, la femme au boulanger, qui me l'a dit.

Gigi venait d'entrer. La fille de la concierge passait chaque soir faire quelques heures de ménage et préparer le dîner. Elle avait toujours un potin ou une histoire drôle à raconter. C'est qu'elle en entendait un paquet dans les maisons où elle travaillait. Son arrivée permit de détendre l'atmosphère. Bérénice l'entendit tempêter dans la cuisine contre la guerre qui rendait impossible de préparer les plats de sa Bourgogne natale « pour de vrai ». « Ah là là, c'est fantastique, ça, le lait sans crème, le café sans sucre, la cuisine sans beurre, comment voulez-vous cuisiner ? » Elle râlait pour la forme car en réalité, c'était la reine de l'accommodement des restes et personne ne savait mieux qu'elle trouver par quoi remplacer les produits qui devenaient rares. « Oh dites donc, est-ce que je vous ai raconté celle-là ? C'est un bourgeois qui s'aperçoit que sa femme s'est encore acheté un chapeau. Alors y lui dit : Encore un chapeau neuf ? C'est au moins le cinquième ce mois-ci. Et elle lui répond : Mais mon chéri, puisqu'il n'y a pas de restrictions là-dessus ! »

Alain et Bérénice ne souffraient pas encore trop des restrictions, excepté pour le café et le sucre – ils détestaient la saccharine. Pour le reste, le petit potager leur permettait de faire pousser quelques fruits et légumes, et l'avocat recevait fréquemment des colis de nourriture : il y avait toujours un client dont les parents possédaient une ferme en province et qui le remerciait en lui offrant des confitures, des œufs, voire – c'était alors un jour faste où l'on conviait amis et connaissances pour partager la bonne aubaine – un poulet entier. Ce soir-là, ce fut plus simple, « sans chichi », comme leur annonça Gigi : un reste de terrine de lapin accompagné de nouilles.

— Les nouilles, ça me rappelle mes années d'école, se força à commenter Bérénice pour lancer la conversation quand Alain la rejoignit à table. On n'avait vraiment pas d'argent, on se retrouvait chez moi à se faire cuire nos Lustucru. Parfois, on n'avait même pas de beurre à mettre dedans, alors on les mangeait comme ça, telles quelles.

— Ma mère me renierait si elle savait que je mangeais des pâtes préparées par une autre qu'elle. Elle est

Italienne alors forcément, c'est sacré... Pardonnez-moi de m'être emporté tout à l'heure, je n'aime pas l'idée qu'on puisse voir mes textes avant que je les estime définitifs – et puis certains dossiers sont confidentiels. Non pas que je n'ai pas confiance en vous mais... disons que c'est une habitude de vieux garçon ! Je viens de déposer la lettre sur la cheminée, si vous le souhaitez, nous la relirons ensemble après le dîner. Mais vraiment, je ne saurais vous conseiller en la matière. Je ne puis juger un de mes meilleurs amis. Nathan a ses raisons. On peut le taxer aujourd'hui d'égotisme mais il a été l'un des premiers à avoir une conscience lucide des événements. C'est cette absence d'illusions même qui l'empêche aujourd'hui de se battre contre le désastre dans lequel nous nous trouvons. Ce à quoi il aspire, c'est poursuivre en toute indépendance son œuvre. Chez tout autre, sans doute, nous trouverions cela abominable mais nous connaissons tous deux son talent, son génie musical, nous savons qu'il est incapable de cynisme, ce qui serait odieux, alors comment lui reprocher de placer son œuvre plus haut que tout ? Qui suis-je pour le juger ? Moi je n'arrive plus à écrire, l'étendue de notre asservissement me paralyse et il me semble que je ne pourrai plus rien produire tant que nous n'aurons pas relevé la tête. Parfois j'en viens à penser que cette paralysie est la preuve même que je ne suis pas un poète. Avocat oui sans doute, plus que jamais la situation me donne envie d'agir, de militer, moi qui n'ai jamais voulu d'attache de quelque sorte que ce soit. Mais poète...

Dans son journal, ce soir-là, il écrivit : « Longue conversation avec Bérénice sur Nathan. J'ai peur d'avoir trop monologué. Je l'ai trouvée écartelée. Est-ce que je me trompe ? J'ai eu l'intuition nette que la décision de Nathan la prenait de court : elle ne s'attendait pas à cette prise de position qui a toutes les apparences d'un ultimatum et, je le crains, ne correspond pas à ce qu'elle espérait. Pourtant je lui fais confiance. Je la sais forte et solide, bien plus solide que nous tous et qu'elle ne le pense elle-même. Son intégrité la fait tenir droit. »

7

Certains jours, la guerre paraissait loin. Ce dimanche par exemple. Le petit Guy n'avait pas classe alors ses parents lui avaient donné la permission d'aller s'amuser sur la plage de L'Isle-Adam. Avant la guerre, c'était un endroit bien connu des Parisiens qui venaient par trains entiers découvrir les joies de la baignade à seulement trente kilomètres de la capitale. L'idée de cette plage, on la devait à un certain Henri Supplice qui, dans les années dix, avait commencé à aménager le lieu en véritable station balnéaire pourvue de hauts plongeoirs, de cabines d'inspiration normande, d'un restaurant à colombages et même d'un kiosque à musique. Pour une pièce de cinq francs, on se retrouvait dans un petit Deauville au bord de l'Oise.

La plage, c'était le royaume de Guy. Il y avait ses habitudes. Excellent nageur, il venait souvent s'y baigner. Le soleil était si engageant ce dimanche-là que Bérénice et Alain avaient accepté de l'accompagner. Pour un peu, ils auraient pu passer pour ses parents, en tout cas au premier coup d'œil, comme ça, avant qu'on ne se rende compte que Bérénice était trop jeune pour avoir un fils de onze ans. Il n'empêche, sans trop entrer dans les détails, leur trio ressemblait à une jolie petite famille au bord de l'Oise par un beau dimanche d'octobre. Guy avait demandé à la vieille Adamoise en faction une raquette et des balles pour faire une partie de ping-pong. Bérénice le regardait jouer avec Alain. Le soleil, les parasols, les cabines, le sable : la guerre semblait un mauvais rêve collectif dont elle se réveillait avec délice. Ce fut à son tour de jouer contre Guy. Elle s'essayait au ping-pong pour la première fois, les balles fusaient de tous les côtés, les cheveux de la jeune femme s'échappaient de son chapeau et son rire retentissait. Dans la petite troupe de badauds qui commençait à s'agglutiner autour d'eux, Guy aperçut du coin de l'œil des copains à lui. Il bomba le torse, fier de se montrer accompagné d'une si jolie femme. C'est avec une certaine forfanterie qu'il imaginait leurs commentaires. Sûr qu'à l'école, le lendemain, il serait le roi de la récré !

— Qui veut une glace ?

— Moi, moi ! répondit Guy.

— Quel parfum ?

— Pistache ! C'est mon préféré.

Ils étaient là tous les trois, assis sur leurs serviettes-éponges, dégustant chacun la glace à la pistache qu'elle avait tenu à leur payer, malgré les dénégations d'Alain, argumentant que c'était peut-être la dernière glace de la saison et qu'il pouvait bien lui accorder ce plaisir-là.

Parfois dans la vie il y a des moments parfaits. Ce sont généralement des moments très fugaces, ils durent une seconde à peine mais ils sont vécus si fortement qu'ils s'impriment pour toujours dans une existence. Peut-être sont-ils aussi intenses parce qu'ils apparaissent à l'improviste, sans que rien ne les prépare ni n'annonce leur venue. Il ne s'agit pas de moments heureux, de périodes fastes comme en connaît toute vie, mais d'instantanés très courts où tout à coup vous savez avec certitude que tout est bien. Pour Bérénice, ce temps durant lequel elle dégusta sa glace à la pistache en compagnie de Guy et d'Alain fut un de ces moments parfaits. La glace rafraîchissait son corps chaud qu'elle sentait tonique après la baignade, toutes ses sensations étaient nettes et affûtées, un doux bien-être l'envahit et elle eut brusquement conscience que cela, on ne pourrait jamais le lui enlever : cet air qu'elle respirait, cette eau dans laquelle elle s'était baignée, ce soleil qui lui caressait la peau. Cet air, cette eau, ce soleil, seraient là éternellement, personne ne pourrait les lui arracher ni lui arracher le souvenir de cette journée d'octobre. Le ciel au-dessus de sa tête faisait don de son bleu sans limites, l'horizon s'offrait, vertigineux. Tout était bien. À cet instant elle sut que sa place était en France.

Elle se tourna vers Alain : « Je ne rejoindrai pas Nathan », annonça-t-elle avec sérénité. Pour toute réponse il alluma une cigarette. En le voyant exécuter ce geste si tranquille, elle se demanda comment il avait pu perdre son sang-froid lorsqu'il l'avait surprise dans son bureau. Maintenant qu'à son tour elle avait l'esprit plus paisible, qu'elle était moins tournée vers elle, un doute l'effleura en repensant à cette scène. Mais il serait temps d'y penser plus tard... « Je suis heureux que vous ayez pris votre décision. J'aurais craint des pas de clercs en essayant de vous conseiller », finit par dire l'avocat. Ainsi fut close cette semaine de tiraillements qui avait coûté à Bérénice tant de nuits d'insomnie.

Et maintenant, ils iraient louer un petit bateau pour canoter dans l'Oise. En s'éloignant du rivage, ils voudraient oublier tout à fait que les Allemands étaient à deux pas, qu'ils avaient réquisitionné les plus belles maisons, qu'ils avaient établi la Kommandantur au Castelrose, avenue de Paris. Tous trois, ils retourneraient ensuite s'asseoir sur leurs serviettes, les mains délicates de Bérénice joueraient avec le sable fin, les gens se retourneraient pour la regarder car elle était bien gracieuse ainsi, dans sa longue robe blanche, le visage à moitié mangé par sa capeline. L'enfant et le poète rivaliseraient pour la faire rire, pour la charmer. Un photographe passerait par là. Peut-être quelqu'un découvrira-t-il un jour, dans un grenier ou une cave, enseveli sous un amas de poussière, le souvenir de cette journée, et la comprendra enfin. Sur la photo on ne verrait pas de glace à la pistache, il est probable qu'on ne trouvait déjà plus de glace à cette époque de restriction, il est également probable que le ciel d'octobre ne fut pas si clément, pourtant cette journée eut bien lieu et restera longtemps un beau souvenir pour Guy qui peut-être le racontera à ses enfants.

8

Bien sûr il aurait pu cacher le journal ce jour-là mais ce n'était pas dans le style d'Alain Béron. Cet homme entier était en général partisan de dire la vérité, quitte à ce qu'elle fît mal, étant d'avis que telle était la responsabilité humaine : savoir pour ensuite décider de ses actions. Certainement, l'article ne ferait pas plaisir à Bérénice. Il se demandait même comment ce *Petit Parisien* datant de plusieurs jours avait atterri là, dans la cuisine. Peut-être Gigi l'avait-elle rapporté de ses courses, le papier journal avait dû servir à emballer des provisions, ou bien l'avait-elle chipé chez un autre de ses patrons pour y découper une recette. Quoi qu'il en soit, à la page spectacle, on parlait de la belle prestation de Florence Hégué dans *le Cid* à la Comédie-Française. Ce serait encore un coup pour Bérénice qui avait dû quelques jours avant avaler une autre couleuvre : Jean-Louis Barrault racontant aux échotiers son entrée dans la Maison de Molière et son expérience pendant les répétitions du *Cid*. Pas un mot sur elle, pas un mot sur son départ, il parlait de Marie Bell dans le rôle de Chimène comme si le rôle lui avait été attribué depuis le début. On était en train d'effacer le nom de Bérénice. Cela faisait d'autant plus mal que les coups de fil des camarades s'étaient taris eux aussi : « Vous n'êtes plus dans la Maison, on vous oublie », constatait-elle amèrement. Il n'y avait plus que de Bretty qu'elle recevait des nouvelles de loin en loin, mais l'ancienne soubrette était bien à plaindre aussi depuis l'arrestation de Mandel. Heureusement la Comédie-Française ne l'abandonnait pas, continuant à lui accorder des congés sans solde renouvelés de trois mois en trois mois. La Maison avait été moins généreuse avec Véra Korène, dénaturalisée par l'infâmant décret du 29 octobre 1940. Elle avait appliqué à la lettre les règlements de la Société des Comédiens-Français qui exigeaient de ses membres la nationalité française. Elle l'avait exclue elle aussi.

« Florence Hégué n'est pas dénuée de talent, écrivit Alain le soir même dans son journal, simplement elle a eu la malchance de naître à peu près en même temps que Bérénice. Comme toutes les filles de sa génération elle se trouve étouffée par ce talent si singulier, par cette façon nouvelle de dire les textes, plus naturelle, par son sens inné de la tragédie, par sa voix que certains jugent laide mais que tous reconnaissent comme un instrument exceptionnel. Contre Bérénice, il est impossible de lutter. La puissance de ses interprétations dévore les tièdes. Florence n'ayant aujourd'hui autour d'elle que des rivales ordinaires, il lui est plus facile de se battre et de se faire remarquer.

On a appris aujourd'hui que les époux Bourdet étaient rentrés à Paris. Bérénice dîne demain chez eux quai d'Orsay. »

Durant tout le trajet dans le train qui l'emmenait vers Paris, Bérénice se demandait si, comme le bruit courait, Bourdet redeviendrait administrateur général à la Comédie-Française. En principe, l'expiration de son congé tombait le 12 novembre. À son retour à Paris, le 5 novembre, il avait reçu Copeau chez lui, au 71 du quai d'Orsay. Nul ne sut ce qui se dit entre les deux hommes. Tout au plus on constata que le 13 novembre, Bourdet ne se présenta pas à son poste. Il faut dire que peu de temps avant, Georges Ripert, secrétaire d'État à l'Instruction publique et à la Jeunesse, l'avait informé qu'il avait agréé Jacques Copeau comme administrateur à titre définitif : « Inutile de vous déranger, avait-il conclu, envoyez-moi tout simplement votre démission. » Indigné, la lettre de réponse de Bourdet fut cinglante : « J'ai sacrifié pendant quatre ans ma carrière d'auteur dramatique. J'ai consacré mon temps et mes forces à relever la Maison de Molière. J'ai été grièvement blessé à son service. Il m'est impossible de démissionner, mais je m'inclinerai sur ce que vous déciderez. »

Le ministre vichyssois se laisserait-il fléchir ? Ce fut l'essentiel de la conversation de ce vendredi 15 novembre chez les Bourdet. Auprès du couple, il y avait là les partisans de la première heure : Bérénice, Pierre Dux, Jean Yonnel, Marie Bell. Le premier regard échangé entre Bérénice et Yonnel depuis leur exclusion de la Comédie-Française, comme il était dense, triste et fraternel. Même si tous espéraient le retour de Bourdet, même si le vin aidant, il était bien agréable de bâtir des châteaux en Espagne en imaginant la vie de la Maison avec son administrateur retrouvé, les espoirs étaient minces. Jean Zay venait d'être condamné par le tribunal militaire de Clermont-Ferrand pour désertion en présence de l'ennemi. Dégradation militaire, déportation à vie : on ne pardonnait pas à ce nouveau Dreyfus ses prises de positions pacifistes et antimilitaristes d'avant-guerre, on ne lui pardonnait pas le *Massilia*. Comment tabler sur la réintégration de Bourdet ? Il était trop proche de Jean Zay le honni.

Une question taraudait Bérénice : qu'aurait fait Bourdet à la place de Copeau le 5 septembre 1940 ? Aurait-il accepté les démissions des sociétaires juifs ? À la fin du dîner, elle l'entraîna à part pour lui poser la question. Elle le regardait de son regard intense, son visage devenant presque enfantin en attendant sa réponse, quêtant avidement la moindre expression qui se refléterait dans le regard bleu de Bourdet. L'ancien administrateur général se déroba : « Ce ne serait pas honnête de vous répondre aujourd'hui, Bérénice : je suis là confortablement installé dans ce fauteuil, je fume un bon cigare après un dîner pas trop mauvais, ma foi, entouré d'amis qui me sont chers et me sont restés fidèles, je vous regarde, vous et Yonnel, deux des meilleurs acteurs de la Maison, et à cet instant il serait si facile de dire que je ne vous aurais pas sacrifiés... Vous me connaissez, tout mon être se révolte à l'idée de l'injustice qui a été faite à ces grands comédiens dont vous faites partie, uniquement parce qu'ils sont israélites. Dux m'est témoin que nous en avions beaucoup discuté à l'époque. Il était d'avis de ne pas céder aux Allemands, ce qui aurait correspondu à mon souhait le plus profond. Mais puis-je être sûr que je n'aurais pas profité de l'offre de démission de Yonnel et Alexandre, comme l'a fait Copeau ? Qui peut le dire ? On ne peut pas réécrire l'histoire, mon enfant... »

Au retour de Bérénice, Alain nota dans son journal : « Bérénice m'a semblé déçue. Elle aurait aimé une réponse nette et sans appel de Bourdet. Elle m'a paru bien seule ce soir. Orphée devait se sentir ainsi aux Enfers, seul vivant parmi les morts. »

La réponse du ministre tomba le lendemain ou le surlendemain : l'administration provisoire de Jacques Copeau était prorogée jusqu'au 31 décembre. Fin décembre, après échanges de lettres entre le ministre et Bourdet, pétitions antibourdettistes à la Comédie-Française, réplique collective de Gaston Baty, Charles Dullin et Louis Jouvet puis contre-attaque de Copeau par voie de presse, la question fut définitivement réglée par une note laconique de l'administration des Beaux-Arts : « M. Édouard Bourdet n'est plus administrateur général de la Comédie-Française. M. Jacques Copeau lui succède. » Peut-être Bourdet eut-il comme consolation de constater la solidarité de ses partisans : Baty, Dullin et Jouvet démissionnèrent de leurs fonctions de metteurs en scène de la Comédie-Française le 2 janvier 1941 tandis que Pierre Dux et Fernand Ledoux quittèrent le Comité d'administration.

Quant à Copeau, il ne put profiter bien longtemps de sa victoire, la Propaganda-Staffel ayant exigé sa démission immédiate. Le 7 janvier 1941, celui qui avait fait les beaux jours du Théâtre du Vieux-Colombier afficha au tableau de service de la Comédie-Française une note expliquant à sa façon son départ :

« Messieurs et Mesdames les Sociétaires et Pensionnaires de la Maison de Molière.

Parce que mon fils a occupé un poste en vue de la propagande française pendant la guerre;

Parce que je n'ai pas collaboré assez étroitement avec le service de la Propagande allemande depuis l'occupation;

Parce que j'ai montré trop de modération vis-à-vis des Israélites, la Kommandantur exige ma démission de la Comédie-Française. »

Peut-être songeait-il à la postérité en concluant par ces mots:

« Je me suis trouvé mêlé à votre compagnie dans des circonstances difficiles et même critiques. Ne m'oubliez pas tout à fait.

Jacques Copeau. »

9

Tac tac tac tac tac, la frappe était rapide désormais, tac tac tac tac tac, à force de s'entraîner, elle était devenue assez habile, encore un peu de pratique et le bruit des touches qui s'enfonçaient se ferait parfaitement homogène. Le cling du retour à la ligne revenait à intervalles réguliers, toutes les vingt secondes environ. Voilà qu'elle tapait presque comme une vraie dactylo. « Aux populations de la France occupée », « La France a démissionné, rendons-lui son honneur », « Relevons la tête »... Cela faisait près d'un an et demi que Bérénice apportait son aide à Alain Béron en saisissant les tracts et les articles de propagande antinazie qu'il rédigeait. Elle avait fini par comprendre. Le jour où il s'était mis si fort en colère après l'avoir surprise dans son bureau... Elle avait cru qu'il s'emportait contre la violation de son intimité. Mais ce n'était pas la peur qu'elle découvre ses brouillons de poèmes ou même son journal intime qu'il avait redouté. C'était la crainte qu'elle ne tombe sur ses activités clandestines.

Le doute avait commencé à s'insinuer en elle à la plage de L'Isle-Adam. Ce fameux dimanche d'octobre, en mangeant sa glace à la pistache, très exactement. L'impression avait été fugace mais depuis lors, Bérénice s'était faite plus attentive, elle avait mieux observé la vie de la petite maison de L'Isle-Adam. Elle s'était d'abord rendue compte qu'Alain Béron recevait des visites tardives malgré le couvre-feu. De sa chambre, là-haut, elle entendait parfois le bourdonnement des voix qui montaient du bureau de l'avocat. Ensuite, un soir d'insomnie, elle était allée chercher un livre dans la bibliothèque du salon. Les rayonnages étaient remplis à ras bord, des milliers d'ouvrages lui tendaient les bras, lequel choisir ? Et c'est là, en parcourant un titre d'Anatole France – ce devait être *le Lys rouge* – que lui était venue soudain une illumination. Ce gros dossier jaune intitulé « Bergeret c/ Staël » qui se trouvait dans le bureau d'Alain Béron... Et si c'était un nom de code ? Dans ses poèmes d'inspiration symboliste, Alain Béron aimait procéder par analogies. Bergeret, voyons, c'était le personnage le plus connu d'Anatole France. Et madame de Staël, auteur de *De l'Allemagne...* Était-il possible... Bergeret contre Staël, un nom de code pour France contre Allemagne ? Dans l'hyperactivité de son cerveau due à l'insomnie, dans l'espace d'extra-lucidité que provoquait chez elle l'état de veille nocturne, elle n'arrivait pas à trancher s'il s'agissait d'une coïncidence ou d'un alias pour cacher une activité clandestine sous l'apparence anodine d'un dossier d'avocat. Elle remonta dans sa chambre, emportant avec elle un volume choisi au hasard. Les morceaux du puzzle lui semblaient s'emboîter et prendre toute leur cohérence. Mais naturellement ! ce dossier compromettant déposé en évidence sur le bureau, ce ne pouvait être qu'un hommage à *la Lettre volée* d'Edgar Poe qu'affectionnait tant le poète.

Tac tac tac tac tac, le lendemain elle avait pris son courage à deux mains pour lui poser tout de go la question. Elle avait appréhendé la réaction de son ami, craignant qu'il se mette à nouveau en colère. Il s'était contenté de la regarder fixement sans mot dire. Elle eut l'impression de se retrouver devant le regard de Jouvet, la première fois qu'il lui parla au Conservatoire, et qu'il jaugea la profondeur de son désir de théâtre. Ainsi l'avocat semblait-il vouloir mesurer le degré de nécessité de la question de Bérénice. Il avait fini par confirmer son intuition. C'était exact, il était entré dans la Résistance. Elle avait vu juste, ce dossier contenait des écrits appelant à continuer la lutte. Ils avaient parlé longuement.

— Au tout début, j'ai commencé à écrire des tracts tout seul, j'en déposais en cachette partout où j'allais, en essayant de ne pas me faire repérer, dans le train, chez la boulangère, au Palais, j'en ai même glissé un dans votre sac un jour, ne vous en êtes-vous pas aperçue ? Je croyais être discret mais j'ai fini par être repéré. Par bonheur, c'est l'un des nôtres qui a compris mon jeu. Il m'a dit d'arrêter, qu'il était louable de résister individuellement mais qu'il existait des réseaux organisés aux résultats plus efficaces. Alors je suis entré dans un réseau, oh mon rôle est très modeste, je me contente de faire ce que je sais, c'est-à-dire écrire. J'ai commencé par des formules, et puis j'ai rédigé des tracts entiers et aujourd'hui des articles.

Ce fut sans exaltation, avec au contraire un grand calme, une détermination presque effrayante qu'elle lui déclara ceci : Je ne veux pas vivre et surtout voir grandir les enfants comme Guy dans un monde nazi, dans ce monde antisémite, xénophobe, cruel, injuste, je ne sais pas en quoi je peux contribuer à votre action, je n'ai jamais rien fait d'autre dans ma vie que jouer la comédie, certains déjà à l'époque trouvaient cela dérisoire, moi jamais, et je ne le crois toujours pas. Sans doute si j'avais pu continuer à jouer aujourd'hui, sûrement même, je serais encore sur la scène de la Comédie-Française ou sur d'autres planches, certainement je n'aurais pas emprunté ce chemin-là, mais on a décidé pour moi. J'ai servi le théâtre, alors aujourd'hui que je ne peux plus, je voudrais servir la liberté. Je ne sais rien faire de particulier, je n'ai pas de talent pour écrire moi qui n'ai jamais fait autre chose qu'interpréter les textes des autres, mais j'ai une voix, des yeux, des bras, des jambes, je pourrais par exemple porter ces tracts que vous écrivez, on se méfiera peut-être moins d'une femme, et s'il faut jouer la comédie, me faire passer pour une autre, eh bien je crois que je saurais assez bien m'y prendre, qu'en pensez-vous ?

— Je dois en parler à mon groupe, lui répondit-il. Il faut que je parle de vous à certaines personnes mais je suis sûr que vous pourriez d'ores et déjà me rendre service en tapant ce que j'écris. Je suppose que vous n'avez jamais suivi de cours de dactylo ? Ne vous inquiétez pas, vous apprendrez. Tenez, vous pourriez vous exercer dès maintenant sur ma petite Royal. Prenez n'importe quel texte, du Balzac, par exemple.

Tac tac tac tac tac, depuis un an et demi, ils œuvraient ensemble. Son activité d'avocat rendait le dispositif aisé.

N'était-il pas naturel qu'en temps de guerre où on ne pouvait plus se payer de secrétaire, la femme de l'avocat aide son mari en mettant au propre ses plaidoiries à la machine ? Elle pouvait en toute tranquillité passer du temps sur la Royal, pas besoin comme tant d'autres de se cacher dans une cave pour étouffer les bruits de frappe. À tout hasard, quand même, au cas où une descente de police la surprendrait, elle avait toujours à portée de main un vrai texte de plaidoirie qu'elle s'arrangerait pour faire passer sur la pile d'imprimés clandestins.

Tac tac tac tac tac, elle s'était prise d'affection pour la machine à écrire, lui vouant le même amour que celui des machinistes pour leur théâtre. C'était son outil de travail, elle le bichonnait, changeait régulièrement son ruban, astiquait chaque touche recouverte de verre, faisait briller les lettre dorées de la marque. Elle connaissait son instrument par cœur, savait que le *e* était plus flexible que les autres touches, il fallait en revanche plus de force pour le *m* actionné avec l'auriculaire qui était son doigt le plus faible. Voir ses mains courir sur le clavier lui rappelait celles de Nathan sur le piano. Nathan dont elle n'avait de nouvelles que de loin en loin. Une bonne âme lui avait rapporté qu'il vivait avec une chanteuse à New York. À cette idée ses doigts tapaient plus fort sur la machine à écrire.

1941. Pour Alain Béron cette année fut marquée par certains bruits : le tac tac tac et le cling du retour à la ligne de sa Royal, le froissement du papier pelure – tout autre papier étant trop cher et difficile à trouver –, le petit reniflement de Bérénice pendant cet hiver glacial où ses mains étaient trop occupées à taper pour prendre le temps de se moucher, le bruit des sirènes qui les menait aux abris au début – et puis plus ensuite, par lassitude ou inconscience –, le bruit des avions, le bruit des bombes... Des bruits la plupart intrusifs pour le poète avide de silence mais le silence n'était plus de mise, tout comme les goûts ou les dégoûts, c'était la guerre, il fallait vivre au-delà de soi, même sa vie propre n'était plus aussi importante, ce qui comptait c'était l'idée, c'était le combat, c'était le refus. Attitude exigeante, austère tout comme l'était autrefois pour le poète l'écriture. À la différence près que la solitude de l'écrivain, même si elle lui coûtait, lui avait toujours convenu parce qu'elle répondait à sa nature profonde qui aspirait au calme, à la contemplation, voire à la rêverie. Alors que cette guerre, les précautions, les rencontres clandestines, la peur d'être pris s'inscrivaient dans un mode plus actif qui lui était moins familier – ou disons qui correspondait uniquement à sa profession d'avocat. Il n'était lui-même qu'à moitié.

1941, ce furent aussi les bruits de théâtre. Alain Béron avait de grandes discussions avec Bérénice. Pour la première fois depuis qu'elle en avait fait son métier, la comédienne avait le temps de s'arrêter et de prendre du recul pour explorer les voies de sa pratique artistique. Ce qui jusque-là avait été ressenti comme une nécessité vitale, il était peut-être temps d'en considérer les sources et de se demander comment l'exercer, selon quels buts. On lui avait signalé le cas d'une compagnie formée par une poignée d'hommes. La Roulotte – c'était le nom de cette troupe – sillonnait les régions et apportait le théâtre dans les campagnes les plus reculées. L'idée était séduisante, elle lui rappelait l'expérience du théâtre national ambulant menée par Firmin Gémier avant la Grande Guerre, ou bien sûr l'itinérance de Jacques Copeau avec ses Copiaus dans les années vingt. Béron était persuadé que ce genre d'expériences était essentiel : originaire d'Aix-en-Provence, il connaissait les difficultés des provinciaux à voir une représentation théâtrale de qualité. Bien souvent il fallait attendre qu'un spectacle parisien se produise en tournée ou monter soi-même à Paris – ce qui était exclu pour bien des petites gens qui n'en avaient ni les moyens ni même l'idée. Pour Bérénice, cette réflexion était plus nouvelle : Parisienne, elle avait des centaines de salles de spectacles à portée de main. Son entrée dans le cocon de la Comédie-Française l'avait également protégée de ce type de préoccupations, même si le concept de tournées était familier aux membres de la Maison de Molière. Bien qu'elle n'y eût guère participé, elle en savait l'importance pour le rayonnement de la Maison et la propagation du répertoire, mais les plus retentissantes se faisaient à l'étranger, moins dans les petites villes de province ou les banlieues. Maintenant qu'elle était exclue de l'institution, elle se sentait attirée par les compagnies ambulantes, qui lui semblaient à même de retrouver l'esprit de communauté propre à la troupe mais aussi l'esprit même du théâtre populaire tel que le vivaient des Shakespeare ou des Molière.

« Pourquoi n'essayez-vous pas de rejoindre cette troupe ? » lui demanda Alain. Elle y avait bien pensé mais des réticences lui étaient venues quand elle avait appris que Jeune France patronnait La Roulotte. Jeune France, c'était une sorte d'association culturelle privée

– entreprise louable visant notamment à animer l'art et la culture – mais subventionnée intégralement par Vichy et rattachée au secrétariat général à la Jeunesse. Fait étonnant : plusieurs personnalités de gauche semblaient en faire partie, Bérénice avait même entendu dire que Clavé, le fondateur de La Roulotte, était résistant. Sans doute cette ambiguïté s'expliquait-elle par l'esprit de Jeune France, qui ambitionnait de « joindre l'art et la vie, le peuple et les artistes ». Quel homme de théâtre un tant soit peu exigeant – et en faisaient partie les héritiers du Cartel comme Bérénice – pouvait trouver à redire à un tel programme ?

Par curiosité, elle avait échangé des lettres avec un certain Jean Vilar, qui dirigeait la section théâtre de la zone nord de Jeune France. Malgré sa méfiance envers l'association, Bérénice avait été séduite par le discours de cet homme formé à l'école de Charles Dullin – il avait aussi été un des compagnons de Jean-Louis Barrault à l'Atelier. Une lettre en particulier, reçue à l'été 1941, avait donné à Bérénice l'envie de le rencontrer pour discuter plus avant avec lui. Il lui avait écrit : « Tout ce qui n'est pas en art, à l'heure actuelle, expression d'un combat ne peut être que sans valeur, parce qu'il y a plus que jamais en cette période de relâchement des choses, des idéaux à défendre et des commencements d'habitude à combattre. »

En 1941, il n'y avait pas que les bruits, il y avait aussi son exact contraire, à savoir le silence. « Vous savez Bérénice, ce qui me frappe le plus c'est ce silence la nuit, je ne parle pas de ces nuits où nous sommes réveillés en sursaut par les sirènes mais ce silence, presque toutes les nuits, parce que le couvre-feu est là et que nous n'avons plus le droit de sortir ou de nous promener tard dans les villes. Je me demande alors quand reviendra le jour ? Quand reviendra le jour où nous pourrons de nouveau sortir à minuit parce qu'on nous en rendra l'autorisation, parce que nous serons libres, parce que cela nous semblera tout naturel ? Quand je venais chez vous à Paris, dans votre appartement, vous ai-je jamais dit ce que j'aimais le plus alors ? c'était fumer une cigarette à la fenêtre de votre salon. À l'intérieur, ça discutait, ça dansait parfois quand vous mettiez un disque ou que Nathan improvisait un fox-trot au piano. Il y avait cette rumeur joyeuse à l'intérieur, et dehors, c'étaient encore d'autres sons, les talons des femmes qui claquent sur le pavé, une voiture qui démarre dans la rue. Je prenais mon temps pour fumer ma cigarette, j'aimais regarder toutes ces vies qu'on apercevait par les fenêtres éclairées dans les immeubles d'en face, j'imaginais – oh plein de choses, ou pas grand-chose peut-être, des vies ordinaires. Je les scrutais, je ne cherchais pas le pourquoi mais j'observais les comment, comment la femme du troisième débarrasse la table, comment l'enfant qui n'arrive pas à dormir joue avec l'abat-jour de sa lampe de chevet ou le recouvre d'un tissu pour qu'on ne le surprenne pas à lire, comment se dispute le couple du deuxième, avec quelle application le jeune homme du premier révise ses leçons... Aujourd'hui c'est fini, les fenêtres sont closes et peintes en bleu, les habitants se calfeutrent derrière les rideaux, la lumière est clouée, on ne voit plus rien, on ne peut même plus deviner ces vies derrière les murs opaques. C'est peut-être pour cela que je ne peux plus écrire, la poésie a été cadenassée. Toutes ces fenêtres au loin avec ces vies derrière, je rentrais à Aix et bien souvent dans le train j'y repensais, l'imagination aux aguets, vous ne pouvez savoir comme j'aimais ces moments où j'étais seul à vos fenêtres, moi, ma cigarette aux lèvres et tous les habitants derrière leurs vitres. Quand reviendra le jour, Bérénice, quand reviendra le jour ?

10

— J'étais avec Nathan à Venise en 1938, j'avais obtenu un congé pour l'accompagner dans une série de concerts. C'était ma première fois à Venise, contrairement à lui qui s'y était souvent rendu. Je vous parle de cela parce qu'il m'avait emmenée au ghetto, il m'avait appris – je n'en savais rien alors – que le mot ghetto venait du vénitien *geto*, lieu où étaient rejetés les déchets des fonderies voisines. Notez que ce n'est pas certain, d'autres pensent que l'étymologie vient de l'hébreu *ghet* qui est le nom du divorce juif. Quoi qu'il en soit, il était assez tard, je crois qu'on était en décembre, la nuit tombait, il faisait sombre et l'air était frisquet, il me semble qu'il avait plu dans la journée mais cela avait cessé, nous nous sentions proches dans ce lieu silencieux, nous étions émus. Je me rappelle que nous avions pensé tous deux : aurions-nous vécu ici, au XVIe siècle, voilà où nous aurions habité, dans cet endroit aux immeubles hauts, bien plus hauts que ne le sont les habitations de Venise, voilà où nous aurions vécu, nous aurions été pauvres sans doute, nous aurions connu par leur nom tous les voisins, nous nous serions parlé d'une fenêtre à l'autre, tout le quartier aurait jasé sur nos amours, comme dans ces petits *campielli* décrits par Goldoni, et surtout nous aurions dû porter la rouelle de couleur jaune bien visible sur nos vêtements. Je me souviens que cela nous avait profondément émus, cette pensée nous avait rapprochés, c'est même juste en sortant du ghetto, sur le petit pont à côté, que nous avions évoqué les enfants que nous aurions peut-être un jour. Je me souviens bien de cet endroit, il est gravé dans ma mémoire. C'était poignant de se dire que nous aurions vécu là autrefois mais cela nous paraissait un autre temps, d'autres mœurs, par bonheur la modernité avait passé par là, de telles choses étaient abolies, elles étaient d'un autre âge, Dieu merci, elles ne pouvaient plus exister.

Et pourtant demain il faudra la porter. Ce soir dans des milliers de maisons françaises, des pères sont en train d'expliquer à leurs enfants que demain ils devront porter cette étoile sur leurs habits, demain des mères découperont les étoiles dans du tissu jaune qu'elles auront acheté avec leurs points textile, en larmes elles coudront les étoiles sur tous les vêtements : vestons, manteaux, vestes, chemises, pull-over, blouses. Demain dans les rues on verra des étoiles jaunes sur des vieux, sur des enfants (et les chiens des Juifs, est-ce qu'ils doivent porter l'étoile eux aussi ? peut-être que les Juifs doivent rapporter leurs chiens au commissariat comme ils ont dû le faire pour leurs postes de T.S.F. – mais non bien sûr, les chiens sont innocents, eux).

Certains, en voyant pousser toutes ces étoiles jaunes dans les rues comme si des boutons d'or avaient fleuri subitement, y verront la confirmation qu'il y a bien trop de Juifs en France, d'autres, je l'espère, trouveront qu'une seule étoile c'est déjà trop, que tous les Français devraient en porter par solidarité mais combien penseront juste ? En ce moment, combien de Juifs eux-mêmes s'interrogent encore sur ce qu'ils feront demain ? La porter pour être dans la légalité (mais de quelle légalité parle-t-on, une telle loi peut-elle encore être la loi ?) ou ne pas la porter pour ne pas se soumettre ? Certains Juifs pensent peut-être qu'ils devront la porter par solidarité pour leurs coreligionnaires ou pour montrer qu'ils n'ont pas honte d'être juifs.

— Et vous Bérénice que ferez-vous ?

— Moi ? Oh moi, j'ai déjà eu à faire ce choix il y a deux ans à la Comédie-Française quand il fallait cacher ma judéité ou me faire reconnaître comme juive au risque de ne plus pouvoir jouer. Vous savez ce qu'il en a été. J'ai voulu le cacher mais j'ai été rattrapée malgré moi. « Être juif ça se porte », disait mon père. Pourtant je ne porterai pas cette étoile. Tout comme je ne me suis pas fait recenser, je refuse de me stigmatiser moi-même. On nous sacrifie, mais au nom de quoi ? Nous sommes au XXe siècle, bon sang, pas au Moyen Âge. Est-il possible de ressortir ces vieilles lunes ? Comment est-ce que ça peut encore marcher ? C'est aussi stupide que les procès en sorcellerie, les procès d'animaux ou la preuve par le jugement de Dieu. Qui croit encore à cela ? On est en train de nous ressortir les mêmes idioties barbares qu'au XIIIe siècle. Tous les progrès de la civilisation n'auront donc servi à rien ?

Le lendemain soir, dans son journal, Alain Béron ne pouvait plus s'arrêter d'écrire, noircissant des dizaines de pages, ne censurant pas sa plume, sentant confusément l'importance vitale de conserver la trace de ce qui était en train de se passer. « Je crois que ma lèvre a tremblé à ce moment-là. Ce que j'aime chez B., c'est cette espèce d'innocence – et non de naïveté – qui fait qu'elle s'indigne de ce qu'elle trouve injuste. Que ne sont-ils tous comme elle ? Le monde marcherait sur ses deux jambes au lieu de marcher sur la tête. J'ai eu peur pour Guy ce matin quand je l'ai vu partir avec son étoile. Je lui ai proposé de l'emmener en voiture à l'école pour lui épargner la micheline. Il a hésité une seconde, tous les deux nous pensions à ce grand de 1re qu'il avait entendu dire dans cette même micheline il y a quelques jours : "Si on est dans la merde, c'est la faute aux Juifs." Guy n'avait pas répondu, ses parents lui avaient bien recommandé de ne plus dire qu'il était juif. Ce matin, il m'a regardé en se frottant un œil : "Ça va pas être marrant avec ce que j'ai entendu l'autre jour..." J'ai cru qu'il allait accepter ma proposition, mais tout de suite après il a relevé la tête avec arrogance et a dit : "Après tout, je veux faire mes études, je les emmerde tous ces antisémites. Ils vont voir !" J'ai trouvé qu'il était drôlement crâne le petit gars, mais j'étais tout de même inquiet pour lui, d'autant que la moitié de la cour de récréation est occupée par les ambulances de la Wehrmacht. Ce soir, il est venu nous raconter sa journée. Quand il est arrivé dans la micheline, les paumes un peu moites à cause de son étoile, le même gars s'est précipité vers lui :

— T'es juif, toi ?

— Ça se voit, non ?

— Tu sais, tout ce que j'ai dit l'autre jour, c'est des conneries. Le premier qui t'emmerde, tu viens me le dire et je lui casse la gueule !

Parfois je suis fier de mes compatriotes. Avec B., on l'aurait embrassé ce type s'il s'était trouvé là. D'après le père de Guy, c'est ça l'antisémitisme français : "Ça dit du mal des Juifs mais ça ne leur veut pas de mal." J'ai peur de ne pas partager son optimisme. Mais je suis fier de ce gars. Le vrai courage existe. »

11

« Vendredi 11 décembre 1942,

Imprudence hier au Palais. J'ai pourtant tout fait pour parler de sujets indifférents avec X. mais il est allé trop loin. C'en est trop d'être muselé, de ne plus pouvoir écrire, de ne plus pouvoir parler, moi qui ai choisi deux métiers liés au verbe, avocat et poète, c'en est trop.

X. ne se rendait pas compte que sa haine défigurait son visage au point de le faire ressembler aux caricatures de Juifs, cette "race de rapiats" qu'il abhorre tant. À la fin, fatigué de son prône, je lui ai rabattu le caquet. Son regard a été sans équivoque, je me suis fait un ennemi mortel. Il a proféré des menaces qui ne m'ont rien dit de bon.

Je n'ai pas voulu inquiéter B. avec cette histoire. Elle était déjà si affectée par les Actualités: *la Reine morte* créée mardi à la CF dans la mise en scène de Pierre Dux. Montherlant m'assomme mais je lui reconnais d'avoir écrit une très grande œuvre. Nous l'avions lue ensemble il y a peu, à la plage de L'Isle-Adam. B. paraissait toute menue dans sa petite robe à fleurs, elle parlait bas mais il y avait tant de ferveur dans sa voix grave qu'il était clair qu'elle aurait fait une magnifique Inès. Ironie du sort : on a permis à Yonnel d'incarner le roi Ferrante alors que le deuxième statut des Juifs leur interdit d'occuper un poste dans les entreprises subventionnées. Ce qu'un administrateur dépassé par les événements avait laissé faire est devenu la loi de Vichy. Bref, voilà notre Yonnel définitivement réintégré dans la troupe. Est-ce que B. aurait dû constituer comme lui un dossier auprès du commissariat général aux questions juives pour espérer bénéficier d'une dérogation ? Sur le moment je lui avais conseillé de se réclamer de l'article 8 de la loi du 2 juin 1941. Yonnel est venu en personne la convaincre de le faire. Il lui a même apporté le sésame du CGQJ pour lui faire toucher du doigt la preuve qu'il était réintégré :

Présidence du Conseil

COMMISSARIAT GÉNÉRAL
AUX QUESTIONS JUIVES

Paris,
1 Place des Petits-Pères

Monsieur Yonnel,
Vous nous avez demandé d'attester qu'aux termes de la loi du 2 juin 1941, vous ne devez pas être considéré comme juif.

Sur le vu de l'acte de notoriété dressé le 13 juin 1941 à Paris et légalisé au Consulat général de Roumanie, nous certifions que vous nous avez apporté la preuve que tous vos ascendants du côté maternel sont de pure origine aryenne et que vous devez, par conséquent, aux termes de la loi, être regardé vous-même comme pur aryen, ayant été baptisé dans la religion catholique en 1935.

Nous vous délivrerons ultérieurement, aussitôt que le modèle en aura été dressé, un certificat régulier de votre qualité d'aryen. En attendant, cette lettre fait foi.

Veuillez agréer, Monsieur, l'assurance de notre considération très distinguée.

Pr le Commissaire G[al] aux Questions Juives
le directeur du Statut Personnel

Signé : J. DITTE

(J'ai conservé une copie de cette lettre. C'est fascinant le mal qu'ils se donnent pour donner à leurs œuvres l'apparence de la légalité.) Elle l'a regardé de ses grands yeux : "Je suis heureuse pour vous Jean mais je ne peux pas faire cela." Elle n'a pas donné plus de motifs à son refus. Elle me répète souvent cette phrase de Bretty pendant l'été 40 : "Tôt ou tard la Comédie-Française sera compromise." B. a failli suffoquer les deux fois où une troupe allemande est venue se produire sur la scène de la Salle Richelieu. On n'avait jamais vu ça depuis la création de la Maison en 1680.

Je comprends maintenant qu'elle n'ait pas voulu entreprendre cette démarche humiliante. Réclamer cette dérogation, c'est reconnaître la loi et l'autorité qui l'ont promulguée. Au reste, rien ne dit qu'on lui aurait donné une suite favorable. Yonnel semble avoir eu quelques difficultés, et René Alexandre, malgré certificat de baptême et quantités de lettres de soutien (Émile Fabre, Bourdet et même Guitry + association des Comédiens combattants), n'a pas eu droit au bénéfice de l'article 8. Je ne sais comment elle fait pour tenir le coup. Quel gâchis. Quand reviendra le jour où elle pourra de nouveau paraître sur scène ? »

Le journal d'Alain Béron s'interrompt ici. Bérénice ne pourra pas raconter à ses enfants la matinée funeste du lendemain. Elle ne pourra pas leur dire qu'elle était sortie se dégourdir les jambes pendant une heure, que sur le chemin du retour, une voisine courut à sa rencontre, la prit par le bras : « Ne retournez pas chez vous, ils ont arrêté votre mari, ils vous cherchent. Allez vous cacher. » Cela devait arriver, cela devait arriver, ils avaient pris trop de risques. La semaine dernière, c'était elle qui avait failli se faire pincer. Elle dissimulait deux lettres destinées à la zone libre, l'une dans ses sous-vêtements, l'autre dans le guidon de sa bicyclette. Un Allemand l'avait arrêtée, il lui avait demandé ses papiers : « *Schnell, schnell !* » Elle les lui avait tendus, assez calme encore mais l'air mauvais du Boche ne lui avait rien dit de bon. Comme s'il avait lu dans ses pensées, il lui demanda de descendre de bicyclette. Il n'y avait pas un chat sur la route. Son cœur cogna quand il commença à la palper. Ce n'était pas de la peur, c'était de l'indignation qu'on attente à son corps. Elle se raidissait de plus en plus en sentant les mains avides de l'Allemand s'attarder sur ses cuisses, ses seins... Le Boche semblait avoir forcé sur la bouteille, il se montrait de plus en plus insistant, elle se demandait comment cela allait finir. À la fin, sa répulsion fut si forte qu'elle s'entendit prononcer : « Retire tes sales pattes de là », en même temps qu'une voix intérieure l'avertissait : « C'est fichu, il va me tirer une balle dans la tête pour ce que j'ai osé dire et Dieu sait ce qu'il va me faire. » Elle sentait son haleine chargée de vin, elle vit la haine dans ses yeux, l'excitation du mâle attisé par sa résistance, il la serrait de plus en plus fort. Heureusement, une voiture d'officiers passa, ils connaissaient « madame Béron » pour l'avoir vue plusieurs fois en ville. L'un deux demanda au *Feldgrau* de la laisser tranquille, ce qu'il fit, visiblement à contrecœur mais respectueux de la hiérarchie. Bérénice remonta sur son vélo et sans même remercier ni écouter ce que lui criaient les gradés, elle pédala avec une force qui lui fit mal aux mollets, s'écorchant la peau des jambes quand ses pieds dérapaient. C'est seulement quand elle arriva à son rendez-vous et qu'elle remit la lettre à son correspondant qu'elle s'aperçut que ses mains tremblaient. « T'as eu la frousse ? » Elle acquiesça d'un hochement de tête. « J'ai cru que j'allais y passer. »

Après cela on les avait prévenus que la Kommandantur avait un œil sur Béron. Il semblait que des dénonciations anonymes étaient parvenues aux Allemands concernant l'activité clandestine de l'avocat. Ils avaient même décidé qu'ils quitteraient L'Isle-Adam mais les Allemands avaient été plus rapides. Maintenant il fallait qu'elle contacte le réseau au plus vite. « Homère a été pris », devrait-elle leur apprendre, « Homère a été pris », devrait leur annoncer Bérénice ou plutôt Mélisande. Ils avaient choisi ensemble leurs noms de code. Comme des enfants ils y avaient passé du temps, voulant que leurs pseudonymes leur ressemblent, qu'ils évoquent quelque chose d'essentiel de leur vie mais aussi les fassent apparaître plus grands qu'eux.

Elle n'avait que cinq cents francs dans son portefeuille. La panique commençait à la gagner maintenant qu'ils étaient grillés. Fini la couverture du respectable avocat et de son épouse dévouée, désormais il lui faudrait se cacher. Un spasme douloureux contracta son ventre à l'évocation d'Alain Béron. Que lui était-il arrivé, qu'allait-on lui faire ? L'image de son visage n'arrêtait pas de passer devant les yeux, sa voix bourdonnait à ses oreilles. Comme elle aurait aimé l'entendre à ce moment-là lui murmurer « Ne vous inquiétez pas Bérénice, ils m'ont relâché, ils n'ont rien trouvé contre moi », elle l'imaginait les menottes aux poignets, ses mains ne pourraient plus s'occuper à égrener comme un chapelet les gousses d'ail qu'il avait toujours dans les poches, « contre le diable », plaisantait-il quand on s'en étonnait. Est-ce que les Allemands s'en apercevraient et que répondrait-il s'ils lui demandaient à quoi cela lui servait ? Il serait capable de leur lancer sa réplique habituelle en les défiant du regard ou peut-être au contraire ne pourrait-il ni parler ni songer à plaisanter.

Qu'allaient-ils lui faire ? Qu'adviendrait-il de lui ? Est-ce qu'il s'en sortirait, est-ce qu'il mourrait, serait-il torturé par la Gestapo, déporté vers l'Est ou envoyé au STO, ou encore fusillé comme otage, ou bien abattu pendant une tentative d'évasion, irait-il jusqu'au suicide pour être sûr de ne pas parler sous la torture, ou peut-être mourrait-il de dysenterie ou de mauvais traitements dans une prison quelconque, ou, comme il arrivait à certains, d'épuisement ou de maladie, toutes morts hélas plausibles ? De nouveau le ventre de Bérénice se contracta, jamais son trac n'avait été aussi intense.

Elle prit mille précautions pour s'assurer qu'elle n'était pas suivie, elle fit mille détours pour arriver à la citerne située près du sentier de la Croix-des-Verts. C'est là qu'en cas d'incident elle devait déposer un message, selon la procédure qu'on lui avait enseignée. Je pars me cacher à Paris, rajouta-t-elle à la fin de son petit mot, enfreignant la règle qui était d'attendre les instructions, mais trop terrifiée à l'idée de rester seule à L'Isle-Adam où tout le monde la connaissait depuis deux ans. Paris lui paraissait plus sûr : une grande ville offrait davantage de possibilités de se cacher. Elle irait n'importe où. Une cave, une soupente, un escalier de service feraient l'affaire. En approchant de la gare de Parmain, elle s'aperçut qu'elle pullulait d'Allemands et de gendarmes. Étaient-ils là pour elle ? Cet afflux de forces de l'ordre lui semblait inhabituel et pour tout dire inquiétant. Au moment où elle faisait demi-tour, prête à parcourir les 32 kilomètres jusqu'à la capitale à pied ou à vélo, elle se sentit saisir par le bras : « Ne dites rien, suivez-moi sans résister. » Machinalement elle obéit, la poigne était d'une force à laquelle elle ne pouvait pas résister. L'homme qui la menait avait une trentaine d'années, il ne portait pas de chapeau mais un blouson en cuir marron sur son costume bleu marine. Il était brun, les épaules carrées, les lèvres minces, et dans ses yeux clairs se lisait une détermination sans appel. Elle ne l'avait jamais vu auparavant mais quelque chose lui disait que cet homme était capable de tuer de sang-froid. De sa main de fer, il la poussa à l'arrière d'une voiture. Le chauffeur démarra aussitôt.

— Qui êtes-vous ?

12

On lui avait bandé les yeux, fait descendre quelques marches. À l'humidité qu'elle discernait autour d'elle, à l'air vicié, au sol meuble sous ses chaussures, elle comprit qu'on l'avait conduite dans une cave. Pourtant, elle n'avait plus peur. Une semaine s'était passée depuis son « enlèvement ». L'homme qui s'était engouffré avec elle dans la voiture lui avait expliqué qu'il s'appelait Gédéon – pseudonyme cachant, elle l'apprendrait plus tard, sa véritable identité : Zeev Zilberg. Né à Odessa, il était membre de l'Armée juive (AJ), une organisation de résistance fondée en 1940 au lendemain de l'armistice. Son objectif était de lutter contre les nazis et de fonder un État juif en Palestine. Bérénice avait dressé l'oreille. Avant la guerre, elle aurait ri de ces théories, comme son père le faisait en évoquant ces *meshuggene* qui cassaient des pierres dans l'espoir de vivre comme leurs ancêtres. Désormais, elle comprenait la nécessité pour les Juifs d'avoir un endroit à eux, où on ne leur renverrait pas à la figure, au moment où ils s'y attendaient le moins, une appartenance plus ou moins oubliée. Les exemples autour d'elle, le sien compris, lui avaient fait comprendre que le monde les percevait comme une race. Dès lors, nulle conversion, nulle assimilation, nulle intégration même parfaitement réussie n'était suffisante : à tout moment on risquait de les exclure de la société. Même les Juifs français commençaient à se rendre compte, à cause des rafles qui se multipliaient sans distinction d'origine, qu'eux aussi avaient tout à redouter.

Dans plusieurs villes s'étaient constitués des corps francs luttant par les armes contre les déportations, les collaborateurs et les nazis. Si le choix de la violence n'était pas sans effrayer Bérénice qui n'avait jamais manié une arme de sa vie, le sauvetage des enfants juifs avait touché une corde sensible. Mettre à l'abri des enfants juifs dans des pays neutres comme la Suisse ou l'Espagne ? La première image qui s'était imposée à elle avait été le petit Guy mangeant sa glace à la pistache sur la plage de L'Isle-Adam. Sauver des petits gars comme lui, protéger des fillettes qui ne demandaient qu'à vivre ? Le messager de l'Armée juive était venu au bon moment : elle était mûre pour s'engager.

Les membres de certaines unités juives arboraient sur l'épaulette une étoile de David bleue et blanche. Ce symbole-là aussi, Bérénice désirait le porter. Ce n'était pas l'étoile jaune infâmante que les oppresseurs imposaient aux Juifs, ce n'était pas la tache honteuse qui ressurgissait des ghettos moyenâgeux, c'était l'honneur qu'ils pouvaient revendiquer tête haute, fiers de leur histoire, fiers de leurs héros bibliques, de David contre Goliath, de la sagesse du roi Salomon, de la dignité des suicidés de Massada. Partout on les traquait, on les excluait, ici au contraire ils étaient des combattants altiers et heureux de retrouver un idéal. Un peu plus tard, à l'automne, dans leur maquis du Tarn, on hisserait successivement chaque matin le drapeau bleu blanc rouge et le drapeau bleu et blanc. *La Marseillaise* et l'*Hatikvah* résonneraient à égalité, donnant à Bérénice, la première fois qu'elle entendrait les deux hymnes, une émotion presque aussi grande que lors de ses débuts à la Comédie-Française.

On l'avait fait passer en zone sud, on lui avait coupé ses cheveux et on les lui avait teints en châtain clair pour la rendre méconnaissable. Pas un instant elle n'avait hésité à perdre sa belle crinière brune. C'était comme un nouveau rôle qu'elle devait jouer, ses cheveux courts l'aidaient à devenir une autre. La comédienne mondaine et éloignée des contingences réelles cédait de plus en plus le pas à une jeune femme de son temps qui s'emparait du monde à bras-le-corps, une combattante qui n'avait plus comme objectif que la défaite des fascistes, comprenant que l'Histoire la dépassait, les dépassait tous, rendant leur existence négligeable face aux enjeux. Si elle mourait, un autre prendrait sa place, si elle ne faisait rien, un autre agirait à sa place, mais goutte d'eau dans la mer ou pas, il lui fallait se rendre utile et se battre, sa conscience le lui dictait, elle n'avait plus le choix.

« Quand reviendra le jour ? », la phrase nostalgique d'Alain Béron n'avait plus guère de sens pour elle : il était évident que jamais rien ne serait plus comme avant. Après tout cela, si elle en réchappait, elle rejouerait sur scène parce que c'était ce qu'elle savait faire le mieux, mais plus dans le vase clos de la Comédie-Française. Ce qu'elle voulait pour après, c'était s'insérer dans la société, en faire partie comme les fils tissés un par un constituent une étoffe, elle voulait amener le théâtre partout, dans toutes les régions de France, participer au mouvement de décentralisation qui émergeait de plus en plus parmi les gens qui réfléchissaient au théâtre. Par l'entrecroisement des réseaux, elle avait réussi à continuer sa correspondance avec Jean Vilar. Ils venaient d'évoquer la possibilité d'un rendez-vous, chacun ayant hâte de rencontrer l'autre pour échanger leurs idées de vive voix.

En attendant, c'était le jour de son entrée officielle dans l'Armée juive. Son corps franc était situé à Toulouse, ville idéalement placée sur la route de l'Espagne et donc de la Palestine. On avait estimé qu'elle serait un bon élément pour l'AJ et on avait décidé de la soumettre au rituel des nouvelles recrues. On lui avait donc bandé les yeux et on l'avait introduite dans une cave. Il s'agissait de frapper les esprits en créant un état de peur – le propre des initiations. Mais elle n'avait plus peur, c'était comme si tous les morceaux du puzzle s'assemblaient enfin depuis son éviction de la Comédie-Française.

On lui avait demandé d'adopter un nouveau nom. Cela lui semblait tout naturel de prendre différentes identités : n'était-ce pas le propre d'une comédienne ? Un autre prénom, un autre rôle, une autre histoire. Elle avait choisi Judith, du nom de l'héroïne biblique qui tua le général qui menaçait son peuple.

On lui débanda les yeux : il fallait qu'elle voie son destin en face. Elle cligna des yeux : un projecteur était braqué sur elle, encore une fois la vie rejoignait le théâtre. Sur la scène, deux accessoires : l'Ancien testament et le drapeau sioniste bleu blanc.

— Reconnais-tu que l'extermination du peuple juif est déjà en cours de réalisation et qu'elle marque la totale faillite de l'idéologie de l'assimilation ?

— Oui.

— Reconnais-tu que l'Armée juive constitue le mouvement devant empêcher l'extermination et le suicide de notre peuple et préparer une solution définitive de la question juive ?

— Oui.

— Reconnais-tu que notre but est de créer un État juif en Palestine ?

— Oui.

— Acceptes-tu de devenir membre de l'Armée juive ?

— Oui.

— Acceptes-tu de mettre ta vie au service du peuple juif ?

— Oui.

— Es-tu prête à le jurer sur la Bible et sur le drapeau sioniste ?

— Oui.

— Étends la main droite et jure !

Bérénice lut le papier qu'on lui présentait.

— La main droite sur le drapeau bleu blanc, je jure fidélité à l'Armée juive et obéissance à ses chefs. Que revive mon peuple, que renaisse Eretz Israël. La liberté ou la mort.

Un grand silence se fit. Malgré elle la tragédienne avait repris le dessus. Sa voix grave, son maintien, l'intensité de sa présence avaient donné à ce cérémonial imposant une solennité encore plus grande. Tous, ils avaient la chair de poule.

C'était fait. Elle était maintenant une « Armand Jules » comme on surnommait les membres de l'Armée juive. Elle recevrait un entraînement physique intense doublé d'une instruction militaire ainsi qu'une formation morale composée de lectures bibliques, d'enseignement de l'histoire juive et de cours d'hébreu. Zeev la regardait de ses yeux brillants. Elle ne savait pas ce qu'il pensait mais l'homme lui était sympathique. Au cours des jours, elle avait pu apprécier sa science du commandement et aussi son charisme. Quelque chose dans son air décidé lui rappelait Alain tandis que son allure féline lui évoquait Nathan. « Quand reviendra le jour où je pourrai les revoir tous les deux ? » se demanda-t-elle.

13

Au fond, elle était faite pour le groupe. Elle en était tout étonnée elle-même, il lui avait toujours semblé que son enfance solitaire et rêveuse l'avait poussée du côté des individualistes, des égoïstes, même. Elle se rendait compte qu'elle aimait faire partie d'une communauté. Sans doute était-ce cette solidarité qui avait plu à Nathan dans l'idéal communiste. À la Comédie-Française, elle s'était battue avec ses camarades pour que les textes adviennent, pour que le public soit transporté. Ici, au maquis de l'Armée juive, l'enjeu était autre, il s'agissait d'une bataille contre l'occupant, mais elle retrouvait la même façon de se serrer les coudes, c'était extrêmement gratifiant.

Depuis plusieurs mois elle recevait un entraînement physique éprouvant. Ils s'exerçaient dans le maquis de Biques, formé pour servir de base aux convois d'évasion. Ils se préparaient à faire passer un groupe d'enfants juifs en Espagne. Bérénice devait se rendre à Barcelone. Trois ans après son rendez-vous manqué avec Nathan, elle allait peut-être connaître ce café où il lui avait écrit des lettres chaque matin et où chaque matin il avait attendu les siennes. Elle allait voir la mer qu'il lui décrivait longuement dans ses lettres. Elle allait peut-être passer devant son hôtel où logeait le gamin attachant – mais le gamin aurait grandi, rien ne disait qu'il aurait gardé sa fraîcheur d'autrefois, qui sait, il aurait peut-être rejoint Franco – on voyait tant de retournements en France, c'était possible aussi en Espagne.

Barcelone était encore loin. Il fallait d'abord franchir les Pyrénées avec les enfants. Ensuite elle retournerait en France tandis que les petits continueraient leur route jusqu'à Haïfa, en Palestine. Tous savaient que le voyage serait périlleux. La montagne escarpée, le climat imprévisible, l'inexpérience, la fatigue, les coups durs, l'absence de scrupules de certains passeurs... Quelques jours auparavant, deux membres d'un convoi s'étaient fait intercepter par une patrouille allemande sur le quai de la gare de Saint-Cyprien, à Toulouse. On ne savait pas ce qu'ils étaient devenus. Avec des enfants, l'aventure était encore plus aléatoire. Pour limiter les risques, seuls les gamins très robustes et qui avaient des parents en Palestine étaient autorisés à participer au voyage.

Le jour tant attendu arriva. Le passeur avait demandé cinq mille francs par évadé – c'était beaucoup d'argent mais ils avaient réussi à réunir la somme, aidés par le Joint. Les enfants étaient regroupés par douze, un agent de liaison escortait discrètement le convoi pour lui remettre, au moment de la prise en charge par le passeur, une mitraillette portée démontée dans son bagage. Pendant deux jours et deux nuits, ils n'avaient presque pas cessé de marcher pour combler le retard pris sur leur feuille de route. Un des enfants avait trébuché et s'était foulé la cheville. Il avait fallu s'arrêter pour lui bander la jambe – Zeev s'en était chargé car il était médecin avant la guerre – et il n'avait plus été possible de marcher d'un aussi bon pas ensuite. Malgré leur retard, la perspective d'arriver bientôt en Espagne les aiguillonnait, leur voyage progressait dans un climat d'étonnante bonne humeur.

La troisième nuit, le passeur leur montra les sommets enneigés : « L'Espagne est derrière. En temps normal, nous devrions y être demain à quatre heures. Mais là... » Il ne manifestait pas un grand enthousiasme : « Vous comprenez, il y a des tempêtes de neige, la montagne risque d'être infranchissable. » Zeev lui demanda d'être plus précis : « À combien évaluez-vous les risques ? La météo ne me semble pas si mauvaise. » Bérénice scruta son visage. Elle savait que comme elle, Zeev essayait d'interpréter l'attitude du guide : disait-il vrai ou s'efforçait-il de faire monter les enchères ? Les deux hommes discutèrent pendant près d'une demi-heure. Une petite fille prénommée Julie, qui s'était prise d'affection pour Bérénice s'était rapprochée d'elle et lui tenait la main qu'elle serrait très fort. Bérénice la sentait prête à pleurer : « Je n'ai pas confiance, il va nous trahir », criait toute l'attitude de l'enfant. La jeune femme s'obligea à ne pas paniquer. Elle aussi se méfiait, on racontait tant d'horreurs sur les guides qui empochaient l'argent avant d'abandonner les groupes, ou pire, de dénoncer ceux qu'ils auraient dû aider. Qui sait si ce guide ne voulait pas les faire revenir sur leurs pas pour atteindre un point où les attendait un peloton d'exécution allemand ? Elle se raccrocha à l'image des épaules de Zeev. C'était des épaules solides, on pouvait avoir confiance en lui, il ne laisserait personne les rouler dans la farine. « J'ai vécu toute mon enfance dans les montagnes, était-il en train d'expliquer au passeur. Je suis presque certain qu'on peut franchir ces sommets. Allons-y, il commence à faire très froid à rester debout sans bouger. » Le passeur accepta. Visiblement à contrecœur mais il dit oui et ils reprirent leur chemin.

Elle ne saura jamais ce qui se passa exactement. Elle était devenue un peu distraite l'espace de quelques secondes, elle pensait à un cauchemar qu'elle avait fait la veille. C'était un rêve horrible, s'ajoutant à la longue série de ceux qui perturbaient régulièrement son sommeil depuis la guerre: les Allemands avaient capturé Nathan qui était revenu des États-Unis. Ils avaient aussi arrêté Bérénice et voulaient qu'elle leur livre le nom de tous les chefs de l'Armée juive. « Si tu ne parles pas, espèce de chienne, nous torturons ton mari sous tes yeux. On va le circoncire une deuxième fois, centimètre par centimètre, tellement bien qu'il n'aura plus de sexe, c'est ce qu'on devrait faire à tous les Juifs pour éviter qu'ils se reproduisent. » Elle s'était réveillée en sursaut. Depuis, elle ne pouvait s'empêcher de repenser à ce rêve: que ferait-elle si cela lui arrivait réellement ? Il lui semblait qu'accepter sa propre torture était moins douloureux que de supporter celle de ceux qu'elle aimait.

Un cri affolé la fit revenir à la réalité. « Au secours, Léon est tombé dans une crevasse ! » Léon, c'était un gosse de douze ans, vif, très fort aux échecs au point de battre presque tous les adultes, et qui, quand vous lui parliez, affichait toujours un petit sourire en coin laissant penser qu'il en savait plus que vous.

— Léon, tu nous entends ?

Aucune réponse. Seul l'écho leur revenait, d'autant plus effrayant qu'il semblait immense au milieu du silence. Le guide balaya la crevasse avec sa torche mais on n'y voyait goutte.

— Léon ?

— Il ne répond pas, il faut descendre le chercher, dit-elle au guide.

Il secoua la tête :

— Avec toute cette neige et cette profondeur, il y a peu d'espoir. C'est trop dangereux.

— Si vous n'y allez pas, je descends, avertit Zeev.

— Vous allez perdre du temps, il y a au moins trente mètres de profondeur là-dessous, répondit le guide, impossible d'en réchapper.

— Il faut essayer, on ne peut pas l'abandonner comme ça. La crevasse est étroite, peut-être qu'il a atterri sur une saillie.

— C'est de la folie, on n'y voit rien. Même en plein jour ça serait dangereux. Bon ça va, ça va, j'y vais, finit-il par dire en voyant qu'ils ne se remettraient pas en route s'il ne tentait rien.

On l'entendait grommeler dans la montagne hostile où la nuit était encore dense. À la faible lueur de la torche, Bérénice crut voir le guide tirer une corde de son sac-à-dos, ainsi que d'autres instruments qui devaient être des piolets, pour préparer sa descente. Ils étaient là-haut, à l'attendre, chacun retenant son souffle. Le silence les enveloppait, seul le frottement de la corde se faisait entendre contre la paroi neigeuse. La petite main de Julie ne quittait pas celle de Bérénice.

Ils ne surent jamais si le guide leur dit la vérité lorsqu'il remonta. Il avait progressé sur plus de dix mètres et n'avait rien vu, ensuite le boyau devenait trop étroit, il n'y avait aucune chance que Léon s'en soit sorti. On ne pouvait plus rien faire, il fallait repartir. Ce fut une décision douloureuse, et pourtant Zeev décida rapidement de continuer la route. La seule chance d'être sûrs que Léon était bien mort aurait été d'attendre que le jour se lève mais ils étaient déjà en retard et l'analyse du guide semblait probable. Ils reprirent leur chemin, tous silencieux désormais, en pensant à Léon qui n'avait pas prévu ce coup-là à l'avance. À quatre heures et demie, conformément aux prévisions du guide, ils foulaient le sol espagnol.

14

Barcelone et puis Toulouse. Les enfants avaient été amenés à bon port. Bérénice était rentrée seule en France tandis que Zeev avait continué le voyage avec le groupe jusqu'en Palestine. La veille du départ en bateau, il l'avait rejointe dans sa chambre, elle avait compris alors à quel point elle avait besoin de s'appuyer sur lui, elle avait sangloté dans ses bras puissants, sanglots qu'elle n'avait pu réprimer, ne sachant pas exactement ce qui les provoquait, le fait d'être touchée par un homme après des mois de solitude, ou la culpabilité de se retrouver dans une chambre avec un autre que Nathan, la peur de devenir cette *shikse* que réprouvaient ses parents, le relâchement aussi peut-être, après des mois de tension, et cette furieuse envie de s'en sortir, surtout après la disparition de Léon, la rencontre avec un autre corps étant le signe le plus tangible qu'elle était vivante. Elle sanglota longtemps dans les bras de Zeev, si fort qu'il ne fut plus question d'aller plus loin, et elle se pelotonnant de plus en plus contre lui, se laissant réchauffer par ces doigts surpris qui la caressaient doucement, laissant couler ses larmes qui ne voulaient plus s'arrêter maintenant que les vannes étaient ouvertes, larmes pour son mari, larmes pour son père, larmes pour sa mère, pour sa vie d'avant, pour la femme insouciante qu'elle avait été, pour les enfants juifs, pour les résistants morts, pour les innocents tués, pour les justes trahis.

À Toulouse, son réseau la prévint qu'un homme cherchait à la contacter. Elle n'en crut pas ses yeux en le voyant apparaître près de la statue où ils avaient rendez-vous, « J'ai eu si peur pour vous », murmura-t-elle en passant une main sur son visage pour s'assurer qu'il était bien réel, « Vous m'avez tellement manqué », répondit Alain Béron d'une voix qui lui sembla changée. Ils se serrèrent l'un contre l'autre et restèrent ainsi de longues minutes, pensant tous les deux la même chose, redoutant que l'autre ne pense pas la même chose mais sentant de plus en plus que c'était possible, que leur désir était commun et qu'après tout ils en avaient le droit parce qu'ils étaient tous deux des fantômes. Ils montèrent dans le premier hôtel venu, pendant qu'il la déshabillait doucement elle s'accrochait à lui comme si elle n'avait plus que lui sur terre, elle ne pleura pas cette fois, pas au début du moins mais à la fin, quand ils se retrouvèrent chacun sur le dos, à la fois surpris de la fulgurance de leurs retrouvailles, et en même temps frappés de l'évidence de leurs deux corps ensemble, sachant peut-être chacun que leur rencontre était inévitable, que le désir avait toujours été là entre eux même s'ils avaient essayé de le cacher par l'artifice du vouvoiement et de l'extrême politesse.

« Nathan était allé plus vite que moi, lui confia-t-il alors, je suis plus lent, et puis je ne pouvais pas me battre contre mon ami. » Elle ne répondit pas, elle savait qu'il savait tout : c'était cette guerre qui rendait les rapports différents, plus profonds, plus authentiques, comme si les épreuves scellaient des pactes secrets entre les gens. Bérénice comprenait maintenant ces amitiés d'anciens combattants de la guerre de 14, ces fraternités à la vie à la mort. Avec Alain Béron, comme avec Zeev, comme avec tous les membres de l'Armée juive, c'était cela, une complicité puissante, indéfectible, qu'elle n'avait pu développer avec Nathan du fait de son départ. Quand reviendrait le jour, ils seraient tous là les uns pour les autres, aussi sûr que deux et deux font quatre.

Maintenant elle était tout contre lui, elle caressait de sa main son torse tandis que lui jouait avec ses cheveux, et lui chuchotait qu'il aimait sa nouvelle coupe à la garçonne, et le parfum de ses cheveux, de sa peau, et la finesse de ses mains, et son corps de tanagra, et ses yeux qui semblaient des saphirs, et son regard qui la rendait si poignante, et elle embrassant chaque cicatrice que les Allemands avaient laissée sur son corps comme si ses baisers avaient la vertu magique d'effacer les meurtrissures subies et jusqu'à leur souvenir, passant un doigt sur ses lèvres fines, s'étonnant de les désirer alors qu'elle avait toujours été attirée par des lèvres plus épaisses, caressant ses bras dont l'intérieur de la peau était si doux, s'enchaînant à lui, ne voulant penser qu'à l'instant présent, ne voulant pas penser à l'après, au retour au camp, à l'inconfort et au froid, au départ d'Alain Béron en Angleterre, et lui ayant en tête des bribes de poèmes, comme si l'inspiration revenait avec le retour de Bérénice, et la phrase « Quand reviendra le jour ? » se faisait persistante, sans doute deviendrait-elle le titre d'un poème ou même d'un recueil, lui non plus pourtant ne voulait pas penser aux heures qui suivraient, à la séparation, à ce monde concret dans lequel ils étaient obligés de vivre, ils auraient voulu rester pour toujours dans cette petite chambre d'hôtel pourtant ni très accueillante ni bien chauffée, mais comme ils les chérissaient déjà ces rideaux passés dont les pompons se défaisaient comme les cheveux d'une femme lasse, comme ils l'aimaient ce petit fauteuil crapaud tendu de tissu à larges rayures bleu et beige, comme ils l'aimaient ce dessus-de-lit violet maculé d'une tache d'encre bleue. C'était leur chambre langoureuse.

Quand reviendra le jour, tout s'arrangera, murmura Alain Béron à l'oreille de Bérénice, nous avons tant lutté, tant souffert que tout sera merveilleux ensuite, tout deviendra possible, il suffira de vouloir pour que nos désirs se réalisent, quand reviendra le jour, même revoir Nathan sera facile et nous jouerons enfin *la Harpe de David*. Après tant d'horreurs, l'art triomphera, l'humanité comprendra qu'il est le seul salut, que l'art est tout ce qui nous préserve de notre part d'ombre, c'est pour moi l'évidence, il suffit d'écouter un poème de Rilke ou un lied de Schubert pour comprendre l'amour, on ne peut pas être complètement méchant si on est capable d'écrire cela et de l'apprécier, oui c'est moi qui te dis cela, ma petite madone, c'est moi qui te dis cela après être passé par les geôles françaises et les tortures allemandes, là où j'étais, à Royallieu, notre dignité était préservée pour quelques-uns comme moi, parce que nous croyions à la force de la poésie et de la musique.

Bérénice écoutait les paroles du poète attentivement, s'étonnant de cet élan d'optimisme chez celui qu'elle avait toujours connu en proie au doute, pourtant elle avait du mal à le croire malgré l'envie qu'elle en avait, elle ne croyait pas que le jour reviendrait comme avant, on était allé trop loin dans la barbarie.

— Je dois partir, Alain, on m'attend au camp. Nous reverrons-nous ?

— J'en suis certain. *Quand reviendra le jour, beauté d'étoile*, quand reviendra le jour, le monde sera cobalt, et tes yeux brilleront à nouveau.

— Un nouveau poème ?

— Peut-être, cela vient de me traverser l'esprit.

Le jour ne revint pas, nul jour ne revint. Elle ne pourra pas raconter pourquoi, Alain Béron non plus car il n'était pas là, au reste il n'y eut que des ouï-dire dont personne ne sait avec certitude s'ils étaient empruntés aux faits réels ou à l'imagination ou encore à la déformation à force d'être rapportés et répétés différemment. Ce qu'elle ne pourra jamais raconter ni aucun protagoniste de cette histoire, même ceux qui restèrent comme Alain Béron ou le petit Guy, c'est qu'elle avait rendez-vous une semaine plus tard avec un homme à Paris, dans le cadre de son activité clandestine. Elle comptait aussi profiter de ce séjour pour rencontrer ensuite Jean Vilar avec lequel l'échange épistolaire s'était maintenu. Une première tentative avait eu lieu au printemps mais avait dû être reportée en raison de l'activité de l'un ou de l'autre. Ils étaient enfin convenus d'une nouvelle date à Paris, où chacun avait à faire.

Son rendez-vous pour l'Armée juive était fixé dans un petit café proche de la gare Montparnasse. Elle était arrivée en avance de quinze minutes, ayant mal évalué son temps. Elle était entrée dans ce bistrot pensant s'y réchauffer, pensant aussi qu'elle y serait moins suspecte que de traîner dehors par ce temps glacial – un peu aussi par coquetterie, ne voulant pas que son contact la surprenne avec un nez rougi. Elle s'installa à une table, dans le coin le plus discret qu'elle trouva, commanda une boisson chaude et frotta ses mains gelées les unes contre les autres. Elle parvint à rester naturelle quand trois Allemands pénétrèrent dans le café et s'assirent à une table voisine de la sienne. Elle était en train d'évaluer la meilleure attitude à adopter : partir au risque de manquer son rendez-vous ou rester au risque de se faire repérer.

Pour comble de malchance, la porte se rouvrit sur deux gendarmes français. « Vos papiers, s'il vous plaît. » Elle pria pour que tout se passe bien et que son rendez-vous arrive en retard, même si elle ne l'escomptait pas trop, connaissant la discipline de l'Armée juive. Quand vint son tour elle tendit sa carte d'identité. Elle ne craignait pas qu'elle la trahisse, il s'agissait d'un vrai faux papier, la plus sûre catégorie de documents contrefaits.

— Catherine Mulliez, lut à haute voix le gendarme, tiens c'est drôle je porte le même nom. Vous êtes de Lille ?

— Non, je suis de la branche de Basse-Normandie, dans l'Orne.

— Ah ! bon, ben on est un peu cousins ! Bonne journée mademoiselle.

Il rejoignit son collègue, tous deux continuèrent leur besogne, ils avaient presque terminé. Bérénice serait volontiers partie mais on venait seulement de lui apporter sa commande, mieux valait ne pas se faire remarquer. Au reste les gendarmes étaient sur le point de quitter l'établissement. Ils se ravisèrent quand ils virent une femme remonter de l'escalier qui menait aux toilettes.

— Bérénice, ça alors, c'est pas croyable, si je m'attendais ! s'exclama-t-elle en voyant la comédienne.

C'était Raymonde, son ancienne habilleuse.

— Oh pardon, je vous ai prise pour une autre, rectifia-t-elle en lisant dans les yeux de la jeune fille qu'elle avait fait une gaffe.

— Vos papiers, madame, demanda le deuxième gendarme. Raymonde Domenech. Qu'est-ce que vous faites ici ?

— Je prends le train dans un quart d'heure pour rejoindre ma famille.

— C'est bon, vous pouvez y aller.

C'est alors qu'on entendit le grincement d'une chaise contre le plancher. Un des Allemands s'était levé et s'approchait de Raymonde.

— Comment avez-vous appelé la demoiselle assise près du mur ?

— C'est une erreur, je me suis trompée, balbutia l'habilleuse, j'ai cru qu'il s'agissait de quelqu'un d'autre.

— Vraiment ? Vous savez ce que je crois ? Je crois que vous ne vous vous êtes pas trompée du tout, je crois que vous l'avez appelée par son vrai nom et que c'est un faux nom qui est écrit sur ses papiers, n'est-ce pas mademoiselle ? fit-il en se tournant vers la jeune femme.

— Je ne comprends pas ce que vous voulez dire, je n'ai jamais vu cette femme de ma vie, répondit froidement Bérénice.

— Vraiment ? Eh bien nous allons vérifier, mademoiselle Catherine Mulliez. Emmenez ces deux femmes, ordonna-t-il en allemand à ses deux collègues.

C'est la dernière image de Bérénice de Lignières. Bérénice sortant du café de Montparnasse avec son ancienne habilleuse, encadrée par trois Allemands. Peut-être son contact la vit-il aussi de loin, se doutant ou pas qu'il s'agissait de la femme avec qui il avait rendez-vous. Faut-il croire ce que disent certains, cela paraît si extraordinaire... Faut-il rapporter cette rumeur selon laquelle l'homme avec qui Bérénice avait rendez-vous était Nathan. Faut-il y donner crédit, est-il possible qu'il ait quitté le confort de l'Amérique, qu'il soit revenu se jeter dans la gueule du loup par amour pour Bérénice ?

Peut-être quelques autres virent-ils partir le petit groupe, peut-être même certains s'en souvinrent-ils des années plus tard mais qui peut l'assurer, c'était un spectacle si courant à l'époque. Tout ce qu'on sait, c'est que Bérénice se retrouva transférée à Drancy en janvier 1944 parmi des centaines de Juifs arrêtés aux quatre coins de la France.

Elle partit par le convoi n° 66.

Elle ne connaîtra pas Jean Vilar.

ÉPILOGUE

Il aurait pourtant fallu parler de ce petit garçon blond dans son joli costume marin et les sages jupes de sa sœur, à Paris, dans la cour du 32 de la rue d'Hauteville, dans le dixième arrondissement. Il aurait pourtant fallu dire ses grands yeux bleus plissés par le soleil, décrire l'abondante chevelure blonde, rebelle malgré la raie sur le côté qu'une main maternelle, certainement, avait voulu docile, il aurait fallu raconter ses bras d'enfant tombant le long du corps, et comme il se tient bien droit devant l'objectif à qui, sans doute, il aurait préféré échapper pour retourner à ses livres d'aventure, Jules Verne certainement, à moins que ce ne fût Alexandre Dumas ou Michel Zévaco. Aucun d'eux, ni le petit garçon, ni la sœur, ni la mère, ni le père, aucun d'eux ne sait que dans trois ans à peine la guerre va déferler, anéantissant tout sur son passage et surtout la foi en la raison, personne ne peut savoir que le blondinet aux grands yeux bleus dans son costume marin sera obligé de porter l'étoile jaune à treize ans, fumera ses premières cigarettes à douze, ne se cachant pas même de sa mère qui ne dira rien pour ne pas ajouter aux privations de la guerre ; quant à son père il ne pourra rien en dire, il vit en clandestinité, porteur d'une fausse carte d'identité au nom de Robert Sicard depuis que les voisins l'ont prévenu que les gendarmes vont venir l'arrêter. Il aurait pourtant fallu parler de cette carte d'identité du père, faussement établie à Nantes parce que la ville a été bombardée et qu'on ne risque pas de retrouver les fichiers d'état civil, il aurait fallu parler de la date de naissance inscrite sur cette carte d'identité, le 24 août, qui est comme chacun sait le jour de la Saint-Barthélemy mais qui est surtout la date de naissance du petit garçon, et que son père est assuré de se la rappeler au cas où l'émotion paralyserait sa présence d'esprit, en cas de torture peut-être. Il aurait pourtant fallu parler de ce petit garçon qui aurait pu être déporté parce qu'il était né au mauvais moment, et Juif – ce petit garçon : mon père.

Dans mes cauchemars de petite fille, les Allemands revenaient, les bruits de leurs bottes battant le pavé terrifiaient mes nuits. Puis il y eut toutes ces fois pour de vrai, dans le métro, où tout à coup la rumeur folle que font les milliers de chaussures des Parisiens, décuplée par l'écho des voûtes en béton et des murs en céramique, me rappelle ce souvenir que je n'ai pourtant pas connu : le martèlement des bottes des Allemands. Ce poids pèse encore bien lourd, encore récemment j'ai rêvé qu'ils revenaient et je me cachais, suant de crainte, sur le toit d'une maison qu'ils cernaient.

Il y a pire : je crois que je me reproche de n'avoir rien pu faire pour mon père. Bien sûr vous trouverez cet autoreproche absurde : je n'existais pas encore, que pouvais-je faire et qu'avait à faire la guerre avec moi, née trente ans après ? Vous trouvez donc ce reproche absurde, aussi absurde que les pensées magiques des enfants, sauf si vous êtes resté encore un peu enfant ou bien si vous aimez vraiment, parce que alors vous comprenez ce que je veux dire, vous comprenez cette douleur rétrospective de n'avoir pu aider l'être cher, faute d'être né plus tôt, comme vous comprenez ces enfants tristes et graves, mûris trop vite dans la culpabilité de n'avoir pu empêcher un parent dépressif de sombrer dans la dépression. Peut-être pour cette raison ne me paraissait nullement absurde cette phrase que mon père aimait à me dire, témoignage de notre complicité, et qui rendait ma sœur si jalouse : « Quand j'étais petit, tu me donnais de la glace à la pistache. » J'y ai vraiment cru. J'ai vraiment donné de la glace à la pistache à mon père quand il était petit. Je lui ai vraiment donné de la glace à la pistache mais je n'ai pas pu faire en sorte qu'il ne porte pas l'étoile jaune.

L'étoile jaune est toujours là, dans une ancienne boîte de cartes de visite en plastique transparent, rangée dans le tiroir central de son bureau acajou de style Empire. Elle est toujours là, échouée, fatiguée, étonnée elle-même d'être encore là après si longtemps. Ses coins sont racornis, quelques petits fils mal coupés pendent, comme les dernières croûtes d'une écorchure qui résistent sur la peau d'un genou blessé : les points de couture qui furent posés avant d'être accrochés à des vêtements dont j'ignore tout.

Le temps passe et le petit garçon de quatre-vingt-deux ans est toujours là lui aussi, ses cheveux blonds ont blanchi mais les yeux sont toujours aussi bleus, excepté peut-être pendant les fêtes de Pessah où il me semble qu'ils rougissent et s'embuent de larmes retenues. Que sais-je au fond de ce qu'il pense alors ? Je mentirais si je disais savoir de quelle façon il passa ces fêtes quand il était enfant, pas seulement parce que j'ignore s'il était possible d'accomplir les rites ancestraux pendant la guerre mais aussi parce qu'il venait d'une famille d'athées qui ne jeûnaient pas même à Kippour. Je sais juste qu'après la guerre, quand on put de nouveau trouver de la farine de pain azyme, sa mère cuisinait pour le goûter des *boubelah* qui embaumaient la maison. Sa mère, paraît-il, n'était pas bonne cuisinière, mais il reste à jamais l'odeur de ces beignets, qui, quand elle se met à flotter, symbolise à elle seule la fête de Pessah. Il aimait à faire rouler ces gros beignets tout chauds dans une assiette de sucre avant de les manger avec gourmandise, voilà tout ce que je sais. Je crois quand même qu'aujourd'hui, rien qu'en sentant cette odeur d'enfance, en roulant de nouveau les beignets dans le sucre, il se remémore le petit garçon qu'il était et tous ceux qui n'ont pu grandir ni vivre comme lui. Moi aussi alors, en épiant ces larmes refoulées sur le visage pudique de mon père, mon cœur se serre et je pense avec émotion à ce petit garçon que je n'ai pas pu aider, et à tous les autres que personne n'a pu aider, et aux enfants que ces enfants qui n'ont pas pu grandir n'ont pas pu avoir. S'il avait été déporté, s'il avait été victime de la Shoah, je n'aurais pu connaître celui qui reste le grand homme de ma vie, mon père brillant et drôle, océan de culture, humaniste, rationaliste et homme d'engagement. Depuis mon enfance je redoute le moment où il partira, pressentant que sa mort signera la fin d'un temps, la disparition d'un monde, comme le yiddish, cette langue si chantante qui peu à peu partout s'éteint. Combien comme lui sont morts dans les camps, qui n'ont pas connu la vie, qui n'ont pu devenir ce qu'ils auraient dû, qui n'ont pas même une tombe. Que leur vie eût été infime ou grandiose, peu importe, elle aurait été et on n'avait pas le droit de la leur prendre.

ORIENTATIONS BIBLIOGRAPHIQUES

Même s'il s'agit d'une fiction, *Bérénice 34-44* n'aurait pu voir le jour sans une abondante bibliographie. Outre les journaux de l'époque, notamment *Le Populaire* et *Lyrica*, ont été notamment consultés :

ADDED Serge, *Le Théâtre dans les années Vichy*, éditions Ramsay, 1992

BADINTER Robert, *Un antisémitisme ordinaire*, Fayard, 1997

BARRAULT Jean-Louis, *Souvenirs pour demain*, Seuil, 1972

BARROT Olivier, CHIRAT Raymond, *« Gueules d'atmosphère », Les Acteurs du cinéma français*, 1929-1959, Gallimard, 1994

BARROT Olivier, CHIRAT Raymond, *La Vie culturelle dans la France occupée*, Gallimard, 2009

BERETTA Alain, *Claudel et la mise en scène : autour de L'Annonce faite à Marie (1912-1955)*, Presses universitaires franc-comtoises, 2000

BERR Hélène, *Journal*, Tallandier, 2008

BOQUET Guy, « Un carnet de Jacques Copeau (21 juillet-31 août 1940) », *Revue de la société d'histoire du théâtre*, 1993
BOUDET Micheline, *Passion Théâtre*, Robert Laffont, 2009
BRETTY Béatrice, *La Comédie-Française à l'envers*, Fayard, 1957
BRUNSCHWIK René, « Véra Korène », *Visages et contes du cinéma*, n° 29, 1938
CARDINNE-PETIT Robert, *Les Secrets de la Comédie-Française*, Nouvelles éditions latines, 1958
CASADESUS Gisèle, *Le Jeu de l'amour et du théâtre*, Philippe Rey, 2007
CASARES Maria, *Résidente privilégiée*, Fayard, 1980
CHAMPION Édouard, *La Comédie-Française*, années 1933-34, année 1935, année 1936, année 1937
CHARON Jacques, *Moi, un comédien*, Albin Michel, 1975
COLETTE, *Paris de ma fenêtre*, Fayard, 1944
COPEAU Jacques, *Journal*, Seghers, 1991
DUX Pierre, *Vive le théâtre*, Stock, 1984
GARBAN Dominique, *Jacques Rouché, l'homme qui sauva l'Opéra de Paris*, Somogy, 2007
GIRARD Émile, *Confidences d'un huissier de la Comédie-Française*, Denoël, 1953
GUÉHENNO Jean, *Journal des années noires. 1940-1944*, Gallimard, 1947
JOUBERT Marie-Agnès, *La Comédie-Française sous l'Occupation*, Tallandier, 1998
JOUBERT Marie-Agnès, « Des Juifs trop voyants », *Journal des trois théâtres*, n° 12, décembre 2004, pp. 37-39

JOUBERT Marie-Agnès, « Pierre Dux, des années trente à la Libération », *Les Nouveaux Cahiers de la Comédie-Française*, Comédie-Française/L'Avant-scène théâtre, 2009, pp. 25-30

JOUVET Louis, *Témoignages sur le théâtre*, Flammarion, 1952

JOUVET Louis, *Le Comédien désincarné*, Flammarion, 1954

JOUVET Louis, *Molière et la Comédie classique*, Gallimard, 1965

KASPI André, *Les Juifs pendant l'Occupation*, Seuil, 1991/1997

KŒSTLER Arthur, *La Lie de la terre*, Calmann-Lévy, 1941

LAZARE Lucien, *La Résistance juive en France*, Stock, 1987

LÉONARDINI Jean-Pierre, « La Comédie-Française était très occupée sous Vichy », Marianne2.fr, 1998

LE ROY Georges, *Traité pratique de la diction française*, Grancher, 2001

MANUEL Robert, *Qu'allais-je faire dans cette galère ?*, Émile Paul, 1973

MARRUS Mickael R., PAXTON Robert O., *Vichy et les Juifs*, Calmann-Lévy, 1981

MEYER Jean, *Place au théâtre*, éditions de Fallois, 1991

MEYER-PLANTUREUX Chantal, *Les Enfants de Shylok ou l'antisémitisme sur scène*, Complexe, 2005

MEYER-PLANTUREUX Chantal, « Les Juifs sur la scène parisienne. Du Baron de Horn à Ezéchiel ou la “question juive” à la Comédie-Française dans les années 20 », *Archives juives*, n° 39/1, dossier « Le réveil juif dans les années 20 », 1er semestre 2006, pp. 76 s.

MIQUEL Jean-Pierre, *La Ruche*, Actes Sud, 2002
PAXTON Robert O., *La France de Vichy. 1940-1944*, Points Seuil, 1973/1997
RAGACHE Gilles, RAGACHE Jean-Robert, *La Vie quotidienne des écrivains et des artistes sous l'Occupation*, 1940-1944, Hachette, 1988
STEINEGGER, *La Musique à la Comédie-Française de 1921 à 1964*, Mardaga, 2005
SUEUR Monique, *Deux siècles au Conservatoire national d'art dramatique*, C.N.S.A.D., 1986
TESSARECH Bruno, *Villa blanche*, Gallimard, 2007
THIBAUDAT Jean-Pierre, « Le jour où Copeau a exclu les acteurs juifs du Français », *Libération*, 1995
TOUCHARD Pierre-Aimé, *Six années de Comédie-Française*, Seuil, 1953
VALMY-BAYSSE Jean, *D'un palier de la Comédie-Française*, Hachette, 1950

On trouve les lettres de Jean-Louis Barrault à Madeleine Renaud pendant la guerre à la Bibliothèque nationale de France, département arts du spectacle ; le procès-verbal du comité d'administration du 5 septembre 1940 et les lettres de démission de Jean Yonnel et de René Alexandre à la bibliothèque-musée de la Comédie-Française, ainsi que les fonds Béatrice Bretty, Jean Yonnel, René Alexandre, Marie Bell, Véra Korène...

REMERCIEMENTS

Je remercie pour leurs marques d'amitié et leurs encouragements Arnaud Martinon, Gilles Caccavelli, Marine Jubin, Raphaël Gaillarde, Nicolas d'Estienne d'Orves, Isabelle Bignon, Léa Gabrié, Cécile, Joël.
Un merci tout particulier à mon père qui s'est toujours montré disponible pour répondre à mes nombreuses questions sur l'Occupation.
Et bien sûr, merci à Henry-Pierre.

Le Livre de Poche s'engage pour l'environnement en réduisant l'empreinte carbone de ses livres. Celle de cet exemplaire est de :
350 g éq. CO_2
Rendez-vous sur
www.livredepoche-durable.fr

PAPIER À BASE DE FIBRES CERTIFIÉES

Composition réalisée par INOVCOM

Achevé d'imprimer en décembre 2014 en France par
CPI Bussière à Saint-Amand-Montrond (Cher)
N° d'impression : 2013705
Dépôt légal 1re publication : novembre 2014
LIBRAIRIE GÉNÉRALE FRANÇAISE
31, rue de Fleurus – 75278 Paris Cedex 06

31/7993/4